古希腊精神的奇幻史诗

众神的黄昏，是哲学的黎明

柏拉图的春天

多令 著

湖南人民出版社·长沙

题记

你要引我去哪里？

去阿波罗的智慧那里。

它是什么？是很多箴言，还是一本书，或者很多书？

不，都不是。请跟随我，请走出腐臭的夜。

请走到阳光下，请首先沐浴它。

目录

春祭

在讲述这个故事之前，我们得首先了解那片大海。

如果没有那么多神灵的交战，那一片大海绝不会变得如此破碎——那些数不清的半岛和岛屿，就是神灵交战时洒落的武器碎片，是他们的尸骨，是从奥林匹斯山顶击落的巨岩，遍布整个海湾。在灯火还没有照耀人类之前，它们就是大地的星星，为航海者指南。那形状最整齐的克里特岛，是阿特柔斯断剑中的某一段；那巍峨而荒凉的米洛斯岛，来自一块飞溅于大海的岩石。

还有更多苍翠的小岛，它们难以计数，光是为它们命名，人类就花去了好几百年时间。在至高的神的眼里，那些岛屿无非就是大海在某一个奇特的瞬间凝结的，而不是从水底下冒出来的。巨浪一阵阵涌来，遭遇了宙斯的雷电，就在水面上戛然而止。这些岛屿带着它们瞬间长成的模样，让浪峰碧绿的纹路和浪峰上的白色泡沫都留下了。等湿漉漉的海水从峰峦流淌干净，它们就成了岛屿，给海龟提供产卵地，给水手提供庇护所，让横渡大洋的候鸟栖息，也让大海开始点缀了花朵。

还有一种岛屿，是从北方愤怒火山上滑落的。那是在很久以前，狂暴的大地之母盖亚还无法宁静，她赤裸的胸膛不分昼夜喷溅着怒火，岩浆蜿蜒着流向大海，翻滚出两条浑身鳞甲都在燃烧的巨龙，和宙斯的雷电在乌云下搏斗。一条战死后蜷缩着身体，就凝固成了伯罗奔尼撒半岛，另一条半截身体没入海中，凝固成了阿提卡半岛。对后来的人类故事来说，巨龙根本没有死，它们的意志搅动着海水，掀起更多的巨浪，蛊惑人类厮杀。海面上年复一年漂浮着船只和木桨的残骸。

但是，只要有了风作为伴侣，那片大海就不那么可怕了，甚至有了柔媚和安静。夏季，炙热的南风从遥远的沙漠吹来，带着绿洲的气息，还有那里生长的各种瓜果的味道。它们使得这里的树叶和藤蔓疯长，使受孕的橄榄和葡萄灌满了浆汁，它们会饱满直到垂落。接踵而至的是猛烈的西风，老练的水手们管它叫作西罗科风，它由海神波塞冬的伙伴哲费洛斯掌管，经常携带着大片大片的雨云和一种神秘的成熟力量。那种力量足以运行万物，使得运粮船鼓满了风帆，使牧草长出最后的丰满喂饱牛羊，然后催促所有的汁液压榨成糖分，使果实的表皮变得暗红或者深紫，成为来年的食物或者美酒。它甚至能运行夜晚的星辰，使猎户座越来越耀眼。

当西罗科风吹到雅典的时候，那些赤足的黑发少女，在西风下感受到了果实变得和自己一样丰润，她们负责采摘裁剪等关于果实的一切劳作，会将橄榄果、无花果腌上盐或者蜂蜜，将葡萄踩碎，将汁液封进陶罐和木桶。

她们在和煦的西风下唱这样的歌：

花朵只开放一次啊，

果实却有好长的一串。

蜜蜂只来过一次啊，

甜蜜却永存心底。

日子又暖和一天啊，

我等的他却没有到来……

这样的歌会伴随她们清晨开始劳作。下午，西风转为温柔的南风，她们会小憩一会儿，眺望一下西边的大海。海面不再汹涌，天空慢慢涂抹上所有果实和花朵的颜色。先是淡蓝的天际会变成淡紫色，云彩出现粉色的边缘，然后玫瑰、百里香、鸢尾花、番红花……它们用一种颜色吞没另一种颜色，然后渐变为其他的颜色，像女神们聚会的罗衫。它们在夜神纽克斯接过权杖之前，交替在西方开放，直到大海最后沉沦成一汪深红的美酒。

西罗科风消失了，北风开始接替它。据说北风属于一个脾气暴虐的神灵，那个神灵代表宙斯惩罚那个为人间盗火的人，用风的鞭子永恒地抽打他，直到其身体裂开、内脏裸露，然后让鹰去啄食他。北风短暂地带来北方森林里的严霜和一条大河里的冰块，它猛烈袭击所有娇艳的少女，如果有哪个少女不服它的威严，不肯老老实实待在屋里，它就将她掳走。北风之神虽然残忍，但幸好他很少光临这里的半岛。

而现在的风，是属于春天女神塔罗的，她从一个满是沙漠的巨大半岛而来，吹开了那里大串大串的黄色棕榈花，吹开了那些沉甸甸团成球状的枣椰子花，然后带着透明的羽翼，翻过一座高原，来到这布满小岛的大海。

蛰伏了很久的少女们，终于重新苏醒了。当第一缕春风让脸颊发痒的时候，她们开始模仿那些美神的塑像，为自己准备好花冠，用常春藤、紫罗兰或者橄榄枝编成花环，在上面插满桃金娘、樱桃花和玫瑰。她们在清晨的庭院里沐浴，在脖颈和额头上擦上玫瑰油，开启木桶，用双耳陶罐盛满馥郁的葡萄酒，把它架在肩膀上，约上邻家的伙伴，一起走上街道。

零散出门的少女们在巷头会聚，再走上更宽的街道，人越来越多。那些正在靠近比雷埃弗斯港的水手，隐约听到半岛上传来了少女们的歌声。他们眺望半岛，只能看见石灰岩山岗上神庙的塑像，雅典娜女神的金色矛头正闪烁着光芒指引他们，让他们心里异常焦急，不断催促甲板下的桨手们多加把力气。

那神庙之下是平原和缓坡，人流在大街小巷聚集，围着浴袍展示健壮肌肉的青年男子，穿着亚麻大袍的长者，吹着树叶的儿童，他们不断加入少女们的行列。他们从训练士兵的体育场而来，从北边的贫民区而来，从外城异乡人聚集的郊区而来，从港口的作坊而来，从内城的名门望族而来，队伍越来越壮大，直到一起汇聚成沸腾的巨流。

乐手在队伍里吹着长笛、圆管，弹奏着竖琴，奴隶们抬着用于献祭的牲口，妇女们抱满了鲜花和美酒。歌声越来越嘹亮。队伍最后汇聚在山岗的卫城之下，围着那上面巍峨的雅典娜神庙一圈又一圈地绕行，高唱着由荷马、品达、萨福、卡利诺斯留下来的伟大诗篇，歌颂狄奥尼索斯、赫尔墨斯、赫拉、雅典娜、宙斯和阿波罗。（注：赫尔墨斯为奥林匹斯山十二主神之一，庇护商业、旅行、手艺、竞技等很多领域，是雅典最为普及的神灵。请不要将本书中 Hermes 视为某个奢侈品牌，在现代社会里，能够将一位远古神灵注册为商标是一件非常幸运的事，那往往意味着传承和珍贵，还有高大上的品位。）

这城市还到处裸露着大大小小的岩石，甚至还有很多为了修建神庙而劈开的岩石，但它从未因这景象而变得丑陋，反而因这艰辛的劳作而获得荣耀——人们将最洁白和最坚固的岩石都抬上了山岗，就像雅典娜最初创造这座城市时所做的那样：

雅典娜望着这里的荒凉，用有力的大手捡起地头一块巨石，将它立起来。

有了石头之后，他们便不再畏惧海神的咆哮，哪怕是一万年之后，足以改变大陆的海啸也无法摧毁它，北方奥林匹斯山偶尔的怒吼也无法震裂它，山岗因此而变得更加庄严了，这座城市成了永恒之城。

歌声里黄昏星开始闪烁，一缕缕新鲜的、羞涩的粉色薄雾从大片大片的晚霞中脱离出来，春风使它们自在地游荡，就像那种长长的海藻。夕阳让它们的颜色不断加深，彼此交融，呈现出新鲜血液的颜色——那种献祭的小牛被割开咽喉之后，流下的第一股血液。

这奇景和凝固的卫城，刚好形成了鲜明的对比，巍峨的卫城接受了所有赐给它们的幻象，这让它们的静止充满了非凡的庄重。

黄昏带来一种神秘的宁静，喧闹的人群慢慢沉默下来，他们心照不宣地结束了围绕卫城的游行，朝着山岗南面的一个剧场会聚，那个剧场是半圆形的，名字叫作狄奥尼索斯剧场，也就是酒神剧场。

等所有游行的人都挤进了剧场之后，一个老者才带着两个年轻人不慌不忙地走进剧场的上看台，和那些自由民坐在一起。而下看台是属于那些贵族和富裕的雅典公民的，只能坐四千人，上看台可以坐一万二千人，除了自由民之外，还有做手工和做小生意的外邦人，城郊的贫民。

那个老者步履从容，人人都认得他， 他势必在这个瞬间会成为全场视线的中心。上层的看台有人在大声和他打着招呼："啊，老树瘤，他们都在说今晚给你看好戏呢！"

也有人大喊着他的名字："苏格拉底，苏格拉底，你的学生怎么越来越少了……"

全场因为他的出现骚动了一阵，连下看台的贵族都纷纷回头来看他们，包括第一排雅典最富裕也是最有权力的那些人——执政官、十位将军、法官、司库和其他城邦派来的使节。

苏格拉底穿着一件百衲大袍，光着脚，浮肿的眼皮让别人看不清他的眼神——他确实越来越像颗树瘤了，人越老，脸上的肌肉就越紧缩在一起，彼此虬结着，勒出深深的沟壑。只有大袍之下的躯干还在暗示：他是如此魁梧，他年轻的时候一定是个勇士。

有那么多人都在喊着苏格拉底的名字，这让那两个年轻人有点局促，恨不得马上抵达座位，混迹于上万观众之中。稍微年幼的那个少年，他的身材和苏格拉底差不多一样高，但他实在是太瘦了，苍白的脸颊如同未成熟的麦粒那样干瘪，脸型放大了他的双眼，那眼角略为下垂，显得格外忧郁。

也有人在大喊他的名字："柏拉图，柏拉图！那颗树瘤把你饿坏了吧。"

只有那个略大一点的学生没有人喊他，他是色诺芬，脸有点内凹，加上那薄薄的嘴唇，看起来是个很刻板的人。

其实他不是，他大概早就已经预料到了他们会引起什么反应，对着柏拉图低声说道："别看下面，你父亲在盯着你呢。"

柏拉图马上挤到苏格拉底和色诺芬侧面躲起来——第一排的座席上，皮里兰德正试图找到柏拉图。他是柏拉图的继父，雅典的十位将军之一。这一晚，他和所有其他的将军一样戴上了青铜头盔，那种头盔没有可怕的护鼻，但有着弯曲的护颊，顶盖上镶上了太阳图案的金铆钉，又插上了彩色的羽饰。这就是将军们的盛装了。

在他们落座的瞬间，皮里兰德终于看见柏拉图了，虽然看不清脸，但那瘦长身体的每一个部位他可是最熟悉的。有四个月没有看见儿子了，皮里兰德发现他一点都没有长壮。

“你儿子这样下去是当不了将军的。”他旁边的阿奴图斯说——这个家伙和他一样戴着盛装的头盔，可一点都不像个将军，他实在太胖了，硕大的身躯连扭过头去看看后面都很费劲。

“阿奴图斯，别和我说这个，今天是酒神节，别和我说打仗的事。”

皮里兰德坐正了身体，他也想不通旁边这个人是怎么当上将军的。

这只是微不足道的小插曲罢了，等西边大海最后的一线血红被黑暗吞没，深蓝的天幕彻底笼罩了大地，这节日的庆典进入了最迷人的时刻——用橄榄油和羊脂做成的火炬把整个舞台照得雪亮，那些贵族纷纷侧身斜躺在座位上，他们的一个座位足有其他人的五个那样宽。将军们也摘下了头盔。

悠远而神秘的歌声慢慢地从幕后传来，看台两边的火炬的火焰微微摇曳，那似乎是来自遥远森林里女巫的合唱，它吹开了野花，蘑菇疯长，一直吹到这黄昏的剧场：

那北方的女神啊

她从高加索的深林来，从奥林匹斯的泉水中来

她为你们降下雨水，守护你们的葡萄和麦田

请不要怠慢她啊

请当心葡萄酿不成美酒

麦子做不了面包……

舞台是个非常复杂的建筑，观众猜不到这歌声从何而来。它足有十个人那样高，分了三层，顶部雕刻了十五位神灵的雕像，每个都和真人一样大小。由三十根爱奥尼亚式圆柱和十几根多立克式圆柱分成两层支撑着它的重量。在它之上就是乐台，可以让歌手和乐手现身，也可以让执政官发表演讲。

在乐台之下，才是真正的演出区，它与巨大的半圆形看台融为一体，比第一排观众席略微下沉，可以灌满海水模拟海战，也可以放进猛兽表演格斗。

他们用最完美的技艺和最珍贵的材料来建筑剧场，宁肯让自己的居所简陋不堪。因为戏剧便是他们真实的生活，而不是演出。沉醉于此，他们意识到自己扮演好了某一个角色，自己的举止和人物合二为一，他们走进了某个故事里。春天，就意味着所有的故事都在复活，心脏便随着春天隐秘而敏锐的气息一起跳动。

这一晚的第一个剧目是《云》，那位作者阿里斯托芬，此刻正得意地和执政官克里提和将军们坐在一起，边看边讲解他的故事。（注：古希腊戏剧表演，观众不但可以说话，甚至可以随时打断表演，发表自己的看法或者和演员互动，这种派对式的演出方式如今复古在很多先锋戏剧之中。苏格拉底和悲剧作家欧里庇德斯是死党，和阿里斯托芬则互相看不顺眼，阿里斯托芬经常在作品里讽刺他。）那是一个令人捧腹的戏剧故事，贪婪而可笑的财主想让儿子学习打官司，他们请的老师正是苏格拉底。

当苏格拉底上场的时候，人们一起望向真正的苏格拉底。天啊，他们简直太像了，除了那个演员稍微矮一些，连树瘤一样的脑袋都化装得一模一样。

那个演员说出第一句台词，看台上就有人大喊起来：“以赫尔墨斯的名义，你得吃颗牡蛎再来学他说话吧。”

这个封闭的半圆剧场让所有人都能获得同样清晰的回响，所有的人都在哄笑，连看台上那位真正的苏格拉底也忍不住笑了。

月亮，那是一位叫作塞勒涅的女神，带着淡淡的忧伤升起来了。她银色的脸庞，已经越过山岗上那棵最高的橄榄树的树梢，凝视长眠在这个半岛地底深处的爱人。合唱队悄无声息地登上了乐台，唱起了月亮女神的颂歌。

而舞台上，苏格拉底也在看着月亮呢。他坐在一个吊篮里仰望月亮，那个道具月亮是用麦草做的。吊篮有两根绳子，正由两个演员一人拉着一根，那两人当然就是柏拉图和色诺芬了。

这一幕演的是苏格拉底在观测月亮，他神经质一般指挥着两个学生：“再拉高一点……嘿，色诺芬，把你的绳子放低一点点，啊，让我转过身来吧，你们不要动。”

他故弄玄虚地比画了一些手势，然后圈起了拇指和食指，从当中观察月亮。

他放下了手，得意地对着头顶的学生大喊：“啊，我完全是对的，这个月亮和上个月同一天的月亮根本不是一样大的……嗯，今天的小了很多，哈哈，多么惊人的发现。”

得意忘形的苏格拉底对着上方手舞足蹈，柏拉图激动地喊了一声："老师，你是伟大的智者，我知道你会有惊人的发现……"

然后柏拉图"啊"的一声，看见绳子从自己的手里滑落，老师就这样活生生地摔了下去。

一万六千名观众一起爆笑，声音大得足以惊醒远方沉睡的海豚——演出暂停了很久，演员们站在舞台上不知所措。阿奴图斯疯狂地摇着皮里兰德的肩膀："看哪，你的儿子，看他的老师，他居然认为月亮不一样大小，那我们有很多很多的月亮咯，笑死个人啦，哈哈。"

这正是戏剧家期待的反应。阿里斯托芬站了起来，朝着看台挥舞着双手——他才是当晚的君王。

看台上，那个真正的苏格拉底并不尴尬，反而很开心，身边的两个学生有点不知所措。等看台上的笑声稍微停息下来，苏格拉底就站了起来，对着下方大喊："阿里斯托芬，你太了不起了，那就是我，真正的我。"

然后他坐了下来，爆发出震耳欲聋的笑声，那声音大得就像铜锤撞击在剧场的大理石回音壁上，岩石的碎块溅落在每个人的耳朵里。这样的笑声太可怕了，即使奥林匹斯山诸神的狂笑也不过如此，其他的人反而不敢笑了。他们惊愕地望着那个老人，他笑得如此底气十足，如此豪迈自在。

在《云》的最后一幕，舞台渐渐暗去，乐台上的油灯点亮了，大家的注意力再次集中到合唱队身上，那是由七名少女组成的队伍，她们唱得宁静而舒缓，带着羞涩，仿佛惭愧于自己不是这舞台真正的主人。

领唱的那个女孩丰腴白皙，油亮乌黑的卷发在胸前轻微拂动着。“阿奇娅。”有人低声念她的名字。

只有一个少女的头发不是黑色的，是栗色的，只有她一人的花冠不是玫瑰，是黄色的小野花。她看上去比其他的女孩要稍微小一些，长发遮住了她的小半边脸庞，而露出来的那边却无疑是柔美的，散发着贝壳的珠光。在灯光的映照下，花冠和长发投下了阴影——她就像喜欢躲在暗处歌唱的夜莺，使得那些年轻人开始遐想她的年龄。合唱中唯一那一个至纯而婉转的声音，无疑就是来自她那里。歌声是如此与众不同，像一片雨声中孤独的溪流，人们听得越朦胧，就越是想把她的声音从整齐的合唱中分离开来。

苏格拉底身边的那个少年听得入了迷，唯一的栗发少女的歌声是神秘的，容貌也是神秘的。那些高大丰满如同爱神的女郎并不能吸引他，那里面并没有值得好奇的，他已经从众多的雕塑和故事中了解了她们。他想象的羽翼，只愿意在神秘的气息之中飞翔。

合唱队一边唱着，一边朝前移动，一直到了栏杆边上，她们唱起了颂歌的另外一节：

狡猾的牧羊人啊，

你可知道有一根鞭子叫作聪明。

聪明的少年人啊，

你可知道有一驾马车叫作智慧。

那智慧的女神啊，你可曾见过她？

当你开始寻找她的时候，

她已经像那泉水，从你心底悄然流过。

听到这里，少年的胸口突然像有一只飞鸟在猛烈撞击：“至美的缪斯啊，这就是我的诗，那诗是我写的！”

少年突然站了起来，想听得更清楚些，他想过滤掉所有其他人的声音，要从那个少女的嘴中，从那些高大的黑发女郎的歌声中，听清楚她的歌声。

“露西娅，就她一个人没有黑头发。”

“露西娅是哪家的？”

“她是尤塔家里的，就是那个瞎眼的老太婆……”

“可我还是喜欢最前面那个，阿奇娅！”

有人在身后小声议论着。

这一节飞快地唱过去了，等合唱队快退场时，那少年发现自己看得太入迷，藏在袍子里的希腊猫不见了。他看了看前后，都没有它的影子，于是就惭愧地望向苏格拉底，老人仍然兴致勃勃地望着舞台，那个小生灵正趴在苏格拉底的肩头，真不知它何时溜了出来。

它细长的身躯恰到好处地在肩头弯折过来，矛头一样尖锐的耳朵抵在苏格拉底的颈部，眼睛眯成了弯月，似梦非梦地看着舞台。“皮雷斯。”在歌声结束时，柏拉图轻声喊了一下，那只希腊猫又钻回了他的怀里。

他以为没有人看到它，但仍然有一双眼睛越过重重的人墙，时不时扫向这边。

都在说苏格拉底让柏拉图帮着养猫，最近什么都不教柏拉图，看样子那是真的了。皮里兰德以前不后悔把他送到苏格拉底那里去，现在，他有点后悔自己过于信任苏格拉底。

这一夜的第二场戏是《骑士》，仍然是阿里斯托芬的作品，第三场则变成了悲剧《波斯人》，是索福克勒斯的作品。波斯帝国的远征军已经开拔一个月了，那白发的波斯太后日夜祈祷儿子的捷报传来，她想象不到的是，在斜阳西落的地方，二十万大军正在溃退，波斯人的鲜血染红了大海。他们的战舰拥挤在一个狭窄的海湾，队形支离破碎，在雅典人的战歌中，他们是被困住的鱼群，再也无法上岸，被雅典人和他们的同盟们用弓箭射杀，用船桨砸碎头部。

这是萨拉米斯海战的故事，雅典人胜利了，但血色的大海让胜利者既骄傲又恐惧。他们知道胜利是不朽的，而死亡也同样是不朽的，只有那片无情的大海，才能给生者和死者同样的庄严。当合唱队再次高唱起悲歌的时候，夜已经凉了，月亮隐在夜色的最深处，萨拉米斯的怒涛，翻滚在天空上。那些白色的流云不再被月亮照亮，变成了火山灰烬一般的颜色。更高处出现了发着冷光的黑色云层。

他们演戏不仅仅是为了纪念，而且那至高的时刻不可多得。他们愿意一遍遍重温那些至高的荣耀和至深的痛苦。在那至高的荣耀中，他们体会到了作为神的狂喜，在那至深的痛苦中，

他们体会到了作为人的宿命。他们将对宿命的忠诚，至死不渝的忠诚，当成最高的恩典献祭给神。

最后一幕的合唱响起，合唱队的声音却隐没了，因为这是所有雅典人的合唱。那些尊贵的、贫贱的，高大的、矮小的，垂老的、幼稚的，都站起来一起高唱。

萨拉米斯，这挽救雅典命运的伟大时刻，是它让他们得以延续酒神节的狂欢，他们高唱着命运里的一种永恒：无论是斯巴达人还是波斯人，他们可以互相攻击、互相劫掠，雅典的神像会被摧毁，但他们搬不走那沉重的石头，也偷不走这歌声，更无法毁灭这些支撑着他们高贵的故事。因为这些故事流淌在每一个雅典人的血液里，从他们降生开始，这些故事就已经是他们的一部分。

那孤独的失败者啊，势必孤独地死去。

那巨大的鱼群啊，最终要腐烂在海底的深渊。

我们要从那纯洁的祭坛上啊，复活雅典的灵魂，

让那漂满死亡的海湾啊，最终被金色长矛所照亮……

那一万六千人的合唱起初是雄壮的、规整的，他们反复唱着狄奥尼索斯和雅典娜的颂歌，等到疲惫的时候，他们就用嘶吼代替歌唱。有人撕心裂肺地嘶吼，为牺牲的亲人洒下热泪。有人高举着自己的孩子，希望这歌声能够浸润他。连聚居在城外的奴隶、农夫和贫穷的外邦人，也被这震耳欲聋的歌声吵醒了，他们不打算继续入睡，纷纷起床，他们知道，酒神节的高潮就要到来了。

他们演出，不是想要获得庄重，而是想要获得沉醉。

沉醉于命运，那便是至高的沉醉。

有六个全副甲胄的士兵，高举着火炬走上了乐台，簇拥着执政官克里提。那火炬上浸满了油脂，火焰足有半个人那样高，剧场最顶上那些神像都被照亮了，看台瞬间沉寂下来。

克里提戴着头盔，赤裸胸膛，右手拿着那支镶满宝石的雅典之剑，左手擎着一支火炬，胸前厚实的肌肉泛着油光。他的脸就像一面盾牌那样方正，象征着一种不可动摇的秩序。

“雅典的公民啊，请你们记住今夜吧！”

他开始演讲了，有人说他是泰坦神的后裔，他是梭伦，是伯里克利之后最伟大的执政官。

“请你们每年春天都这样尽情歌唱吧，尽情沉醉吧，这是狄奥尼索斯赐给你们的欢乐，这是雅典娜守护你们的欢乐。他们让雅典的庄稼茂盛，让牛羊的乳房胀大，也让我们那光荣的死者，那些为雅典牺牲的将士，从冥府复活。请你们倾听四周——你们能听到他们正在加入我们吗？”

人群骚动了一阵，很多人都在左顾右盼，可什么声音也没有听到。于是，他们继续听着执政官的演讲，血液里奔腾起崇高而勇敢的潮水。

“我让最后一幕上演《波斯人》，就是为了纪念他们，我感谢你们对这部伟大的悲剧如此投入，也感谢阿奴图斯为这次演出贡献了大多数款项，还有大祭司布瑟——她把我们的合唱队训练得如此出色，当然还有阿里斯托芬，你训练出了有史以来最棒的演员。”

一阵更冷的夜风从剧场上方直接吹来，克里提的最后几句听不太清了，火炬上的火焰被风剧烈地向侧方吹去，他旁边的士兵显然已经被火焰燎到了，但依然纹丝不动。

“现在，让我们开始对酒神庄严的祭礼吧！”

等那阵风过去，他指挥起盛大的典礼。

“去年是和平的一年，我们仍然处在和斯巴达人的和约之中，但这不保证我们的城邦不受侵犯、我们的邻居不会背叛——看吧，我们杀死了二十七个波斯人！二十七个。”

一阵沉闷的吱嘎声之后，剧场左边的大门打开，一大群屠夫和奴隶拥进空荡的舞台，他们牵来了二十七头黑色的公牛。

“还有波斯人的狗腿子，卑鄙的法赛利人，我们杀死了二百零七个！”

在那群黑牛刚刚站定的时候，更多的奴隶和屠夫，赶着羊群走了进来。

那白色的公羊一头挨着一头，是密密麻麻挤进来的，连赶羊人落脚的地方都没有了，只能骑在羊背上。二百零七头羊的队伍短时间内看起来是无穷无尽的，看起来像雅典所有的羊都被送到了这里用于祭祀。

有如此多新鲜的血肉将献祭给狄奥尼索斯！看台上开始沸腾了，很多孩子是第一次看见这样盛大的场面，他们冲着舞台尖叫。妇女们跺着脚，男人们想象即将到来的宰杀场面，激动得双目通红，他们疯狂地捶击胸膛，挥舞拳头，咒骂那些该死的蛮族，雅典的敌人。

此刻的剧场，这熊熊燃烧的火炬，这月桂装扮的舞台，这酒神诡秘而又充满蛊惑的表情，这血液里随着春季而泛滥的野蛮欲望，便是人能获得的全部。这就是欢乐的巅峰、沉醉的巅峰，因为这样美妙的激情，总会有结束的时候，永远会有明天的命运在等着他们，于是，他们就用更猛烈的放纵来庆贺这个饕餮之节。

“至于那些野兽一般的色雷斯人、马其顿人，他们不配作为雅典人的对手，他们甚至连作为献祭的牲口都不配，看哪，那就是他们！是灰尘一样卑贱的他们！我们整整杀死了他们六百七十个！”

克里提说完，将配剑指向大门，一大群各种肤色女奴隶走了进来，她们两手都提着活禽，那些快死的鸡鸭在拼命挣扎，发出难听的噪声。

等那些献祭的动物挤满了舞台，看台上的人彻底癫狂了：这是一种狂暴的恩典，是极乐的巅峰，是欲望的极致。看哪，那些屠夫和奴隶都举起了尖刀，那些女奴隶也从腰间抽出了小刀。

粗大的血柱从公牛的喉管流了出来，它们早就跪下了，低垂着悲哀的头颅。羊群侧躺着，身体在痛苦地抽搐，鸡鸭合上了灰白的眼睑，听凭热血打湿了羽毛。

这是杀戮的狂欢，这是那些平时不起眼的屠夫和奴隶的杰作，他们没有一个人会去擦拭喷在身上的鲜血，都享受着动物的哀鸣，并期待看台上的人能够听得更清楚。

伟大的宙斯啊，如果这鲜血能够拱卫你的神圣，请让它们浸润雅典的大地吧，即使是石头，也要让它吸满鲜血黑色的浆汁……那些男人高唱着神的恩典，一边大吼着给屠夫喝彩。

最下排的权贵们冷静地欣赏这疯狂的杀戮，这是屠夫们荣耀的极致，要把战场的残忍演示给所有的雅典人看——请欣赏它吧，而不是畏惧，而不是逃避。

如果你不领受这至高的恩典，那牺牲者的荣光永远不会降临于你。

但是，还是有很多胆小的妇女惊叫着逃走了，她们奋力挤出了剧场，却发现外面还有很多人要进来，那是城外的奴隶、贫民、农民和贫苦的异乡人。每年这个时候，只要身在雅典，人人都有权享用酒神的恩典。

也有一些男人提前退场，包括苏格拉底和他的两个学生，等克里提的演讲一结束，他们就悄无声息地走了——没有人会注意他们，因为所有人都沉醉在鲜血里。那鲜血是战争，是打猎，是神的争斗，也是人的本质。鲜血在他们心里激起不同的感情，让他们饥饿，让他们口渴。

苏格拉底、柏拉图、色诺芬，他们三个人早已饥肠辘辘，但他们是不会加入盛宴的，苏格拉底自有对付饥饿的办法。

他们走在空无一人的街道上，没有人说话，不停有老鼠在横穿街道。那只猫无力地缩在柏拉图的怀里。此刻夜风温柔，乌云消失，天空是矢车菊一般迷人的蓝色。

等他们走回东南方的橄榄林，西方山岗下依然灯火通明，烤架早就架起来了，那些献祭给酒神的牲口，正在往火堆上滴着油。喧闹声不停地传来，还有一阵又一阵高唱和不明其意的嘶吼声。

苏格拉底说："我早就厌倦了这种场合，我敢打赌，你们以后也会厌倦的。"

柏拉图已经饿到不想说话了。他在想，他们回去能吃些什么?

喧闹到凌晨都没有停止过，反而越来越大。几乎所有的雅典公民，都带来了家酿的美酒和华丽的餐具，他们用木桶、陶罐和皮囊盛满葡萄酒，让奴隶们跟着游行的队伍抬进了剧场。有钱人的习惯是朝左方斜躺着，优雅地用右手吃饭，由奴隶给他们送上烤肉和葡萄酒。

只有那些贫贱的人，才会用坐或者站那样丑陋的姿势吃饭。等公民吃完后，他们也拥进了剧场。烤架之下火光熊熊，当晚的烤肉如此丰盛，哪怕是地位最低贱的奴隶也可以来享受。

他们说，酒神的恩典，不会错过这城邦的任何一个人。

那三个匆匆离去的人正从爱奥尼亚城门出城。在半明半暗的夜灯下，守夜人正诅咒着当晚的不幸，换班的还没有来，他问："苏格拉底，你们有没有带点烤肉？"

"我们得早点休息，什么也没有带。但是，夜神纽克斯一定会带给你的，保佑你的好胃口……”

等他们回到橄榄林那简陋的石屋中，苏格拉底拿来一盘腌渍橄榄和几个大麦面包。

橄榄是盐渍的，带着还很新鲜的涩味。如果是蜜渍的那该多么好啊——柏拉图想起了蜂蜜的滋味。如果是蜜渍的，带着洋槐或者玫瑰的香味，一定会渗透梦境，哪怕一点点的甘甜，也足以横扫整晚的饥饿吧。然后，柏拉图拿起了一个大麦面包咀嚼起来，里面有发酵所带来的甜味。那是上一年秋天新鲜大麦才能发酵出的甜味。

他想起了麦田和合唱队少女的发色。

色诺芬还在一声不吭地嚼着橄榄，中间喝了口水，看样子要把面包留到最后再吃。

等柏拉图吃完半个面包的时候，苏格拉底又给他递上了一颗橄榄：“再吃一颗吧，孩子，每一颗橄榄里面都有一个太阳。”

太阳，每一颗幼小的橄榄都会在春天开始包裹太阳，一定是这样的，那么等橄榄成熟的时候，枝头一定会挂满沉甸甸的太阳。可是，为什么它们一点儿都不好吃？

“别嫌弃橄榄，任何一颗橄榄都不要嫌弃——夜晚进餐，你们所要做的，就是让自己不至于饿得无法入睡而已，也不会贪恋食物的味道，橄榄刚好可以起到这样的作用。因为如果吃得太饱，你们就会整晚都用来消化，你们的头颅会变成沉重。第二天起来，你们也不会太清醒。也许会因此错过重要的时刻，感官会变得迟钝。柏拉图，你会错过一首诗的灵感，虽然我现在不太赞同你写那么多诗，过度的修辞，本质上和饮酒一样痛快，但里面不会有多少智慧的。”

那只猫睁大眼睛，懒洋洋地靠着苏格拉底，用爪子挠着自己的腹部，也在听他说话。

柏拉图抬起头来：“老师，对不起，我没有想到阿里斯托芬会用上我的诗。”

“啊，我说的可不是那个意思。没有关系，那只能证明你写得很好，一旦你写出来了，它就属于缪斯和所有的神，所有的雅典人都可以使用它，这是你的荣耀。我也为你感到光荣。”

苏格拉底是真正不在意，他边说边去翻找地上的各种记录。那些记录写在羊皮卷上，刻在泥板上，有的是埃及产的昂贵莎草纸，更多的是完全无法归类的材料，比如一块黑色的圆石，一块过不了一年就会烂掉的树皮，一块织得很密的亚麻布料。所有的这些东西都太零碎了，没有一样可以称之为书，只有它们的主人才能分清上面写的是些什么。

苏格拉底拿出了一卷莎草纸，借着微弱的灯光把它展开给两个学生看，上面除了文字还有一些画得很拙朴的图形。“阿里斯托芬干的唯一的蠢事，是他不相信月亮不但有圆缺之分，还有大小之分！你看，这是毕达哥拉斯所留下的记录，他早已经注意到这个问题，并且研究过月亮大小的规律。他和我想得一样。愚蠢的雅典人啊，他们以为我大笑是因为我疯了，其实我是真正地在嘲笑他们啊。总有一天，他们会因为自己的愚蠢而打脸。”

色诺芬说："他在里面还给你捏造了一句台词，我觉得那也错了。"

"哪一句？"

"太阳不过是一块石头而已，月亮不过是一坨泥巴而已。"

"我是说过那一句话啊，他没错。"

色诺芬停了一下，和苏格拉底不约而同看了一眼有些心不在焉的柏拉图——他们会心地点了点头，好像早就知道他这天必定会心不在焉。

"不对，你们那次聊天的时候我在旁边，你明明说的是太阳是宙斯用石头雕的，月亮是宙斯用泥巴捏的。"

苏格拉底故意大笑了几声，想要刺激一下走神的柏拉图："那可没有关系，说话是我的自由，写戏是阿里斯托芬的自由。"

"老师，我知道你是雅典最大度的人，但他把宙斯去掉了，我是担心会有人认为你玩笑开得过头了，甚至认为你不敬神。"

苏格拉底沉默了一阵，又捏起一颗橄榄，慢慢吮吸着表皮的涩味。

"不敬神？我不止一次被人这么说了，其实我比所有的人都更敬神，因为对于神，我比他们有更多的问题，没有问题，那怎么可能了解神呢？他们的敬神，只是像瞎子一样跪在雕像面前罢了，以为摆了个姿势就是敬神，连神是什么都不知道，还说什么虔敬啊……"

等饥饿稍微缓解了，他们就在干草上入睡。柏拉图手里捏着一个橄榄核，默念着每一颗橄榄都是一个太阳，每一颗橄榄都是一个太阳……他很想为这句话写一首诗，但想起老师说过的话和当晚的难堪，又努力打消这个念头。等意念彻底自由的时候，那个少女的身影和虫子的鸣叫，一起在脑海里徘徊，遥远的人声还是透过橄榄林传了过来。

那个少女的微笑离他越来越近、越来越真实，他终于要沉沉睡去，走入被歌声打开的密林之中。

然而，大地轻微抽搐了一下，他的身体也跟着抽搐了一下，像一个恶魔在地底挣扎。

他猛地坐了起来，看见苏格拉底和色诺芬也吃惊地睁开了眼睛。

那不是梦，那可是真的！大地抽搐了一下，有一种神秘而庞大的呼啸声从北方传来，还夹杂着远处很多的尖叫。

他们什么都没有说，漠然了很久，大地保持安宁，再没有任何动静，那可怕的呼啸声也越来越弱，直到平息。

等他们再次入梦的时候，那只猫却爬了起来，走出屋子，开始在橄榄林整夜逡巡。

那只猫清晨溜回屋里，少年从梦中醒来。他蹑手蹑脚地绕过两个酣眠的人，独自去了橄榄林。

他听见晨雾中的第一声鸟鸣是乌鸫发出来的，然后是日出时林子里群鸟的合唱，金翅雀、燕雀、大山鹬……合唱团里最多的成员是喜鹊，最大的声音来自一只他不知道名称的蓝色大鸟，它叫起来的时候胸腔里应该有一面鼓。

他做了一个古怪的梦，手里的那颗橄榄核燃烧起来，他松开手，看见它的光芒从橘红转为白色，越来越大，它的光芒有时候就是那少女的脸庞，有时候却融化了少女的脸庞。

他得早点醒来，他真的害怕她融化了，因为那个梦是那么脆弱。

那些放纵了一整夜的雅典人直到中午才陆续醒来，这时候柏拉图和色诺芬已经上完半天的课，苏格拉底和他们一起讨论泰利斯的学问。但噪声马上让他们不得安宁，橄榄林外传来一群又一群人的脚步声，还有很多青年男子的歌声，这是他们最喜欢的节日。苏格拉底便要两个学生离开屋子——酒神节的狂欢还远远没有到结束的时刻，在雅典人的心里，如果青春的时候无法放纵到筋疲力尽，那简直就是白活了。他们从不祝福健康长寿什么的，如果人生已经没有了快乐，那么健康长寿就是可耻的事情。他们只会祝福你活得荣耀、活得快乐。

他们开始在山岗西北方的中心广场聚集，这个广场几乎囊括了雅典所有的行政和公共商业建筑物，法庭，议事厅，用来张贴各种告示的石柱子，一个赫尔墨斯神像，一方永不枯竭的泉水池。这是全城主要的饮用供水，各家的奴隶和仆人都在这里排队打水。广场靠着马路的东侧都是自由集市，可以买到从阿拉伯来的香料、波斯的纺织品、西西里的木材、伯罗奔尼撒的粮食等所有物品。

等花队少女到齐之后，他们抬出了狄奥尼索斯神像，开始新的游行。那酒神的脸庞是所有神像里面最丰润的，嘴唇比他母亲塞默勒的少女时代还要娇艳，眼神比林中的厄科还要诱人。

他的头发是葡萄藤做的，被野蛮的欲望编织成浓密的丛林，皮肤也带着初醉少年的酣然——他是诸神中永恒的少年，既不会生，更不会死。因为他是瞬间，他只活在极乐的瞬间，就像一个醉到濒死的人那样，沉溺在生死之外的幻境。

花队行走在酒神像之后，她们才是万众瞩目的中心，因为每一年她们都是不一样的，如同城郊的花田，哪怕是同一个枝头，每一季绽开的花朵也不会一样。那在前一年匆匆开过的鲜花，让那些热血沸腾的年轻人永生难忘的姿容，却也只能盛放一次，第二年就无法重现了。

尤其是领头的那个执篮少女——每年的执篮少女都是由议事会挑选，然后由执政官决定的，她必须是这一年雅典最美的处女，眼神必须保持银莲花那样的灿烂，长发必须有圣泉那样的柔美，仪态必须充满神性的优雅。

不但是全雅典的年轻人，而且所有的神祇都会为她的容貌和气质而赞叹，而沉醉。

在庞大队伍的合唱声中，执篮少女缓缓走出广场，接受所有雅典人的礼赞。她穿着白色亚麻薄纱长裙，半裸着上身，头上戴了一顶用金线编制的花冠，上面点缀了七色鲜花。赤裸的足踝绑着银铃。

她走过第一个街角，等候已久的居民从屋顶把粉色的花瓣撒向她，把掺了葡萄酒和玫瑰花瓣的泉水洒向她，她忍不住得意地笑了，在那淡妆之下绽放出少女的妩媚。

“阿奇娅！阿奇娅！”有人在大喊着她的名字。

“看啊，她是多么骄傲，又多么漂亮啊。”

“……可是，她是处女吗？你们看她的乳房，她像处女吗？”也有人在坏笑。

呐喊声不断传到柏拉图的耳里，他本来正在往队伍前面挤，却发现自己真的很蠢：他竟然认为执篮少女应该是露西娅。

为什么不是露西娅，你们前一天难道没有看见她吗？你们没有听到她那纯洁的歌唱吗？

那露西娅会排在哪里？排在花队的第几个？

他想了一会儿，想赶到游行队伍的前面去，队伍后面实在是太混乱了，露西娅不可能在这里。

有很多青年男子赤裸着上身边喝酒边走路，他们用葡萄汁把腹部到大腿的肌肤涂得血红，把头发编织成葡萄藤的模样，还插了几片叶子在上面。也有放荡的女孩把自己化装成林中妖女的模样，仅在腰间围了一圈树叶或者兽皮，她们和那些裸体男子不停打闹调笑着。

队伍的中间有很多人抬着其他的雕像，那是一些很猥亵的雕像，只有这一天才能够出现在公众面前。

没有人会在这个时候指责他们放荡，拥有一个酣醉之后撒手尘寰的青春，理应让徒然老去的庸人艳羡。

越往前走，他听到的议论声越多，很多人看一眼花队就退下来了。

“露西娅……”

他终于听到有人在议论她。

“啊，你说的是那个小个子少女，她确实最像处女，可是——她是奴隶，她根本没有资格进入花队！”

奴隶？

后面的议论声，又被人流冲散了，他只能浑浑噩噩地跟着队伍往前走。等他们从阿波罗神庙献祭完之后，他发现自己更加不可能回头了。本来一起出发的色诺芬早已不知去向，队伍越到后头越宽阔，好像全雅典的人都跟了上来，足足有五万人那样多，不但不能往后退，而且必须得尽快向前，因为脚步慢了很容易被挤倒。那队形就像一只色彩绚丽的大章鱼，不断收缩然后又展开，吞没了一座座祭坛、一个个神庙，覆盖了所有的石头和房屋，一直朝着山岗上蔓延，那上面是雅典至高的神庙，供奉的雅典娜女武神，甚至在阿波罗之上，她是雅典的守护神。

甚至连这酒神的狂欢，也是由她来守护。

他们开始朝着上山的唯一阶梯走去，队伍必须缩窄为四五人宽。等候的人群发出了嘹亮的歌声，葡萄酒的芬芳朝着神庙上飘荡，还有人不断捧着祭品加入等候上山的队伍，鲜花、美酒、蜂蜜、干果、公鸡、羔羊、腌鱼、橄榄油、鲸油、羊奶……

当克里提带着他的同僚们穿过山门的时候，队伍爆发出欢呼声：他们一起朝山门右侧的雅典娜塑像行礼——这至尊的女武神曾令大海从雅典退却，令奥林匹斯山为之震颤，她保持着从宙斯的头颅中诞生的模样，头戴镶了羽饰的青铜战盔，左手用盾牌抵住前方，右手高擎金色的长矛，那矛头的闪光可以照耀视线尽头的港湾。

她太过高大，太过耀眼，所有的敌人如果敢进攻雅典，不管他们是从海上来还是从陆地来，第一眼看到的都是她。

那座伟大的神庙，现在开始接受这花朵和美酒的供奉了。那人字墙上的胜利女神像，衣褶里涨满了海风，四十六根蓝色和金色装饰的多立克圆柱在拱卫天堂，它们有力又虔诚——略细的顶端支撑起一个庞大的屋顶，石柱间的殿墙上雕刻着虔诚的朝圣场面，光是正面的殿墙就有四十八座神像，涂满了炫目的颜料，它们因这颜料而获得生命：龙血石、朱砂、金粉、埃及蓝、靛蓝……即使是所有雅典少女衣服的染料加在一起，也不会比一尊神像更多。（注：我们现在见到的古希腊雕塑，以前都是有色彩的，只是岁月让颜料剥蚀了。别以为复原的塑像会更美，它们会失去现在的高贵感。）

凝视它们，便可以沉浸于凡界和神界的交融。而屋顶人字墙上的雕刻更为繁复，雅典的诞生被这种又庄重又辛劳的方式记录下来，一面刻着雅典娜和波塞冬为了争夺城市勇猛地交战，一面刻着雅典娜从宙斯的头颅诞生的场面。环绕神庙的浮雕无法数清，骑兵们在勇敢地冲锋，战车上的驭手绷紧了身体，步兵后仰着准备投掷标枪。在他们的周围，还有奥林匹斯诸神的助战、城邦最美少女的祈祷、外邦人的供奉。那在马拉松战役里牺牲的一百九十二个雅典勇士，全部被刻在了石壁上——他们所有人的面貌都能让亲人一眼认出来，他们与神同在，获得不朽。

一波又一波的人潮涌进了神庙，头顶着花篮，用右肩架起彩陶或者黑陶酒瓮，或者几个人抬着肥壮的牲畜。他们在神庙里许愿并放下祭品。每一拨人退出的时候，后面又会进来更多的人，里面的祭品已经堆满了，不得已堆放到外面来，那神庙的台阶，被鲜花彻底覆盖。

那老弱的和残疾的，便不能对着神庙里的雅典娜立像许愿了，他们只能远远地放下祭品，然后望着那辉煌的屋顶，说出自己的愿望。

等献祭的人潮逐渐稀落，那留在神庙里的主祭克里提便喝退了左右，独自穿过巨大的大理石门廊。

他再一次面对前厅供奉的雅典娜女神像，比起山门口的那座，她甚至更高，足足有三十六尺那么高（注：古希腊的度量衡和币制极为混乱，每个城邦都有自己的一套，比如币制就有银、铜、铁等多种本位同时存在，并且城邦的算术方法也不同，导致换算异常麻烦。为了阅读的方便，我们对于度量衡和货币都尽可能使用简洁的方式，这里的尺相当于中国的尺，雅典娜神像高度为一十二米左右，也有一说是一十三米），但她是温和的，因为除去了甲胄，她的矗立是在提醒他一些别的东西：神性、爱、公平、温柔的守护、永恒。

她宁静的目光不看向任何地方。她倾听但从来不回答，哪怕是克里提的问题。她穿着一件有挂带的长裙，裸露着肩膀和双臂。那裸露的肌肤，全部是用上等的象牙打磨成的。为了让其永远保持光洁，祭司们每天都要给其洒上玫瑰水。她右手托着一尊有她前臂那么长的胜利女神像，是用纯金铸造的；左手扶着立在地上的盾牌，是青铜和白银铸造的，上面镶满了波斯和埃及来的华贵宝石。庞大的基座银光闪闪，铸造它用了整整一万塔兰特白银。（注：塔兰特既是重量单位，也是货币单位，一塔兰特相当于二十六公斤 。）

对克里提来说，铸造其的还不仅仅是黄金，那是胜利，是雅典人用一次次浴血奋战铸造的。他们用战利品兑换黄金，最后铸成了足以耗尽整个城邦财富的巨像。雅典无力独自承担这笔庞大的开销，他们的同盟将自己的财富赠出，转化为这尊神像，因为雅典人说，只有这样才能让财富永恒，雅典娜接受他们这虔诚的供奉，将永远守卫他们。他们的同盟叫作提洛同盟。

浓烈的香味弥漫在整个大厅，克里提，过去雅典令人崇拜的勇者，今天五万公民的执政官，便是这神的代言人。

雅典娜神像的腰部出现了一条褐色的细腰带——那不是腰带，而是一条双头蝮蛇，和标枪一样粗，它就像一把生锈的叉子，在雅典娜神像的长裙上摩擦出瘆人的沙沙声，四个空洞的眼眶里都只有一根窄窄的黑线，两条黑色的信子交替闪烁着，从神像的背后爬行到了前面。克里提立即半跪在神像面前，双手捧出了祭品，一枚埃及使臣供奉的鸵鸟蛋，将它放在了祭坛之上。

“美杜莎，拿走它，它是你的！”发出这干枯而沉闷的声音的女人，皮肤也像蛇蜕一样干枯，那是一场瘟疫之后死里逃生的印记。她从一根圆柱的背后现身了，穿着黑袍，苍老得像在这里住了一千年那样久。

双头蝮蛇飞快地爬下了神像，用身体缠绕住巨蛋，身上的条纹不断收缩着，将巨蛋一点点地拖走。

“喔，我尊敬的大祭司布瑟，我想求一个神谕，就是现在。”

那枯叶般眼袋上的目光锐利地盯着克里提，停留了很长时间，然后布瑟叹了口气：“今天是个极乐的日子，是什么让你不得安宁？”

克里提瞥了一眼美杜莎，它已经将巨蛋拖到了一间大理石的小屋，那是专门为它打造的蛇屋。

“昨夜我们宴会快结束的时候，奥林匹斯山的诸神突然醒了，大地抽搐了一次，有人看见北方闪起了橘色的火光，还听到了隆隆的巨响，当我们全部都伏下之后，一切都归于平静。”

“喔，那是很短的一瞬，对吗？”布瑟仰起了头在思索，再也看不到她任何眼神。

“是的，有人说诸神在大笑，他们被我们打动了，要加入我们的狂欢。但后来我们没有听到他们的任何脚步声，直到黎明也没有听到。我以为他们震怒了，但震怒也不是那样的，那山岗上应该有持续不断的怒吼。”

“好吧，我让雅典娜来回答你，奥林匹斯山的任何动静都必有原因，愿宙斯保佑雅典。”

布瑟从口袋里摸出了一些蓝色粉末，把它涂在鼻孔和嘴唇上，深深地吸了一口气。双头蝮蛇早已放置好巨蛋，飞快地爬了回来，盘在她的手杖上。

布瑟带着手杖和蛇，艰难地走到神像后面，那里有一间半地下室，是用青铜铸成的，镂刻着牧神、少年和水仙花的纹饰，镀金的屋顶高出地面半人多。上面有一个圆盖可以掀开，布瑟从那里进入室内。

听见圆盖合上的声音，克里提双手紧紧扶住地面，跪下低垂着头颅：“神啊，我是你虔诚的后代，将听从你的任何召唤。”

双头蛇紧紧缠绕着她，那蓝色的粉末从口鼻一直刺激到了布瑟的胸腔，然后血液从胸腔沸腾到了大脑，她紧闭着双眼，看见深红的光芒将她的灵魂彻底托升，如同红日君临于大海。

她已经不是布瑟，不是任何人，她只是一个虚空的意志，在光明的顶峰去接受神的洗礼。

她的灵魂不断地上升，呼吸越来越急促，直到感觉到无法呼吸，那蝮蛇粗糙的蛇皮也感觉不到了，进入一种濒死状态。一种想要拼死挣扎呼吸的欲望，最后死死掐住了她的喉管。那红光终于开始下坠，像瀑布一样从大脑倾泻下来，撞破了喉管，强迫着它翻滚、燃烧。

它终于燃烧起来了，带着一种巨大的热量撞击着神庙冰冷的石壁，并带着怒涛一样的回响——

“雏鹰飞越了血色的月亮。”

神谕的声音在神庙里回荡了四五次，慢慢沉寂了下来。

“领受它吧，克里提！”从雅典娜神像背后传来的声音终于变小了，女祭司扶着手杖精疲力竭地走了出来，双头蛇缠绕在她的腰间。

“也别告诉我雅典娜说了什么，我不想知道。更不要问我任何问题，你可以回去了，克里提！”

当克里提双手还扶在地上，沉浸在那神秘的谶语中时，布瑟已经走到雅典娜神像前面来了。

“雏鹰飞越了血色的月亮。”

他反复默念着走了出去，神庙的门口已经空无一人，南风此时吹上了山岗，一些风信子的花瓣纷纷扬扬。

他走下台阶，路过一些趁着天黑之前来献祭的人，那些人是繁忙的奴隶、行动困难的残疾人或者老人。

一个褐发的少女正献上她那可怜的祭品，那是一小卷洁白的羊毛。神庙里面已经堆不下任何祭品了，成桶的橄榄油、成罐的蜂蜜、被盘成了大卷的香肠，还有各种大小不一的花篮。

她看了看周围，只有一只乘机来觅食的小鸟望着她，她把自己的祭品放在台阶之下的空地上："我是穷人，我是奴隶，我没有珍贵的礼物给你，雅典娜，请不要在乎我来自哪里，我相信你的正义光芒一样可以照耀我……"

"柏拉图，你勇敢地去爱她吧，不要在乎她是什么人。老师说过，因为爱，你既不要嫌弃那些贫困的女孩，也不要攀附权贵。我早就看出来了，你一整天都在试图找到她。在黄昏到来的时候，你看见她的背影登上了神庙，她给你的感受是美丽的，老师说过，一切被美俘获的心灵，都不是错误。"色诺芬听着柏拉图的描述，便已经感受到那爱情之焰的热量了。

"是的，我不会在乎她是奴隶，但我不是想占有她，而是想娶她。老师也说过，占有结果可能是恶的，如果我能够给予她的，比我从她那里占有的更多，那就是善了。"瘦高的少年环抱着双手，尽情想象着如果他做好了什么，那美便可以永存于世。

橄榄林里响起了一只乌鸦的孤鸣，细雨沙沙落了下来，林子里树木的拂动有时候把雨声突然放大，就像春天女神慵懒的翻身。

色诺芬拨了拨油灯里的灯芯："啊，柏拉图，我真的很佩服你，这么短的时间能想这么多，而不是听任身体的欲火在燃烧。你马上就十八岁了，你也该像我一样有个伴侣了。但你再仔细想想吧，你把她买过来是一码事，娶她为妻又是另外一码事。你的门第绝对不允许你去娶一个奴隶的，如果你想娶她，首先得将她赎为自由民，那就得给城邦交上一大笔钱，那可比从尤塔手里买下来要花更多的钱，那个瞎眼老太，也是贪财得很哪……”

“我现在还想不了那么多，我最想知道她是否会喜欢我，我在雅典娜的面前说，愿她喜欢我吧，如果她是黄昏，我便是晚霞，如果她是清晨，我便要做那唱出第一声的山鹬……”

“尊贵的缪斯啊，请你停下来吧，”色诺芬古怪地笑出声来，指了指屋外，“虽然你诗写得很好，但她既不是黄昏，也不是清晨。”

“她是什么？”

“她是黑夜，黑夜！”色诺芬果断地说，“……因为她有一只夜莺，啊，你能够想象吗？有一只夜莺每时每刻都在陪着她。瞎眼老太说是因为露西娅唱歌很好听，她五岁的时候开始学第一首歌，那只夜莺就扑到她家里来了，再也不肯离开露西娅了。等露西娅长大之后，尤塔说谁想买走露西娅，就必须付三万个德拉克马（注：一个德拉克马为一个普通雅典人一天的生活所需，我们可以把它视为一百元、五十元或者三十元人民币），还得再为那只夜莺付两万个德拉克马。并且，两者绝对不可以分开，因为分开了露西娅就不是露西娅了……”

等到夜深的时候，苏格拉底还没有回来，于是，在色诺芬入睡之后，那个少年便继续沉浸在他无边的幻梦里。

夜莺，那褐色的不起眼的小鸟，在半岛的灌木林里到处都有它的身影，它是从来不被驯服的鸟，却愿意和一个奴隶女孩做伴——那该是一只什么样的夜莺啊。它是所有夜莺里的偶然吗？那些夜莺每夜都在隐秘的阴暗里歌唱，越是天气闷热，就越是叫得欢愉。人类猜不到夜莺鸣叫里的暗语，“的就，的就”“古哟，古哟”，有时候又发出纺车那样一连串的咯咯声。在那闷热的夏日，人类只能感受它的善意，有了它的婉转，再深的夜晚也不再忧郁了。

而露西娅，她会不会是夜莺的同伴呢？或者她就是夜莺的姐妹？费莫罗娜向可怕的国王复仇以后，便逃进了林间，长出了褐色的翅膀，变成了夜莺。而国王也变成了一只鸟，继续追杀她，那国王变成的鸟还始终戴着王冠呢，那就是戴胜鸟。

如果夜晚足够深沉，树林足够幽暗，那些古老的故事还会在树林里一遍又一遍上演，只是很少有人能真正见识到。当其转身而去变成一只夜莺的时候，也许在等待一个少年的保护吧？

雨声忽远忽近，柏拉图似梦非梦地想着夜莺和露西娅，脱下了长袍，将它揉成一团抱在自己怀里。越来越深的睡意里突然传来一声响亮的鸟鸣，他就立即清醒了，那似乎是一只真正的夜莺！

于是，他又穿上长袍，看了一眼熟睡的色诺芬，小心翼翼地绕开色诺芬的地铺。

细雨无边无际地散开了，变成了一团非常浓厚的雾气，皮肤一沾上就变得湿漉漉的。他双脚在橄榄林下的灌木丛中探着路，不分方向地往深处走去。

再没有任何鸟鸣声响起，也看不见什么，前面不断响起小动物跳开的扑簌声。他突然觉得自己是不是有点疯了——也许刚才的鸣叫的鸟根本不是夜莺，而是其他鸟类。

但是，如果露西娅知道他在这个时候醒来，他在这个时候去寻找一只夜莺，那会怎样？不对，他是在寻找露西娅，如果露西娅知道他是在找她，梦见他在寻找她，那会怎样？据说梦境是没有道路的，也没有距离，只有光，哪怕有一万个海湾，跃进的也是同一片光……

那踩入梦境的人，脚下也是没有大地的，或者他们连双脚都没有，只有手臂啊翅膀啊飞扬的头发。在湿润的黑暗里，他放纵自己尽情想下去，等到背部传来一阵尖刺的疼痛和滑腻腻的冰凉，他伸手去抓，抓到了一把带着沙子的泥浆。

原来他摔倒了，他抓着手边的灌木爬了起来，他搓着手上的泥沙，感觉到手掌上还有植物的碎片。

花瓣，那是花瓣！他贪婪地嗅了嗅它的气息，蔷薇花。这片橄榄林长满了蔷薇丛，春天的时候，它们会统一开出淡黄色的小花。

啊，它们竟然早就开放了，他居然没有留意到。

他心里涌起新鲜的甜蜜，想着那黄色蔷薇在这橄榄林的空隙里找到阳光的样子，在起伏不定的地面，如果它们没有开放，看起来就是装饰橄榄树的毯子。

因为风，那些毯子会偶然耀眼起来，和露西娅在火炬下的脸庞一样。等它们开放了，那又是她的头饰，对了，那上面也点缀着黄色的小花。

于是，他幽灵般地在地上摸索起花朵来，他顺着能够摸到的枝条往上摸，手上扎满了蔷薇的小刺，就用泥土将它们搓下来，那有点痛，痛出了一些欢欣来。

他没有找到夜莺，如果没有这些蔷薇，这个夜晚该是多么难熬啊。那之前安宁的石屋到了夜晚就像死屋，他可能会疯，会干点什么吓到老师和色诺芬。但此刻他感到了幸运，他也像一只夜莺那样可以躲在暗处尽情狂欢。

雾气慢慢在凝结成水珠，乌黑的天幕透出了蓝光，他能看清橄榄树的轮廓了。他本来不知道自己该怎么去接近露西娅，而橄榄林提醒了他，点燃了他，用意外的蔷薇指引了他，他会让露西娅欣喜若狂。

他回屋子里拿了个篮子，开始摸索着采摘蔷薇。

这并不疯狂，也不荒唐，这样的事在每个少年身上都应该发生过，每一个少年都应该这样长大。

等摘满了一篮，他就把花朵堆回房间，找了把刀子又重新出去采摘。等那天幕的蓝色有点透明的时候，他就可以一眼认准蔷薇丛的所在。动作越来越快，他担心蔷薇还不够多，不足以充分表达热烈，他一定要吓到她，用花海把她托起来，让她瞬间魂飞天外，然后扑向他……于是，他开始把花朵连同下面茂盛的枝条一起割下来。

这些疯狂的念头给了他无尽的力量，也给了他一些点子：

他应该找个浪漫的时刻，还得是不被人看见的时刻——不，这样也不好，那她怎么可能知道花来自哪里？她会主动去寻找送花的人！

对，肯定是这样。或者，他会路过一些认识的人，他们会转告她！

皮里兰德的儿子，苏格拉底的学生，她梦想中的俊美少年，名字就是柏拉图！

等到天蒙蒙亮的时候，他就把花丛堆上了手推车——他实在采得太多了，堆了半个屋子，一车只能装走一小部分。

色诺芬醒来会说什么？去他的吧。

街上还是一个人都没有，他吃力地把手推车推上一个缓坡之后，就迎来了一段漫长的下坡，一直向北。他知道瞎眼老太婆尤塔住在哪儿，那个区域住满了高级将领和他们的亲属，柏拉图一家也住那。尤塔的亡夫梅顿是柏拉图父亲的战友。在和科林斯人的战斗里，梅顿脖子被砍开了一大半死了，而皮里兰德只是被射中了左臂，箭头穿过护臂，让他流了点血。第二年的雅典娜节，皮里兰德给尤塔家里送了一坛子酒和一串腊肠，还有一尊底座刻着梅顿名字的赫尔墨斯神像。

等他找到尤塔家的时候，街上还是空无一人，他胆战心惊地把一整车鲜花倾倒在她家门口，然后飞快地跑了。

回到橄榄林之后，他感觉自己沸腾的血液还是无法冷却，于是又把剩余的花朵装满了一车，再次出了门。

东方已经有了一些透亮，他遇见了一个去打水的棕色奴隶，飞快地跑过不敢回头。

快到尤塔家门口的时候，他突然紧张起来，因为他已经听到旁边房屋里传来的声音了，有老人的咳嗽，还有婴儿的哭泣。

噢——夜神啊，厄斯帕罗斯啊，我到底干了些什么？我竟然推了这么大一车荒唐的植物来这里，那么多的枝条就像柴火那样。啊，请夜神宽恕我吧，我被卑鄙的欲望烧昏头了，干脆让雅典娜来惩罚我吧，我为什么会有这样下贱的念头？

等到他的身后突然响起一阵开门声，他便被恐惧所催促，低下了头，硬着头皮再次在空荡荡的街道勇往直前。

幸好尤塔家的门还是关着的，远远看见鲜花堵住了房门。也许在开门的瞬间她会惊叫——万一是那瞎眼老太来开门，会不会是咒骂？

夜晚他所梦想的场面，此刻都捉摸不定起来，他最害怕的是她们此刻开门。他贴在墙壁上听了一阵，下了决心：如果有动静他就赶快走，编个托辞糊弄下遇到的人。但那屋子里什么声音都没有。

于是，他胆战心惊地把这一车鲜花铺在了门道上，一边铺一边警惕地听着里面的动静。他想尽量铺得均匀一些、延长一些，这样，等美丽的露西娅来开门的时候，看到的就是一条鲜花小道了，那种鲜花和她那晚头上戴的一模一样。

“啊，克力同，你可是见识过我年少轻狂的人。老伙计啊，你可以为我作证，为了女人我可是什么疯狂事都干得出来。”

苏格拉底把酒樽里的水一饮而尽，旁边有个女人在大笑着，她涂了口红，但嘴上的皱纹已经让她无法再把口红抹匀了。她斜靠着吧台，那吧台是一块花岗岩加上一块桃木板子做的，她肥大又下垂的乳房半裸着，洒上了几滴绯红的葡萄酒。

苏格拉底得意地望了那个女人一眼："蒂玛，你也可以为我作证，是不是？"

"看在狄奥尼索斯的分上，苏格拉底，我在雅典睡过一千一百零七个男人，平均每个男人给了我六百个德拉克马，那里面可没有你啊，苏格拉底，我从来没有从你身上挣到一个子儿！"

那个叫克力同的男人从吧台里又拿出一个酒坛，给蒂玛斟酒，他手臂上有很多褐色的斑点，胡子已经白了一大半："你说得对，你还记得苏格拉底的套路吗？他每次遇到漂亮女人，都和她们谈什么如何高尚地做爱啊，如何彼此奉献而不是占有啊，什么做爱里面有神性啊……把那些女人也说得疯疯癫癫的，就会晕头转向地跟着他走，快走到他家了，他又说自己老婆在家里，让她们回去——啊，苏格拉底，你才是真正的流氓。"

蒂玛咯咯笑个不停："就是，我还记得那一晚他当着很多人的面，安提丰、斐德罗、阿里斯托芬，还有你克力同，他可是硬生生地把我说走了，气得安提丰砸了酒坛子，他可是打算出两千个德拉克马睡我呢。对了，还有欧里庇德斯，这个风流天才，他打算出四百个德拉克马，并且认为自己胜券在握。但是啊，我竟然一个子儿不要，就这样稀里糊涂被苏格拉底骗走了，我想和他做高尚的爱——可你们都知道后面发生了什么？他最后和我说：‘行了吧，我已经达到目的了，我已经证明了所有的女人都不聪明，蒂玛也不例外。’所以，他又要我回去……”

克力同给自己也斟满，举起酒杯对着苏格拉底：“敬你一杯吧，敬全雅典，不，是全希腊最智慧的人。想起这些往事可真是开心，蒂玛，虽然他耍了你，但他是真心喜欢你的，你可比那些诗人啊、教师啊、法官啊、祭司强多啦，你总是诚实地一个子儿一个子儿地去赚。那些人啊，就凭借满嘴胡话一个劲地挣钱，那些为他们花钱的人，都不知道自己钱是花哪里去了——啊，苏格拉底，你可是把他们得罪完了，哈哈……”

苏格拉底没有马上接话，他对着吧台底下伸出手来，那只长着褐色条纹的希腊猫——皮雷斯，立刻把前爪搭在他的手臂上，顺势让他抱了起来。他摸了摸它的后脑：“克力同，想想那些事情，当初确实觉得很痛快，比如卡利诺斯，他一辈子写的诗用到的词语可能还不到五十个，这个真是荒唐，他只需把那些漂亮的词摆在一起就变成诗了，可比柏拉图差太远了。但是如果换了今天，我绝对不会让他颜面扫地的。”

“为什么，是因为我们都老了吗？”

“不是，是因为我已经厌倦了用我的智慧和人较劲了。我总觉得自从有了皮雷斯之后，我的智慧就开始被误导，我孜孜不倦地和他们辩论，我以为那就是阿波罗指引我做的事，但几十年过去了，我竟然还没有找到智慧之路的终点，我击败了所有的对手，但我却不知道我是谁。这不是有点悲哀吗？”

那只希腊猫喉咙里呼噜呼噜响着，苏格拉底让它舔了舔酒樽里装着的水。

“老伙计，酒神节你还坚持滴酒不沾，才会去想这些悲伤的事。我提议，蒂玛，我们三个人一起干一杯吧，为狄奥尼索斯干杯，为我们的年轻干杯！”克力同说。

苏格拉底勉强举了举杯子，继续说道：“克力同，二十年前，自我在德尔斐神庙（注：阿波罗神庙，在雅典东北一百五十公里外的深山里。尽管每个城邦都有自己的神庙，但德尔斐神庙是全希腊的圣地，所有希腊人都想在有生之年朝拜德尔斐神庙。）得到神谕的那一天起，就一直在思考阿波罗的意图。他说我是全希腊最聪明的人，要我以后去证明这一点——他为什么这样要求我？他一定会有个目的，我也会有个答案。我以为只要我做得足够好，我一定能找到那个答案。那个答案就是阿波罗的目的。”

他们三个人都停了下来，很久没有再说话，只有皮雷斯偶尔露出红红的小舌头打着哈欠。在二十年前那个雾气蒙蒙的清晨，苏格拉底平生第一次，登上了德尔斐神庙的台阶，那个清晨后来变得如此有名，是因为在神庙里皮提亚女祭司传达的阿波罗神谕是这样的：苏格拉底，你是全希腊最智慧的人，去证明你自己吧。

有很多希腊人亲耳听见了这句神谕，他们说发出这句话的声音带着火山爆发前的那种尖啸，异常刺耳，那都不是皮提亚的声音了，而是地底巨大的岩石挤压出来的。

“我们都知道那一天的事，一个人想要证明自己有智慧那很容易，但要证明自己是最智慧的那一个，说老实话，苏格拉底，除非有神谕，谁也不会去干那样的傻事。”克力同直率地望着苏格拉底说。

“傻事！是的，克力同，你说得太对了，现在回头一想，确实就是傻事。刚从山谷出来的时候，这个神谕可把我愁坏了，难道我得有计策把阿波罗请下来，我才算最智慧的人吗？我想我做不到。我把这句话想了又想，他是让我去做全希腊最智慧的人啊，那我只要把全希腊号称第一的智者击败，那么最智慧的人自然就是我了！当我想到这个点子的时候，我太兴奋了，完全没有留意到我身后跟了这个小东西。”他托着猫腰，举起了皮雷斯，“它跟在我后面形影不离，我不知道它是何时出现的，也许当我刚刚走出神庙的时候，它就跟定我了。于是，我就当它是阿波罗派来见证我行动的……”

“喔，苏格拉底，如果皮雷斯有灵魂，它肯定什么都见证了，包括我和你。”蒂玛伸出手去拉皮雷斯的爪子。

“哈哈，它只是见证了一个疯子花了二十年时间干了一堆傻事罢了，我为了证明自己聪明，竟然去挑衅了那么多人，得罪了那么多人！可怜我这样的蠢货啊，还真把自己当成最智慧的人。”这次苏格拉底终于又开始笑了，他一会儿搂过克力同，一会儿搂过蒂玛，不停咒骂着自己。等笑够了、骂够了、兴奋够了，他眼里罕见地流露出一点忧虑——啊，苏格拉底的眼神永远是嘲弄别人的，你们何曾见过他的忧虑呢？

他凑近克力同的耳朵低声说：“克力同，我当初左思右想，觉得我有两个选择，我可以只做一件事情，就能证明自己是最智慧的人，我也可以靠击败其他所有人，来证明智慧在我这里。想来想去，对于第一个选择，我实在想不到有哪件事情，能一举证明我就是最智慧的那个人，所以我选择了后者。啊，我可真是愚蠢啊，我万万没有想到，我永远抵达不了终点，因为……”苏格拉底用极低极郑重的声音对克力同说，“因为我发现我错了，真正的智慧不是用来击败别人的，也不是在公众面前炫耀的，而是——智慧就是它的自身，它不应该用来服务于任何自私的目的。”

克力同喝了些酒，并不是完全能听懂他的话，只能安慰他：“我的老朋友，虽然我听不懂你说的，但我还是相信你。如果你都不知道智慧是什么，那么全希腊就没有人知道了。”

“不，如果阿波罗此刻就在我们身边，他一定知道，还有一些人类也知道，欧几里德知道，泰利斯也知道——可能将来以后还有一个人会知道，他就是柏拉图！”

她用左肩托着一个装饰着月桂枝的彩陶水罐，匆匆穿过圣道边喧闹的集市，走向广场南边的泉水房。有人在她的耳边神秘兮兮地以赫尔墨斯的名义起誓，说他的小茴香绝对产自埃及，那是为法老御制的品种。那个人眼睛细长，戴着蓝色的头巾：“告诉你的主人吧，他一定会喜欢。”

也有人在为一个奥波尔（注：比德拉克马更小的货币单位，

你把它看成五块钱、一块钱都行。）争吵得不可开交，还有一群人围着一个耍铜子的人看把戏，那耍把戏的人把一个铜子高高抛向空中，然后两只手快速地挥动，铜子在空中消失了，他就让围观的人猜是在他的左手还是右手，几乎所有的人都猜反了，猜反的人得给他十个奥波尔。他会给猜中的人二十个奥波尔。这是地球上的第一个骗术，直到今天它还以各种各样的形式流传，当雅典还不是一个城邦的时候，它就已经在乡下流行了。

她路过那里的时候，所有人都在大喊赢了赢了，似乎有人真的击败了那个耍把戏的。

她把水罐紧紧贴在脸上，高大的罐身抵挡了中午炙热的阳光。走了一段路之后，她已经有点出汗了，薄薄的麻衫紧紧贴着她小巧的乳房。

如果不注意她那高傲而优美的鼻子，那脸颊偶尔浮现自由和舒展的微笑，以及被小贩大声调笑后少女的娇羞，她就是这广场上熙熙攘攘人群里最不起眼的一个了。她也害怕别人注意到她，或者遇到认识的人，她把亚麻裙子又往上提了提，把肩膀也紧紧裹住了，像身体里藏了什么根本无法见人的东西。

泉水池排队的人很多，熟识的各家奴隶在闲聊着，有几个黑奴凑在一起说着无法听懂的语言，两个粗壮的叙拉古女人粗野地大笑着，开着下流玩笑。有一个操着科林斯口音的男奴隶在问排在他前面的一个年轻人：“嗨，柏拉图，你今天怎么来这里汲水了，以前不都是色诺芬负责汲水吗？”

那个年轻人个子太高，皮肤太白皙，排在队伍里有些拘谨，一看就不是天天来打水的奴隶。他和科林斯人小声解释着什么，那个科林斯人说话却无法减小音量：“嗨，合唱队在酒神剧场唱了你的诗，皮里兰德说的，可他并不怎么高兴，他可能希望你像阿里斯托芬那样写出一整部戏来吧……”看样子，他就是皮里兰德家的奴隶了。

就在他们前面不远处，汲水的队伍有点骚动了，大家都知道皮里兰德的公子来了。“老爷好！”很多奴隶都在问候那个年轻人，那个少女也略带好奇地放下了水罐。那个年轻人浓密的卷发像海浪一样自然，还有一个优雅细长的脖颈。

寒暄声里响起一个与众不同的洪亮声音，如此直接，没有任何客套：“哈哈，皮里兰德的儿子来打水了，哈哈，柏拉图，你带了水牌没有！”一个非常强壮的年轻人不知何时也挤到队伍里凑热闹了。虽然天气很热，他却夸张地穿上了两片厚厚的白铜肩甲，胸膛赤裸着，露出厚实的肌肉，右手抓着一个比他还高两个头的武器——黑铁的三叉戟，三个叉头镶了黄金，闪闪发光。从鬓角到下颌，他长长的胡须分成了七八缕，看起来没有那么凶恶，反而有了几分滑稽。

“海神，海神老爷！”“特瑞斯老爷！”“他是阿奴图斯的小儿子，波塞冬的后代！”有人崇拜地和他打着招呼，也有人在小声议论着，只有柏拉图一个人不知所措，不知道他为何要盯着自己。

那特瑞斯的身形比柏拉图宽了一倍多，他把三叉戟在地上跺得咚咚响，声音又提高了很多，仿佛想让整个广场听到：“这小子可是好几天都睡不着啊，哈哈，他实在睡不着，竟然抢了他师兄色诺芬的活，跑着来打水了。但是啊，你来打水先得问问我，这眼泉水是我先祖波塞冬用三叉戟戳出来的，你怎么敢擅自来打水呢？”（注：传说雅典娜和波塞冬为争夺雅典展开恶斗，波塞冬的三叉戟扎出了三个泉眼，但只有在广场的这个泉水甘甜可以饮用。）

他一边大嚷一边伸手示威般地按了按柏拉图的肩膀，柏拉图感觉到了一种奇怪的危险，不明白这是为什么。

看见更多人望着这里，特瑞斯越发来劲了：“哈哈，这简直太可笑了，柏拉图。你们猜这个㞞包今早干了什么？他竟然推了两车的柴火堆在瞎眼老太尤塔的家门口……你们猜我是怎么知道的，因为瞎眼老太大清早就在叫骂，哪个喝了毒草汁的用两车柴火堵了她家的门。骂得整条街都能听见。”

柏拉图脑袋嗡的一响，那清晨的幻境本来还历历在目，还带着露水般的新鲜和娇弱，这不知从何而来的混蛋为何要来捣乱？他奋力掀开了特瑞斯压在他肩膀上的手：“请你闭嘴吧，特瑞斯，你不要拿我开玩笑！”

特瑞斯满不在乎地抽回了手，把金光闪闪的三叉戟振臂一举，然后又放下：“我可不是开玩笑，哈哈，你可能在猜我怎么知道是你干的吧。因为除了苏格拉底的橄榄园，雅典城里谁会有那么多的黄色蔷薇？为了这些蔷薇，苏格拉底吹了多少年的牛，他说他的蔷薇就是全雅典最漂亮的蔷薇。只要是个人就会猜到是你弄来的，不可能是色诺芬那个结了婚的傻子！”

围观的人不敢起哄，一个是皮里兰德的儿子，一个是阿奴图斯的儿子，他们可不敢开任何一个人的玩笑，只能在心里窃笑着看着这个荒唐的场面。特瑞斯一个人笑得上气不接下气："你啊，你不可能是把花献给尤塔那个瞎眼寡妇吧，哈哈，你是献给露西娅的。你看中她家奴隶了！你这个蠢货，你竟然给一个奴隶献花。"

特瑞斯自顾自地说着说着，就莫名其妙地发怒了，特瑞斯这次不再是向柏拉图示威，而是试图掐住他的脖子，凭借庞大的体重拖倒他。眼见柏拉图无法抵抗，旁边的几个人一边劝架，一边试图拉开特瑞斯的手，而特瑞斯的咒骂声依然从混乱里刺耳地传来："老子早就要买下露西娅的，老子早就和尤塔说好了，没有见过你这么贱的男人，竟然鬼鬼祟祟地想搞露西娅，你以为那真不要钱吗……"

一阵混乱之中，露西娅早就听不下去了，她面红耳赤地提起了水罐，旁边几个女奴讥诮地望着她："啊，露西娅，你真有那么迷人吗？"

露西娅奋力扒开人群，想立刻跑回街上。可惜她和柏拉图一样力量弱小，一个不怀好意的叙拉古女奴随便伸手拉她一把，就有一只褐色的小鸟从胸前蹦了出来，小爪子抓着领口扑闪着翅膀，像人咂嘴那样叫两声。这就是那只著名的夜莺。她慌忙将它塞回衣服里，提着的水罐就掉了下来，摔得粉碎，有碎片扎进了她的小腿。

"露西娅！她就在后面！"

听见有人在喊，特瑞斯匆匆放开柏拉图，几下就拨开周围的人，站在了露西娅的面前。露西娅紧张地在地上收拾碎片，企图把它们收拢到尚存的大半个罐体里。她看见那三叉戟的末端矗立在她的脚边，那是一种无处可逃的压迫。她想就这样弯着腰，永远不必直立起来就好。

“露西娅，我会为你出五万个德拉克马！”一只巨掌摸着她的头发，四周发出了一片惊呼：“五万德拉克马！”

“是的，五万德拉克马，我已经和尤塔说好了，包括那只夜莺。哈哈，柏拉图，你也不先去问问你的父亲，他连一万个德拉克马都拿不出来。看在柏拉图的分上，我今晚就会付清这笔钱，起来吧，露西娅，我带你回家！”

特瑞斯用大手抓着她的肩膀，企图把她抓起来。露西娅拧转了身子拼命挣扎。眼见她如此凶悍，特瑞斯就松了下手，露西娅却因自己用力过猛，跌倒在地上。一些细小的陶器碎片扎进了她的前臂和膝盖，她带着一些血点站了起来，一边把衣服拉上肩膀。

特瑞斯挑衅地看着她的眼睛——那里面竟然不是羞怯，连以往所见的任何谨慎和娇弱都没有了。她高高仰起了脖子，带着所有人都没有见过的凛然，一字一顿地说：“你千万别买我，特瑞斯，我是米松人！”

特瑞斯犹豫了一会。露西娅的眼神并没有任何改变，无惧于他那庞大的身躯。特瑞斯说：“米松人——你是米松奴隶，任何雅典人都可以买下自己喜欢的女奴。并且，我一定会善待

你。”

那女孩的身形比他小了太多，形态却如一根钉子那样锐利，她继续缓慢而坚决地说道：“你当然可以买走我，但你得知道，所有的米松女人，如果不喜欢买走她的人或者娶走她的人，她会立刻自杀，从来不会有任何一个米松女人在这事上面犹豫！特瑞斯，你太无知了。”

然后，那女孩俯身捡起一块锐利的陶片，将它举在阳光下，想看出点什么。

很多围观的人是第一次听说这个风俗，他们嗡嗡地议论起来，人群中又响起了一个疲惫而又大胆的声音：“她说得没错，在伯里克利执政的第三年，一共有二百零七个米松女孩结婚，有一百六十七个在新婚之夜自杀了，因为她们不喜欢她的男人——她们去了冥府，哈德斯会为她们找到喜欢的男人！”

那个声音越过了很多人的肩膀，传到了特瑞斯的耳朵里，那是柏拉图。

这个广场每天都有很多大大小小的故事发生：伟大的伯里克利在这里发表演讲，全雅典的舰长们在这里欢庆海战的胜利，萨福在这里吟唱过悲伤的诗，无所事事的公民在这里交换小道消息或张贴求购一些番红花种子或者一条斗犬的告示，年轻人在这里相遇，海难余生的迦太基水手在这里乞讨，公开法庭里永远有打不完的小官司，陪审团的名额永远不够用……

这里一直是那么繁忙，当人们开始传播一个惊人的消息的时候，另外一件更惊人的事情又会马上发生，好像全雅典的耻辱和荣光，人性和神性的崇高与卑劣，每一个公民的怯懦和勇敢、大度和吝啬，都会不约而同地汇聚到这里。

如果说雅典娜神庙和酒神剧场是这个城邦汇聚神灵、美和艺术的舞台，那么这个广场就是人的舞台。人的法律，人的交易，人的政治，人的俗世生活，它们不分层次无论高低，都拥挤着汇聚在一起。一个刚在路边和小贩厮打了一阵的男子，转眼就会在议事大厅发表慷慨激昂的演讲；一个老乞丐也会一把撕下他腿上伪装的伤疤，飞快地走进法庭当起了陪审员。哪怕是执政官克里提，这排在雅典娜之后最有权力的人，他主持完一个重大拨款决议之后的第一件事，就是走几步到路边来挑选一块新式的波斯地毯，还得被外邦的贩子嘲弄他的小气。

皮里兰德的儿子和阿奴图斯的儿子在争抢一个女奴！

啊，这可真是丢人啊，阿奴图斯的儿子把皮里兰德的儿子打了！

那女奴可是个疯子，谁都不嫁……

只需要水钟（注：古希腊计时工具，也就是水漏。）走半个刻度，广场上来来往往的人便把流言传遍了整个雅典，事情也走了样。那烈性子女奴的歌喉在大多数人眼里，要远远胜过她的容貌，那阿奴图斯的小儿子是个莽夫，偏要在大庭广众下和皮里兰德家里的人过不去……

但只有那么一阵子，广场上的人就稀少了很多，那些争吵的、叫卖的全不见了，连泉水池边打水的长队也不见了，只剩下稀稀拉拉几个迟到的奴隶在那里汲水，因为他们知道只有早上的泉水才是最新鲜的。

所有的人都聚集到议事大厅那里去了，连事不关己的外邦人，不管是小生意人还是乞丐，都要奋力挤到大厅外面去听个热闹。议事大厅里面则挤满了五百个雅典公民大会成员，他们有权力对城邦的任何决议表决，讲台上站着的是克里提，他全身戎装，配上了那把雅典之剑，那便象征着有什么大事要发生了。

“雏鹰飞越了血色的月亮。”他凝重而缓慢地说出这句话，像是要把那一刻的气氛移植到这里来。台下鸦雀无声，那来自雅典娜的神谕令人肃穆。

“雅典娜并没有明示我们该做什么——戏剧演出的那一夜大家都感受到了，大地在震动，北方也有火光，我相信雅典娜一定是在警示我们，也希望我们有所行动。每次她发出这样隐晦的神谕时，那就意味着事情一定很严重，而结果也会很严重——要么是辉煌的胜利，要么是无法避免的灾难！”

“克里提，我相信神一定会赐给我们一份大礼，我看不到有什么灾难的迹象，我们现在是全希腊最富裕的城邦，并且和斯巴达人缔结了三十年的和平——没有什么能够威胁到我们，我们为整个爱琴海和地中海主持和平与正义。我们汇聚了整个世界最强大的军队，最优秀的将军、生意人、诗人、雕刻家。如果说这个神谕预示着有什么人会和我们过不去，那我是绝对不会相信的，因为不但是雅典娜会守卫我们，奥林匹斯山的众神会和我们在一起，我们的一百零二个同盟，也一直对我们忠心耿耿。”

台下响起了一片欢呼，那个说话的人是尼西亚斯，雅典主管军事的十位将军之一。

“对啊，尼西亚斯，我们现在平均每个公民有八个奴隶，每年可以从城邦收益里分到一千三百个德拉克马，我们的国库，比其他所有的城邦加在一起都要富裕，我们应该满怀信心领受神谕，不要有任何的担忧！”这个人声音不大，却充满自信，他眼神里闪烁着灵活的光芒，像是在瞬间找到了发言的灵感，这是雅典的司库赛尼翁。

然后下面响起了一阵议论声，所有人充满自信，长久以来的和平和幸福，让他们根本无惧于那北方高山的小小震动。

克里提敲了敲手里的剑，望向坐在第一排的权贵们，大厅马上又肃静下来。“作为执政官，我绝不轻率对待雅典娜的任何一个声音。我请教了安提丰、阿里斯托芬，我请他们查阅了历史和戏剧，我也和阿奴图斯，和皮里兰德，和我们的大法官梅勒托都商量过，雏鹰，那应该是一个初生的城邦，它正在密谋着对抗雅典，至于血色的月亮——公民们，你们猜到血红的月亮是什么吗？”

在台下一阵交头接耳之后，克力同站起来说：“我知道，那个城邦应该离火山不远，他们能看见火山的闪光，在夜晚，那火光会把月亮染成一片血色！”

克里提满意地点了点头：“克力同，你说得不错，但奥林匹斯山以南的城邦都对我们心悦诚服、绝无二心。所以，我和安提丰、阿奴图斯想了很久，只有一个城邦符合雅典娜出的谜，雏鹰，血色的月亮全都是它！”

台下的人屏住了呼吸，这正是克里提期待的场面。他刻意停顿了一会之后说：“那个城邦就是克罗顿！公民们，雅典娜要我们当心克罗顿！”

骚动中有人在大喊，也有人在大声发问：“宙斯啊，那是多么小的城邦。”“克罗顿究竟在哪儿，为什么我都不知道这个城邦？”

等人群稍微安静下来，克里提说：“请阿奴图斯说说克罗顿的事情吧。”

阿奴图斯走到讲台前，平静地扫视了一下前排公民的表情，缓缓说了起来：“克罗顿加入我们同盟只有三年，每年只向同盟供奉两百张羊皮，我们也大度地接受——因为对一个处于西部的小城邦来说，能和遥远的雅典站在一起，已经非常了不起了，所以，尽管他们很贫穷，我们也绝不会嫌弃他们。”

“那他们又拿什么来威胁我们呢？”台下有人在问。

“他们不能给我们任何直接的威胁，他们连海军都没有。但是，前年他们那里发现了铁矿，而且矿脉越挖越多，他们炼铁的火光整晚都映红着天空。尽管那里的矿石好得吓人，只要烧得足够热就能化成铁水，他们的技艺却只能炼出粗糙的生铁。真正的问题是，他们把铁矿和生铁都卖给了斯巴达人！斯巴达人能炼出坚固的精铁。”（注：在本书故事的年代，铁器已经普及，但由于冶炼难度比青铜大，铁是远比铜要昂贵的金属。）

说到这里，阿奴图斯用力拍了拍讲台，有人也开始跟着诅咒着。

“是的，他们是我们的同盟，应该卖给我们才对，他们竟然用九千个德拉克马一船铁矿的价格，无限量地卖给斯巴达人，还偷偷卖给他们很多生铁。”

“那雅典出价是多少钱呢？”尼西亚斯问道。

“我们只能出六千个德拉克马！”阿奴图斯说。

看着台下人的疑惑，阿奴图斯解释道：“因为我们的运费太贵了，斯巴达人比我们离克罗顿近很多，他们出九千个德拉克马，只用再出两千德拉克马一船的运费，就可以把铁矿运回去，铸造他们的盾牌、长矛、匕首和砍刀，而我们却得再加五千一船的运费，所以我们只能给克罗顿六千德拉克马的矿价，不可能更多！”

“阿奴图斯，那些运输船都是你的生意吧？你为什么不能把运费降价呢？”克力同嘲弄般对着阿奴图斯说。

阿奴图斯毫不尴尬地讥讽着他：“不错，克力同，运输船都是我的，是我的就是雅典的，因为我现在是雅典公民，如果我挣不到钱，那谁来为酒神节出钱呢？谁又能在雅典娜的神像上再贴一层黄金！”

眼看要争吵起来，克里提马上打断了他们：“公民们，真正的问题不是价格，而是正义，克罗顿是我们的同盟，他们有义务首先考虑我们的安危，而不是把铁矿和生铁，卖给我们长久的敌人。那里的石头好得只要稍微炼一炼就能流出铁汁来，斯巴达人会因此多出一万个重甲步兵……尼西亚斯，请你说说你的看法吧。”

“我们已经和克罗顿交涉过，他们说我们和斯巴达人既然有了合约，那么生意就是生意，和正义无关。如果他们低价卖给了我们，他们连雇奴隶采矿的钱都不够。”尼西亚斯将军说。

克里提满意地点了点头：“看啦，这就是卑鄙的克罗顿人，为了些蝇头小利可以出卖雅典，我现在提出动议，向克罗顿人发出最后通牒，让他们停止向斯巴达人供应铁矿和生铁，否则他们将等来我们的军队，我们将用雅典娜的利矛刺穿他们！”

人群里很多人都在挥舞拳头，也有人满脸疑惑地和周围人讨论什么。

“克里提，你不用着急。”一个苍老的声音响起，虽然低沉又缓慢，却挟着巨大的回响，能一下子攫住所有人的心。他穿着破烂不堪的长袍，灰白的长须垂到了胸口，苍老的脸庞上一双清澈的眼睛睁得大大的，那是苏格拉底。

看见大家安静下来，他温和地望着有点不满的克里提，然后环顾四周：“公民们，我们还是首先考虑这个神谕的意思，照我看，我们地中海周围到处都是火山，火山喷发了，别说什么雏鹰，麻雀都会赶紧飞起来……如果我们要寻找雏鹰和夜晚的火光，那哪个城邦都会有。”

看见人群里爆发出大笑，他神色不改地继续说下去，丝毫不顾及克里提和阿奴图斯等一群人的难堪：“克里提，我知道你为什么不来向我请教神谕，因为我可能会朝着你不期待的方向去解释它。但很幸运，我还是公民大会的成员，我可以在这里向大家解释，那天晚上的地震，仅仅是诸神被你们的欢宴吵醒了一下而已，他们只是翻了个身，马上就睡得昏昏沉沉。神谕嘛，也只是敲了敲雅典城的门，提醒大家该睡觉了而已……”

老人滔滔不绝地说了下去，很多人笑得前仰后合，愤怒的阿奴图斯不得不大吼着打断他：“苏格拉底，请不要没完没了地说了，有城邦正在威胁雅典，我们需要的是对克里提的动议进行表决，而不是听你在这里放屁！”

雅典广场示意图

克里提对着司库赛尼翁递了个眼色，赛尼翁马上接过阿奴图斯的话："我已经计算过了，如果克罗顿一意孤行，我们势必要征服他们，那么我们会得到很多很多的财富。公民们，我现在就可以告诉你们，我们不但要得到免费的铁矿石，无穷无尽的铁矿石，还有很多的生铁，我们将开上很多的冶炼池和作坊，生产精美的铁器。我们还将每户分两个奴隶，两个吃苦耐劳的克罗顿的奴隶。而且，我们将在斯巴达人的后方建立一个据点，让他们腹背受敌，哪怕合约结束了，他们想进攻我们，也得考虑下克罗顿的存在！请大家认真考虑下动议吧，每家两个奴隶，唾手可得的两个奴隶！我们还可以平分克罗顿人所有的银子，用他们的铁来做斧头，做铁锅、铁炉子……"

台下的公民们沉默了一阵之后，爆发出巨大的欢呼，发自内心的欢呼，连议事厅外聚集的旁观者也被吓一跳，有人开始高喊雅典娜和克里提的名字："让他们先把铁矿都交上来吧，再让他们把所有的银子都掏出来！我们将首先用它来供奉雅典娜，为她铸造铁制的长矛，再装上铁制的护栏。"

那个苍老的声音再度响起，抵抗着众声喧哗："雅典人啊，你们不可用利益替代正义，你们不可欺凌弱小无辜，请你们再想想吧，我们已经过于富庶。我们已经不缺利益，我们应该将善良和美好进奉给神，过多的黄金啊，那就是善的镣铐……"

慢慢地，喧嚣压制了他，没有人能听得清他在唠叨些什么，其他人都被征服所带来的财富点燃了欲火，这欲火是如此猛烈而永无止境地燃烧着，让那唯一的声音越来越微弱，直到被烧成灰烬，无影无踪。

老人陷入了孤立，终于不肯发出任何声音。他沉默地走出了议事厅，高昂着头颅，议事厅外围观的人群闪开了一条道。他裸足上的泥垢看起来有好几年没有洗过了，在地上腾起了很多的灰尘，在足边纷纷扬扬。

在他的身后，隐约传来克里提野兽般的号叫："让我们表决吧，让克罗顿人把铁矿给我们，否则我们将……"

巨大的欢呼响彻整个广场，在寂静处觅食的鸟儿集体飞向了天空。

"老弟，女人的身上有两个开关，你只要找到了，她们肯定乖乖听你的。"

"色诺芬，你的话真让我感到害臊，你可能误解了我的意思，露西娅真的就像夜莺那样纯真又美丽，我觉得，她是需要一个和她一样的人。特瑞斯像头海牛那样粗野，她一定不会喜欢他的，但是，她会喜欢我吗？我该怎样做她才会喜欢我？"在一阵脸红之后，柏拉图说。

色诺芬便不再和柏拉图开玩笑了，他一边整理地铺上的干草，一边思考。

"你首先得了解她，对吗？"

"那是肯定的。"

色诺芬拿起了一根干草，把它放在眉间，似乎里面有什么灵感："在伯里克利执政的第三年，一共有二百零七个米松女孩结婚，有一百六十七个在新婚之夜自杀了——你说错了，那一年应该是二百六十六个米松女孩结婚，一百九十二个在新婚之夜自杀了！”

“色诺芬，你的记性永远比我好！”（注：色诺芬以博闻强记见长，他后来成了历史学家和作家，他的《回忆苏格拉底》被认为是关于苏格拉底生平最可靠的记载。）

色诺芬得意地把干草放在唇边挠动，享受着痒酥酥的滋味：“你首先得了解米松的故事。那年以后，米松的执政官感觉到自杀的女孩太多，她们都没有生育就死了，长此以往，米松的人口将越来越少，他们没有足够的战士来抵御外敌。于是，他就颁布了一道法律，凡是自杀而死的女性，都得脱光了衣服在广场陈尸三日，才允许下葬。于是，自杀的妇女就大大减少了，毕竟，为了幸福她们愿意放弃生命，为了脸面她们也愿意苟且偷生。”

“啊，原来是这样，我一通胡说八道，还是吓唬住了特瑞斯。”

“她现在在雅典，哪怕真的自杀了也不会脱光示众。但你得佩服她，永远记得自己是米松人，米松已经灭亡十二年之久了，破城的时候，她还只有几岁吧。”

柏拉图站了起来，不安地在屋子里走动着：“我听我父亲说过攻下米松的故事。雅典人围困了他们五个月，为了让守城的士兵吃饱，城里的老人首先全部自杀了，一共有四千多人。他们不想让妇女自杀，因为她们还得负责给米松繁衍后代。但有一大半妇女后面被活活饿死了。雅典人断了他们的水源之后，又有很多被渴死了。最后城破的时候，城里到处都是死尸。脸上流着黑汁的，那是自杀的；流着绿色汁液的，都是饿死的。最后他们只有一百多个女人和四百多个男人活了下来，都成了雅典的奴隶……”

“是的，露西娅是个悲惨的女孩，她被尤塔买走之后，据说天天晚上还会说米松语的梦话，白天会哼米松的歌谣，尤塔拼命打她，不让她说米松语，于是她再也不说了，只是按照那些调门继续哼她的歌谣。她十几岁都没有变嗓，能够像泉水一样把很复杂的歌一路唱到尾，一只夜莺总是在林子里和着她的歌声，有一天干脆飞到了尤塔的家里来，再也不肯离去。尤塔后来发现，当年她用一百个德拉克马买来的奴隶是个宝，露西娅唱歌出了名，连布瑟大祭司都愿意选她进合唱队……”色诺芬说。

柏拉图走着走着突然停了下来，似乎想到了办法：“我明白了，歌唱就是她的生命，虽然我不知道她唱歌的时候在想些什么，她会不会想米松，会不会想她的家人，但如果我能写出最美的歌，那就是她想要唱的！”

“嗨……好主意，别管皮里兰德会怎么想，记得老师说的，如果你爱一个女孩，请爱她的心吧，真实的爱只在心灵，它将使爱永恒。”

两个年轻人陷入沉思，柏拉图在想他心里的歌，他想象着米松城外幽深的山谷、远处深蓝的大海，还有那只夜莺。如果能有那样一首歌，唱到露西娅心底去的歌，那么他便可以得到她的心，也就实现了苏格拉底说的那种爱。

那扇用木条胡乱钉成的门哐的一声被撞开了，两个高大而又踉跄的人走了进来，克力同搀扶着苏格拉底慢慢躺下，屋子里立马弥漫着浓烈的酒味。

啊！老师竟然喝酒了，他不是一直在教育学生不可饮酒吗？

苏格拉底对着他们神秘地眨了眨眼：“对不起，我喝酒了，但我可以对狄奥尼索斯发誓，这是我最后一次和你打交道，今后请你滚开，滚开……”

然后他用右臂支起了头颅，柏拉图马上给他端来了一杯水。

苏格拉底喝了水之后，眼神中浮现出一种真实的痛苦：“老伙计啊，我刚刚说过不要和人争吵去展示智慧，我今天就怎么又没有忍住呢？”

克力同在他身边坐下，安慰他：“你做得没有错，他们僭冒了雅典人的神谕，只是想抢夺克罗顿人的铁矿罢了。”

苏格拉底沉默一阵之后说：“如果我不说话，那么正义在哪里？正义在拿着剑的人手里吗？那肯定不对。正义在雅典娜的手里吗？可她什么也不说。正义在雅典人的手里吗？不，那些嘴里挂着正义的只有五百个人，可是雅典一共有整整五万公民、十五万自由民、二十万奴隶……正义究竟在哪里，在哪里？”

他又喝了一口水，对着克力同挥了挥手，然后闭上了眼睛：“我没有什么智慧，我连什么是智慧都不知道，因为我什么都做不了，该死的智慧……克力同，你先走吧，对不起，又让你听了这么多无聊的废话。”

克力同和柏拉图、色诺芬什么都不敢说，三个人面面相觑，等苏格拉底呼吸沉重之后，克力同就轻轻打开门，走进了黢黑的橄榄林。

柏拉图和色诺芬从来没有见过老师这个模样，也感觉到了一定有什么大事发生，他们虽然知道苏格拉底并没有睡着，却什么也不敢问。

在一阵长长的叹息之后，苏格拉底又睁开了眼睛，直勾勾地盯着柏拉图，看得他有点难堪。然后，苏格拉底的眼里泛起一种柏拉图从未见过的温柔。

“柏拉图，请不要问我发生了什么，我不想把痛苦传染给你，你去做你想做的事情吧，你马上十八岁了，你配得上所有的爱情，并且我了解你，你绝不会因为爱情而失去智慧，而且智慧将使你的爱情更美，也更高尚……”

柏拉图决定去做点什么了，他并不在乎那些荒诞的流言，但也不想弄些傻乎乎的事，再弄上一大堆蔷薇去堵住尤塔家门。他辗转了一整夜，脑海里都是和露西娅有关的各种梦。他有时候看见了一座山岗上的城市腾起了黑烟，有时候自己又置身在熊熊烈焰之中，那烈焰的中心却像冥府一般死寂黑暗，他不断在那黑暗中下沉，越到深处越死寂。

他知道自己在流泪，流点泪也好，这总可以提醒他那不过是梦而已。他揉了揉眼睛，发现又有了一些光亮，那可能是透过密密麻麻橄榄枝的星光。

是谁把他又放回到了密林里？如果这里有夜莺就好了，如果夜莺开始歌唱，那隐约的星光便一下子流淌出全部，彻底包裹住他。

但没有夜莺，只有一阵又一阵的树涛把他托起来，身体起伏得越来越厉害，直到他感觉那不是树涛，而是——海浪，他溺水了，昏暗而汹涌的海浪一阵又一阵地抛掷着他。等他感到绝望的时候，大海又平静了下来，变得无比温柔，那温柔在耳边提醒他：你可以安睡了。那温柔就是露西娅，是露西娅要他做这样的梦，因为她会和他做一样的梦，一起彻底昏沉于夜神的怀抱，他们也会唱一样的歌。

从白昼的开端，大海就在孕育

它的泡沫就是它的毛发，而波涛是它的腹部

在它们的中间，站起了湿透的少女

她如嫩绿的叶子抖动

舒展，让海浪变得平整

双臂如皓月般升起，

阴影从身边退去……（注：古希腊给了后世诗人无尽的灵感，拜伦、席勒、里尔克等诗人都有大量古希腊题材的诗歌。本书中柏拉图的诗歌均改写自里尔克的《维纳斯的诞生》。）

双臂如皓月般升起，阴影从身边退去……天啊，她真的来了，柏拉图猛地坐了起来，彻底醒了。

他看了看窗户外，并没有任何亮光，他以为自己是在早晨醒来的，心里一阵慌乱，他想死命抓住那首歌，但他得做功课，也许父亲会来质问他，等苏格拉底醒来了，还得让他去做早餐、打扫卫生……不，不应该想这些，应该紧紧抓住那首歌。于是，他用双手捂住脸庞，想尽量把它想完整，可是无论怎么想，也只是到“阴影从身边退去”就结束了。

他揉了揉眼睛，四周没有任何声响，哪怕是一点鸟鸣声都没有。直觉告诉他这并不是清晨，还是午夜。

这个发现让他心里一阵狂喜，这美妙的世界竟然是他一个人的，没有任何人能打搅他的梦，于是身上泛起一阵酥麻而空虚的温柔：露西娅，她在我的怀里吗？

不，她在睡觉，那只夜莺会随着梦境的节奏，发出各种鸟鸣声，给梦境系上铃铛，或者扎上花朵。

对，夜莺！

想起夜莺，他脸上不由自主古怪地微笑着，光是这一个念头就让他沉浸在幸福的顶端。夜莺，那些幻想的鸣叫让他编织出无数精妙的诗句，可是他一句都抓不住，哪怕是一个词都抓不住。只有一种不受控制的念头浮现出来，那种念头最近总在每个夜晚如约而至，巨大又疯狂，他像梦游者那样由它驱使，被它主宰。

他被这种念头再一次驱使了，就像那晚半夜在林子里采摘黄色蔷薇那样，没有理由可言。他就像一个执着又短暂的鬼魂那样，披上衣服出了门，匆匆往尤塔家的方向走去。

等走到街上他才发现也许穿少了点，外面竟然这样冷。这样清冷的夜，夜莺应该啾啾地那样低鸣吧。想去露西娅窗外听一听夜莺的念头，丝毫没有因为寒冷而熄灭，反而更强烈。

不远处有马蹄敲在石板路上的嘚嘚声，清脆而响亮，使得街道显得更加凄清。等马蹄声远去了，又响起了一阵手推车欢快的咯叽咯叽声，那种节奏是如此轻盈，就像是有满车的公鸡要献给雅典娜一样。

啊，那些运粮的送牲口的，还有拉木柴的，他们竟然都起得那么早，他隐约看到了几个人影在街口一晃而过，还听到了守夜人悦耳而短暂的吆喝声。

他从来没有在这个时候出过门，黎明之前的雅典城，隐藏着这么多的秘密，一些隐秘的火光升了起来，开始等待着城市的苏醒。

他大脑里充满一种从未有过的明澈，那是欲望、灵感和疯狂交织在一起，所有的念头都能清清楚楚地分开，各自独立存在。他觉得自己就应该是这样，就应该在此时此地做一件勇敢而光明的事，根本不要在乎什么难为情。

到后来，他几乎是小跑着接近了那里，他有点紧张，感觉是在梦里干着这无用的事情，但有时候命运就是由梦来主宰的。

他小心翼翼地朝尤塔家的门廊探出身子，想从那里走到屋檐下，哪怕在那里躲到天明，能听见那只夜莺鸣叫也好——他刚把身子闪出来，却发现门廊里竟然有两个人影，一个巨大，一个娇小。他还来不及想他们是谁，他们就发现了他。

“你来晚了，你这卑鄙的懦夫！”那个声音是特瑞斯发出来的！

巨大的羞耻感包围了柏拉图，他一整夜神魂颠倒的梦瞬间醒了。

懦夫，这个词就像一把刀那样切开了他，原来一整晚他就在刀子上做梦啊。

他一时无法反击，那个巨大的身影就向他逼过来，带着低沉的吼声："露西娅是我的，她马上要嫁给我了，我们已经说好了。你以为你能赢？你以为特瑞斯只是一个莽夫？"

现在柏拉图能清楚看见他的脸了，他挂着得意的笑，看起来那是真的。

"我为我的鲁莽向露西娅道歉了，我现在知道了她想要的，会花五万德拉克马为她买一个自由民身份，我也会给尤塔六万德拉克马，还会花十六万德拉克马举办婚礼，会让所有公民大会成员参加——她将是我的妻子，而不是我的女奴！"

特瑞斯伸手搂过了露西娅的腰，示威般大笑起来。

"特瑞斯，别笑那么大声，当心吵醒尤塔……他既然来了，我们得让他把话说完。"露西娅冷静地望着柏拉图，同时用一只手拦在特瑞斯的腹部。

他做了那么多的梦，竟然没有为露西娅准备好一句话——他站在那里尴尬了很久，露西娅对他点了点头。

好吧，不过如此而已。"露西娅，你知道吗，酒神节的演出，你唱了我写的歌。'当你开始寻找她的时候，她已经像那泉水，从你心底悄然流过。'就是这一首，你唱得真好听。"

露西娅的眼睛在黑暗里眨了一下，特瑞斯不屑地哼了一声，却也不敢打断他，于是，柏拉图就鼓起勇气继续说下去。

“我很想为你写最好的歌，我知道你有一只夜莺，它就是你，你也就是它。如果我能写出那样的歌来，你喜欢它，夜莺也喜欢它，那我就知足了……”说着说着，柏拉图的眼泪就莫名其妙地掉了下来。

“看哪，这就是懦夫的模样！”

“特瑞斯！”露西娅不满地瞪了一眼，“柏拉图，谢谢你的好意，如果有那样的歌，我一定会好好唱的。那么，这个时候你来这里又是为了什么？”

看着露西娅的眼神，柏拉图像是抓到了某种真实的东西：“我想听听那只夜莺的歌声。”

露西娅莞尔一笑，从怀里掏出一个东西，在黑暗里模模糊糊地看不清：“她叫伊菲，伊菲！”

那个小东西扑簌着翅膀，冲着他叫了两声。

他听见了，他的心里涌起了一阵喜悦，感觉费了整晚做了那么长的梦，自己不全然是个傻子。

然后，那个少女把夜莺又收进怀里，淡淡地对他说：“我得首先有自由，才能尽情歌唱。”

柏拉图愣了一阵，然后转过身去，他起先几步有点踉跄，站稳之后又停顿了一阵，像是下定了决心，之后就飞奔起来，迅速投入即将消失的夜色里。

他们若无其事走在街上，想趁着清晨去神庙许一个愿，毫不在意赶早市的人的惊奇眼光。

“特瑞斯，你真的是海神的后裔吗？”

“不是——那是我父亲花钱买来的，他请人为我们的家世写了一首长诗，把我们写成了海神的后裔。其实，我们是腓尼基人。”

“那为什么要这样呢？”露西娅好奇地追问。

“我很小的时候，我父亲就把我带上商船一起航行，我们把染料从亚历山大港送到雅典，把谷物从伯罗奔尼撒送到西西里，把羊毛从波斯送到埃及，把奴隶从利比亚送到罗德斯岛。我们是幸运的，大海对我们又慷慨又仁慈。最不幸的一次，我们也只是淹死了两百多个奴隶而已。我父亲每年都要献祭一头黑色公牛给海神，他总是说，我们应该就是海神的后裔，为什么他永远都在保佑我们？其他的家族，只要遇上了一次风暴，就永远破产了，只有我们，不但成为雅典的公民，而且他还当上了将军。他说迟早有一天，我们还会成为执政官，那时候就永远不会有人记得，我们其实是做生意的腓尼基人……”

“你们比我们真是幸运太多了……”那女孩听得入了迷，不知不觉已经来到了卫城下。他们途中遇到一个赶早市的牲口贩子，从他手里买了一只羔羊，特瑞斯就抱着那只羔羊和她一起往上攀登，准备将它献给雅典娜。

等他们走到山门下，东边深蓝色的天幕已经掀开了，露出一层又一层白色的纹路，天际线里透着一些黑色的斑点，清冷的南风吹上了山岗。

露西娅回头看了一眼那遥远的西边天际，大海虽然模糊不清，那海天之间却已经开始了神秘的变幻，有好几层皱褶在那里模糊抖动。

突然，她惊叫了一声，夜莺猛然从她怀里挣脱，翅尖擦过她脸颊，笔直地飞到了她的头上，在上面扑扇着翅膀。

“的儿确，的儿——确。”那鸟儿在她头顶上发出了奇怪的鸣叫，一种她从未听过的音调，重复了几声之后，它竟然猛扇了几下翅膀，顺着台阶的方向，飞快俯冲了下去。

“伊菲！”她大喊着转身冲下了山坡，但比那只鸟还是慢了很多。

“伊菲！”

“露西娅！”那个大个子抱着羔羊大喊。

“等着我，我去找伊菲。”

那台阶尽头有很多树木，伊菲飞快地隐没在树丛中，而露西娅也跑下了台阶。她以为它会躲起来，可它飞快地在两棵月桂树之间滑过，“的儿，啾啾”，又这样叫了一声，继续扑扇着翅膀，朝西南方向飞去。

它黑色的身影被天幕勾勒得清晰锐利，然而，只需要猛扇几下翅膀，马上就会成为一个模糊的小点。

露西娅感到它也许是疯了，她决不能没有伊菲，决不。

于是，她顾不得散乱的衣衫和路人的惊讶，一个劲地顺着它的方向狂奔。

有一次她看见它在滑翔，从很多民宅的屋檐下滑过，然后落在一个屋檐上东张西望，她以为它在等她，但它马上又飞起来，飞进了有几百只山雀和燕子组成的觅食大军中。

它们飞在一大片白色房屋之上。那些高低错落的房屋，先是被淡白的天空勾勒出了轮廓，然后慢慢显露出坚固的廊柱、屋顶的浮雕，共同组成了这城邦的庄严。

她望着天上的黑点，忘记了脚下是什么路，那么多的黑点，有一个却在慢慢下降——她一眼就认准了它的身影，那是伊菲。

它在空中盘旋了几周，又像故意在等她——它原来没有抛弃我，露西娅张开双臂朝天空大喊着。它盘旋了一周之后，又继续朝西南方飞去。

她只能继续跟着追赶，她的鞋子早就掉了，赤裸的双脚沾满了碎石和泥巴，汗水打湿了乱发。

它隐隐约约又在下降，完全收拢了翅膀，只靠尾翼掌握着方向，角度几乎是笔直的，直到快坠落的时候，它才昂起头来，把翅膀完全张开。

那里有一些白色的石头，远远看去就是一簇白色的浪花。是一个月亮女神的祭坛，经常有人在那里为鸟类供食。

啊，原来是这样，它想它的女神了。露西娅一边祈祷着它不要再飞走了，一边朝那里狂奔而去。

等她跑到那里时，看见祭坛四周有很多鸟在踱步，却找不到伊菲。她颓然坐了下来，不知道该怎么办。

然后，“的儿，确，的儿，确确”，那歌声又依稀传来，让她所有的神经都不自主地颤动着。

她挣扎着爬了起来——就这样，她追出了很远，每次看到伊菲的轮廓，它都比上一次更清晰，而每一次它飞走，又会比上一次飞得更远，直到飞到了城门之外。

她从卫兵身边飞快地跑过，跑下城外的缓坡，那里点缀着常绿松、橄榄树和月桂树，中间铺满了大片大片的葡萄园，所有的岩石都覆盖着厚厚的青草，还散落着很多自耕农和奴隶居住的黑色房屋。

她迎着南风探寻着道路，赤足踩到了很多灌木也不在乎。这里已经响起百鸟的合奏了，但伊菲那奇特的鸣叫，还一直保持在前方。清晨让她的神经变得异常敏感，即使有一千只鸟同时在鸣叫，她也能轻易分辨出伊菲来。

她不知道跑出了多远，一直跑过一座又一座丘陵，地势在不断下降，风也越来越大，带着浓烈的潮味。

丘陵的尽头是一些巨大的岩石，伊菲飞到一块岩石上面，蹦跳了几下，然后翻过了岩石——涛声淹没了它的鸣叫，岩石的背面，就是大海。

她不得不在岩石之间寻找道路，有时候甚至不得不翻越它。

她攀上一块有很多孔洞的黑色礁岩，然后抓着它锋利的边缘缓缓下降，它和另外一块礁岩组成了一个夹角。她攀到顶端的时候，看见了大海苏醒的呼吸，一层又一层的白浪微微起伏，像饰带一般铺满了暗绿的胸膛，那饰带上盘旋着很多白色的鸟，大声地迎着风浪欢唱。

她小心翼翼地翻下了礁岩，踩在那夹角之中，地上满是碎石和贝壳的碎片，湿漉漉地粘在她的脚趾之间。天空变得越来越清澈，海风带来一丝又一丝的流云，它们互相交织在一起，如同刚刚梳理好的羊毛，洁净又温柔。

“的儿，啾，的儿，确……”她又听见了伊菲的叫声，它已经飞到了尽头，再也无处可去。

她循声慢慢寻找，它就在另外一块礁岩后面，礁岩已经被海浪切削得石壁那样薄，挤满了黑色的贝类，发出腥味。

她绕了过去——看见那个年轻人正泥塑木雕那样背对着她，像被忧伤固定了，吹着海风。

哪怕一只鸟站在了他的肩头，他也浑然不觉。

伊菲，它如同刚出生的雏鸟那样，奋力伸长了喙部，露出鲜红的口腔，在他肩头，对着露西娅焦急地鸣叫。

白色的流云染上了东方投射过来的红晕，从他身后照过来，那个少年身上沐浴着一种神圣的光辉。他依然没有转身，他面向着大海，就像大海在为他的创生而汹涌。

尽管有那么多事情让他难过，他找不到任何办法去解决它们，但他总有一些很固执的念头，能让他在这尘世感到舒服一些。

她伸出手掌，伊菲骄傲地飞了回来，还在有节奏地唱着那首新鲜的歌——它完成了它的使命。

露西娅再也等不下去，喊出了那个年轻人的名字：“柏拉图！”

接下来的日子，春潮在每一道石头缝里泛滥，草木疯长，蜜蜂和蝴蝶到了最忙碌的时候，小动物们纷纷交配。伊菲每夜都充满激情地唱出新的曲调，只有皮雷斯那只怪猫一声不吭，苏格拉底每夜对着猫自言自语，说出更奇怪的话。

这样的时候，柏拉图和色诺芬就尽量不去打搅他。柏拉图和露西娅寻找一切机会幽会，露西娅同时糊弄着尤塔和特瑞斯两个人，她一边告诉特瑞斯米松女孩必须到十七岁才能正式出嫁，他得再等上几个月，一边又哄骗尤塔，她是在和特瑞斯约会。

他们偶尔也会去海边，露西娅喜欢站在高高的悬崖上眺望大海，听柏拉图给她读诗。她说米松的海滨全是这种笔直的悬崖，她在那里玩耍，父亲会采来一种有四片长叶子的草，他把草乘着风势扔出去，它在风里旋转，越转越快——有时候甚至会乘着风势上升，最后它还是会落下悬崖，但下降得很慢很慢，会横着飞出很远，甚至直接飞进大海。

他们以为悬崖会保护好米松城，但雅典人还是围困住了他们。父亲去守城，母亲则带着她抵御饥饿，老人早就自杀了，房子也没法住了，所有能搬走的石头都送上了城墙，用来砸雅典人。母亲珍藏着一罐椰枣，每天给她吃两颗，后来露西娅经常无意间想到椰枣的滋味，那种甜味会瞬间盈满她的整个口腔，让她浑身发颤，然后流下泪来。

自从战斗开始以后，她就再也未能见到父亲，左邻右舍每晚都有女人的号哭，也有传令官的怒斥，让女人们把沸水、油、粪便、木头和石头送上城去。

有时候母亲来不及给她吃东西就走了，在她饿晕的时候又回来，用水把她喂醒。

城破的时候，她们听见雅典人的喊声到处响起，兵器撞击的声音，垂死者的哀号，大风带着烈火的呼呼声。母亲紧紧搂着她，在残垣断壁间狂奔。但她们根本无处可去，最后找了一间用巨型条石搭起的屋子躲了起来。外面响起杂沓的脚步声，母亲抱着她一边发抖一边祈祷，母亲的声音越剧烈，抖动得也越剧烈……最后，母亲还是被一双大手拉了起来，露西娅被扔到了一边。那个雅典人把母亲死死按在身下，他褪去了胸甲、腿甲，但没有脱下头盔，那头盔上坚硬的护鼻死命摩擦着母亲的脸部，她的脸在流血，但仍不肯停止尖叫。

她越尖叫，那个男人就越是癫狂，除了头盔，他脱去了一切可以脱去的东西。他的颈部和背部之间有一块蝎子一样的红斑，刺目地映在露西娅眼里。

母亲的双腿疯狂地乱踢，从她衣服里滚出了两颗椰枣，两颗，沾满了泥土。她伸出手想抓住它们，可怎么也够不到。

抽搐了几下后，那男人缓慢而镇定地一件一件穿上了他所有的铠甲，母亲早已一动不动，她的胸口彻底塌陷了下去，像是被压垮了。

他从头盔的细缝里冷冰冰地看了露西娅一眼，转身离去。

另外一个士兵抱走了露西娅。此后她总是和很多人挤在一起，他们全是浑身赤裸着，肉贴着肉，一点点地紧挨着挪动。他们挤在船上，被送到一个拥挤不堪的小岛上，那个小岛上全是和他们一样的人，一丝不挂，像牲口一样被牵来牵去，张开口腔或者举起胳膊供人挑选。露西娅在那个岛上的第一天就被买走了，又被转卖了好几次，最后到了尤塔家。

“米松最后还有五百四十七个人活着，里面只有六十七个是女人，你是她们中的一个……”柏拉图搂着抽泣的露西娅，沉重得再也说不下去。

露西娅哭着哭着便睡着了，很久之后才睁开眼睛，那里面再无悲伤，而是闪烁着一种绝望和幸福交织的兴奋：“柏拉图，你得知道我是多么渴望自由，我不想被那些人压着，压到我死去……啊，你这个傻子，怎么不说话？”

她捧起了他的脸，那是一张多么纯真也多么温和无力的脸啊：“只要伊菲跟着我一起歌唱，我就感觉到我是自由的。以后，也许还有你，柏拉图，你该怎么给我自由呢？最坏的结果，也无非是你买走我，让我做一个自由的奴隶吧！”

她是如此热切，柏拉图贴着她的耳边，低声说：“我以后会成为将军，也许会成为执政官，我会让你成为自由民，骄傲地做我的妻子。”

露西娅大笑了起来，一直笑到没有力气，像把那种徒然的兴奋消耗干净，然后又换成了镇定的语调：“唉，你离将军还多么远啊，你看特瑞斯一只手就能制服你。但我不在乎，我爱你写的所有的歌，等哪天我死了，你的歌也会陪伴着我升入天堂……啊，想想吧，多么美好的世界，除了歌唱，再也不会有其他的事情。让我再想想。”

女孩沉默一阵之后，眼里突然有了一种梦幻般的期待：“对了，柏拉图，你翻阅了米松的历史，那你知不知道那活着的五百四十七个人里面，有没有我的父亲，我的父亲叫作基斯塔，他是米松的将军。”

“那活下来的人都没有写名字，如果他是将军，那里面一定会写。”

她并没有失望，而是继续着那种期待：“不会的，我的父亲是个聪明人，他绝不会对雅典人说出他的名字，他的同伴们更不会，也许他还活着，真的活着。他们被卖到了哪里？”

“所有的男人，最后都被转卖到了劳里昂银矿，女人则被卖到了很多地方。”

“劳里昂！也许他就在那里，啊，天啊，无数次我想起他，都感觉他还好好活着呢。不然，怎么会有一只夜莺来让我也活下去？有好几次，我都感觉到夜莺唱的是他的名字呢！”

她站了起来，捧出了伊菲，将它扔向天空：“伊菲，伊菲，带我去找基斯塔吧！”

那鸟儿在空中扑腾了几下，又落回了她的掌心，它的眼珠就像黑珍珠那样无邪。

从雅典城到劳里昂有两百个斯塔迪（注：古希腊长度单位，相当于177米多一点。）那样远，柏拉图本来想租一头驴子，又担心别人追问只好作罢，于是他们就在黎明之前上了路，估计到中午就可以走到劳里昂。

他给露西娅裹上了一件厚厚的长袍，绑上了束胸，又包了一圈埃及式的头巾，这样她看起来就是他的一个奴仆了。他们出城从浮桥上跨过艾瑞丹诺斯河，翻了几百级台阶走出特里亚关隘，就上了通往劳里昂的大路。那条路上满是被重载马车压出来的深沟，偶尔有奴隶赶着马车通过，他们就坐一阵顺风车。

雅典北方这片低丘之地，称不上肥沃，反而有点贫瘠，长满了各种石头，大理石、花岗岩、石灰石，适合出产骨骼坚硬的武士，却不适合生长作物。农夫们需要花很大力气才能开垦出可怜的一点土地，种上橄榄、大麦、无花果、葡萄。

没有充足的养分能在这里支撑参天大树，但矮小的灌木和常绿松却在这里找到生机，它们在石缝里盘踞强壮的根茎，吸饱湿润的海风。当第一缕春风快要到来的时候，石蒜已经举起了小酒杯在迎接它了。石蒜喜欢挨着潮湿的岩壁孤独地生长，而乌头花则喜欢聚成大团甚至大片来抵御风寒，只要北风稍稍退却，给它们几天的阳光，半岛上到处便是闪烁的黄色翅膀。

充足的热量会在酒神节的时候催开野花的大军，珍贵的藏红花骄傲地举起了它的雄蕊，紫罗兰开始和乌头花抢夺地盘，为了把香味传到最远，蓝色的风信子膨胀出硕大的花球，上面爬满蜜蜂……哪怕是最不起眼的悬钩子之类也会献上花朵。而那漫山遍野的橄榄树，会在一夜之间挂上白色鳞片，为这繁荣的花季做最后的加冕。

翻越两座长满野花的丘陵，再穿过一片密林之后，劳里昂就不远了。

在密林里他们遇到了几个士兵押送着五六十个奴隶，也是

去劳里昂的，领头的知道他是皮里兰德的儿子，和他寒暄了几句，那些奴隶是色雷斯人。

中午阳光到了鼎盛的时候，露西娅热得出汗了，他们就挑阴凉的那一侧走，越走到后面路边的植物就越矮，直到无处躲避阳光。好在他们闻到了一阵淡淡的臭鸡蛋味、死鱼的咸味，细密的沙尘不断落到脸上，那意味着劳里昂就要到了。

银矿的卫队长叫作德拉布，他狐疑地看着柏拉图和他的奴仆："啊，尊贵的皮里兰德公子，您到我这肮脏的银矿有何贵干？"

柏拉图说："苏格拉底要我来长长见识，没有你们银矿，雅典就没有战舰，没有盾牌。"

"对了，你是苏格拉底的学生，那个老头什么都想知道……只是，我这里太大了，一时不知道该带你去看什么。"

他伸出手指指着前方——那广袤的大地像被剥除了皮肤一般，裸露着铅灰色的脂肪层，充满了大大小小的空洞，无数蝼蚁般的人在那里进进出出，拖拽着沉重的木框，扛着坚硬的工具。炙热的阳光加上飞舞的烟尘，使那景象像被泡在了沸水中一般，不断地在眼前翻动着，那些密密麻麻的人融化成蚯蚓，远远有号子声传来。

如果举目远望，那还远远不是全部，裸露的肌肤被剥开一层之后，还有更深的一层，是黑色的、恶臭的。层层叠叠的空洞一个套着一个，不停地分岔，如怪物的血管，一直朝着地平线铺展，远远看不到尽头。植被和流水无影无踪，地表像一大块糜烂的脂肪一样让人毛骨悚然。

矿区的东边，则升起几大团污黑的烟柱，那里是选矿池、洗矿池、冶炼池，风从那里吹来浓烈的臭味。

露西娅头巾下的眼睛中充满惊恐，柏拉图思忖了一阵说："我想先从矿洞看起。"

"宙斯啊，哈德斯（注：哈德斯为神话里的冥王，地下矿产都归他所有。）啊，那里面又黑又脏，还有毒气，我只盼不要弄脏了你这身衣服就好。"

"我们会自己进去的，苏格拉底要我看看有什么简单的办法让矿洞不塌下来，少死几个奴隶。"

"如果真有好办法，那可是帮我们省了大钱啊，但我可不会陪你们去，我只能送你们到洞口。"

他们先是路过了一个巨大的矿渣堆，那旁边有几百个赤身露体的奴隶躺在地上，他们要么一动不动，要么狂躁地抽搐着四肢，表情非常痛苦，有的看起来只有十岁左右。他们身上全部长满了瘆人的红色丘疹，牙床外露着，有几个穿了衣服的奴隶提着篮子在里面巡视，对着他们空洞的眼神说些什么，偶尔朝他们洒点水，扔些食物。

露西娅紧紧地靠着柏拉图，缩着头再也不敢看。

"在这里干很多年，他们就会变成这个样子，那些小奴隶有时候干半年或者一两年就会变成这样，他们会慢慢死去。他们已经没有任何用处了，我们还得给他们吃的喝的，让他们舒服一点，然后我们就会再换一批奴隶……"德拉布边领着他们走边说，“马上就会有四千个色雷斯奴隶送到这里，都是阿奴图斯帮我们买来的，那样我们就有三万八千个奴隶了。”

在他们的前面出现了七八个巨大扁形的矿洞入口，一个异常健硕的奴隶拖着一辆沉重的大车从他们面前路过，那个奴隶明显和其他的不同，背上纹了一只很漂亮的鹰，双翼涂上了红色，隆起的右臂有一道长长的刀疤。

“这是个斯巴达人，是雅典俘虏的最后一个斯巴达人。我们这里的三万四千个奴隶，只有他一个是斯巴达人。”德拉布说。

“啊……”柏拉图本来想喊住他，他有点好奇心，但被德拉布拦住了。

“千万别和他们交流，他们只是一些会说话的牲口罢了，你只能命令他们，或者呵斥他们！”

那个斯巴达人停了一下，然后把头埋得更低了，木制的车轮碾过一堆碎石，发出沉重的叹息。

“这里有好几百个矿洞，很多都是互相连通的，还有很多新的洞在挖，因为新的矿脉源源不断地发现了，再多的奴隶也不够用，我不知道你们该进哪一个。”

“米松人在哪个矿洞？”

“米松人？”德拉布吃惊地望着柏拉图，“他们都快死完了，只有最后七八十个人吧，你为什么要找他们。”

“不，我不想找他们，我只是想知道米松人还存不存在，如果不存在了，我会告诉苏格拉底记上一笔。”

德拉布笑了笑：“那你千万别惦记着在里面去找什么人，

我们把所有人都混在一起，你在矿道里会遇上色雷斯人、马其顿人、利比亚人、吕底亚人……甚至还有黑人，他们混在一起就不会造反！”

柏拉图和露西娅用亚麻布捂住了口鼻，一头扎进了一个巨大的矿洞中，那里面还有光亮，堆满了铅灰色的碎渣，里面有七八个岔道。他们选了看起来最宽敞的那一条，勉强可以弯着背走。不断有奴隶从他们身边挤过，看见这两个穿了衣服的怪人，紧张得什么都不敢说，只是默默地拖着矿筐。

没有走多远，他们就和奴隶没有两样了，在昏暗的矿道里，他们沾满了尘土，汗水把衣服全部浸透，这里像燃起了地火那样闷热。沉闷的锤击声和痛苦的嘿哟声，不断从前面传来，有时候就响起在耳边的石壁里。走一段就有一盏微弱的油灯照明，等所有的锤击声都变得清脆而没有回响，矿道也逼仄得再不允许他们弯腰，只能和所有奴隶一样匍匐着身子爬行。

在那数不清的岔路口，他们犹豫着该往哪边爬，也不敢问别人。有时候有奴隶用奇怪的语言小声对他们说什么，也不敢回答。他们天真地认为里面一定有很多奴隶聚集的地方，在那里询问会好些。但根本没有那样的地方，顶多是三个奴隶在对付一个岩层，敲打一阵，就用油灯照一下，看有没有反射光，有光的石头就敲下来，由后面的奴隶拖走。好在这里已经黑得没有人能看清他们了。露西娅的衣服早就磨破了，两眼模模糊糊，裸露的脖颈涂满了污泥，膝盖火辣辣地痛。她很后悔这个时候竟然还带着伊菲，伊菲在胸口缩成小小的一团，连抽动都很少了。

她本来生怕它死去，却发现它很聪明地假寐了，呼吸得很慢。

那些更窄的矿道，只比露西娅的腰宽一点点，他们就不会去选择了。偶尔看见有八九岁的孩子从里面爬出来，拖着小小的矿筐，像小狗那样摸索着出去的路。

他们爬到了一个略微宽敞的岔口，在那里终于可以直起腰

来，柏拉图大张着嘴，想找到一点新鲜的空气，可根本没有，连一丝风都没有，还吞下了一嘴的尘埃。

他们两个就靠在那里休息，等两个成年的奴隶从一个洞口钻出来，露西娅再也忍不住，冲着他们喊了一声：“奴莎（米松语，你好）。”那两个人丝毫没有反应，矿筐拖在地上发出瘆人的沙沙声。

好在这个岔口进出的奴隶足够多，每来一个露西娅就会低声喊一下，但没有人听懂他们的话。

等两个长着长长胡子的老奴隶出来的时候，柏拉图就用雅典语和他们打招呼，他们听懂了，他们是科林斯人。一个老奴隶说他知道米松人在哪儿。

然后那个老奴隶带他们爬进了一条矿道，那条矿道长得没有尽头，并且异常寂静，显然是通向另外一条矿脉的交通道。有一阵露西娅觉得天旋地转，快要彻底被埋进尘土里，柏拉图就停住抱着她，猛拍她的背部，她大声咳嗽起来，就一下子清醒了。

那个老奴隶很想对柏拉图示好，便停下来等他们：“你是第一个来这里的老爷。老爷，你可知道比起城里的奴隶，我们有多苦了。”

他们爬出那条矿道之后，又拐了好几个弯，空气里好歹有了一些新鲜的凉意，看样子这里就是一个新挖的矿脉，不会太深。等他们感觉到膝盖和肘部都嵌满了碎石，已经摸不到皮肤时，他们终于抵达了一个岩壁，那里有一个老奴隶带着一个年轻奴隶趴在地上，用铁镐和撬棍在奋力敲打着。

“奴莎！”

那两个人同时拧转过了身，慢慢放下了手里的工具。

昏暗中他们用颤抖的声音回应着：“奴莎……”

然后他们都朝对方爬过去，露西娅裹住脸部的亚麻布一点没有松，她用能回忆起来的仅有的一些米松语，和他们交谈。

他们彼此激动地比画着，露西娅喊出了父亲的名字，基斯塔，基斯塔。

那老奴隶一边咳嗽一边断断续续地告诉她，基斯塔早就死了，城破的那一天，他在城墙上被雅典人刺穿了背部。

可米松人并没有死绝，即使在劳里昂银矿里，也不只有七八十个米松人，因为还有些妇女被卖到了这里，她们洗矿或者帮厨，有的还生了小孩。

黑暗中没有人看得清露西娅在流泪，她抚摸了那两个人的脸庞，想记住他们。那个年轻人，脸上涂满了泥垢，根本看不清，头发密实得像毯子，他应该只比自己大一点点。

然后，他们就近爬出了矿洞。等他们找到原来的地方，德拉布正没好气地等在那里，看着两个褴褛不堪的家伙，他说：“我以为你们只会在洞口看一看，看样子你们是爬进去了很深。”

“是的，我们在里面迷路了。”

在回来的路上，他们不断看见有小队小队的奴隶，被士兵押着前往劳里昂银矿，他们显然不是从色雷斯来，而是从奴隶市场而来，色雷斯在银矿的北方。

快黄昏的时候，终于再遇不到任何人，他们穿过长满常绿松的密林，肺部清澈起来，在一处泉眼清理了一下灰尘，伊菲也不时跳出来欢唱。那座密林南边有一个向阳的草坡，点缀着黄色和蓝色的雏菊，一种很小的蜜蜂嗡嗡地忙碌着，山雀在灌木里扒拉着食物，一块光洁而平整的石灰岩醒目地出现了，就像在那里等了他们很久一样。

他们坐在上面，感觉有些热，石头吸饱了一整天的阳光，伊菲识趣地跳了出来，躲到灌木里发出“咻咻，得了，咻咻，得了”的鸣叫声。

露西娅平静地躺下，将长袍垫在石头上，合上了双眼，柏拉图抚摸着她的耳后，然后是肩膀，把那里细小的微尘摩挲下来，让温和的南风将它们吹走。

风偶尔停下的时候，连伊菲也不再歌唱，四周安静得让人羞愧，露西娅说：“今天我是执篮少女，送我去祭坛吧。”说完她就开始抚摸着柏拉图浓密的卷发，越摸越深，一边拧动身体，如一株桃金娘在旋转着开放。

柏拉图弓起了身体，然后又沉了下去，用一只膝盖支撑在石头上，就像一支船桨。他把自己衣服脱下来，垫在露西娅的左侧，把那个膝盖挪到衣服上。

他们甜蜜而缓慢地扭动，有一阵柏拉图感觉节奏被打乱了，他去摸索垫着的衣服下面几个讨厌的硬物，露西娅说：“别动它……我来。”她把那几个硬物放到了旁边。

最后，她在石头上侧起身子，把衣服卷在了身上，极短暂而又极深沉地睡去。

她醒来的时候，看见柏拉图一动不动地坐着，似乎又陷入思考，或者想续写那首未完成的诗。草坡上方的密林在抖动着，天空奇怪地涂满了大片的紫色。他裸露的身体很匀称，每一个关节都恰到好处地分配了身体的比例，少而结实的肌肉也不会破坏那比例，看起来并不弱。

伊菲从灌木里探了出来，猛甩着身上沾的一些碎叶。

她突然感到一种初生的羞涩，却不知道这羞涩为何迟来了这么久——她拉过柏拉图的一只手，在手腕的背面狠狠地咬了一口。他仍旧痴痴呆呆地想着什么，反应也是迟来了一会儿：“啊！”

“你在想什么？诗？”

“不，我其实也想成为将军……”

然后他们就不再说话了，又一起躺了下来。有一朵粉红的云，在天空的紫色原野里匆匆奔跑着，急匆匆地要去点燃什么。等他们再次起来，那衣服在下面皱成了两个小小的人形，沾满新鲜的汗液。她收起放在石头边上那些捣乱的硬物，那是两颗蜜枣，黑得像是保存了很多个年头。

一种力道很大的风，没有方向地在密林里呼啸乱闯，短暂地升起又沉默，卷起一些去年的干枯松针和落叶又洒落。

她有点不想走了，闭上眼睛，想象那是祭典上纷纷扬扬的花瓣。

两个衣衫褴褛的人在黄昏之后回了城，这城邦其实是没有什么秘密可以保守的，公民和公民之间往往都互相熟识，甚至他们的奴仆也互相熟悉，他们乐于交换他们所看到的一切，全是大声议论，而不是交头接耳。何况还有广场那样的好地方供他们说话消遣。那所谓的秘密，本质上乃是一种拖延，为了必将失去的快慰而选择的拖延。

酒神节的狂热终于褪尽，夜色无限温柔，那个老人的脸上不断生长新的疙瘩，经常变得又硬又肿。他陷入一种越来越空虚的思考之中。这种思考的过程并不痛苦，因为他一直热爱那种过程，如同一个木匠喜欢木屑飞溅的过程那样。痛苦的是他找不到他思考的方式，就像木匠找不到自己的工具。他需要一些新的表达，需要一些新的词语，雅典人创作出的一切语言，都不足以表达他心中的感受。哪怕是善恶、正义、道德、激情之类，他们费了好几百年才摸索出来的语汇，都说不清他心里所想的事情。

他也经常观察着柏拉图——柏拉图脸上充满镇定的兴奋，那种时而狂喜时而忧郁的表情在消失。他孜孜不倦地学习老人布置的一切。

柏拉图的母亲曾经说，他童年的时候总是喜欢一个人发呆，这让父母怀疑他有什么毛病。他不像别的男孩那样讲究食物和对武器充满好奇。他好奇的是小动物和花朵之类的东西。他也总看着月亮出神，听着悦耳的声音出神——他好奇这些东西何以产生，它们从哪里来，将要往哪里去。

柏拉图，他的天性其实从未改变，在学问的道路上，他必将比老师走得更远。即使是爱、爱人、爱情，这自从有了男人和女人之后最无解的问题，他也在一点点写着自己的答案。

什么是爱？爱是有死有生的吗？

不是。

那么是什么？

它既非有死有生，又非永世长存，而是介于二者之间的。

那么，它到底是什么？

它是一种伟大的精神，像介于上天与尘世之间的所有精神一样。

它的力量何在？

它沟通人与神，把人的祈祷和牺牲带给神，把神的指令和回答传给人。它是跨越分隔人与神鸿沟的联络者。因此，一切维系于它。通过它，预言家的艺术、术士的艺术、人们的奉献、神话的魅力、所有的预言和化身都有了出路，神虽不混迹人间，但是，通过爱，神与人之间的所有交往和对话，不论是醒还是梦，都一直在进行之中……（注：这段话来自柏拉图《会饮》，早于印度的《爱经》，是全世界最早深入探讨爱情的著作。）

这是苏格拉底很久以前和蒂玛（注：本书将狄奥蒂玛的名字精简为蒂玛）的一段对话，那时候他还年轻，刚刚赢得了一个奥林匹克剑术比赛的桂冠，相貌和现在完全不同，他的脸过于扁平，鼻子又宽又大，肌肉像石块那样夸张。菲迪亚斯（注：古希腊最著名的雕刻家，帕特农神庙的雅典娜塑像就是他的作品。）提出要免费为他做一尊大理石塑像，因为他天生就有刀劈斧凿的痕迹，但是他拒绝了，因为他相信即使是大理石也无法做到不朽，能够不朽的，应该是那些无形的东西，不然他们怎么会知道朱庇特和特洛伊呢？

那时候蒂玛也风姿绰约，乳房结实得像四月的花房，不像现在徒有其表。她乐于将她的裸体奉献给所有配得上她的人，她让菲迪亚斯把她身体的每一个部位都雕刻得栩栩如生，她让阿里斯托芬整晚在她身上寻找灵感，这两个人是她仅有的不取一文的人。本来还应该有苏格拉底，她被他那些闻所未闻的怪话迷得神魂颠倒，可最后还是让他耍了。

苏格拉底并非不喜欢女人，而是他喜欢小动物一样的女人，温柔而专一，有点像皮雷斯……他抱起皮雷斯，继续想那些虚空而晦暗的世界，他很想用很久以前的故事，给那些世界一些血肉、一些色彩，好让自己有地方可以下手，但怎么也做不好。

于是，他又在孤独中和皮雷斯对视——那是多么完美的一只希腊猫啊，只有在夜晚，它绿色的瞳仁里才会展现着无尽的深邃。里面充满了从森林到大海的无尽幻象，它们慢慢旋转，像创世之前宙斯头顶的星空。

他想起终于有点什么可说了，于是，他就喊柏拉图过来，那个少年正苦恼地研究毕达哥拉斯那封天书一般的信笺呢。

“如果，你将穿过一座又大又远的森林，比马其顿的北边还要远，可以一直远到高加索的山下，我只允许你带一个伴侣，一匹马或者皮雷斯，你会带着谁？”

柏拉图一下子呆住了，脸色古怪又天真，他意识到这个问题里面一定有陷阱。

苏格拉底喜欢看他这种表情，他在投入，那证明这个问题很好，可以点燃他。

“如果我回答说我会选那匹马——那可太没有意思了，马会尽快带我走出森林，没有风险，可是，你需要这样的答案吗？”

苏格拉底满意地笑了笑：“那么就让我们来谈谈皮雷斯吧。如果它是你的伴侣，你在森林里会遇到激流、沼泽、毒雾，还会遇到蛇、毒蜘蛛，甚至是豹子、熊，可它什么也做不了，它是一只连鸟都舍不得杀的好猫！”

“……皮雷斯，我还得保护它，是我来为它抵御危险！”

“对，答案就是这样！如果你带着皮雷斯上路，你不是为自己找了一把利剑或者一辆快车，而是带着你的爱上路，带着你的责任上路。你将保护弱小和善良，而不是它们来保护你——这样，柏拉图，请你记得我说的，我并非说你一定要毫发无伤地走出森林，或者不必活着走出森林。我活了那么久，我从未见过有谁能活着走出森林的。所以，无论任何时候，你得坚持帮助弱小和善良的那一个，并且，保护好她。责任能使人变得强大，依靠会使人变得弱小。”

柏拉图脸上有点发烫——老师和什么样的人在一起啊，他早就洞悉了一切，他总是在为自己照明，而且，他还得做到怎样让光芒不过于刺目。

外面传来了响亮的脚步声，是靴子的声音。然后，那扇用木条胡乱钉成的门就被推开了，走进来一个全身重甲的大汉，把屋里的三个人都吓了一跳，那是皮里兰德。他怒气冲冲，不知为何半夜把全身的铠甲擦得锃亮。

他身后又跟进来一个人，和他同样装扮，头盔上还装了红色的缨络，只是没有装护鼻，露出狮子般的前额，眼睛里有久熬之后的血红，那竟然是克里提！

“苏格拉底，我们要好好谈谈我儿子的事情，还有你！”他们都站着，就像来到了敌阵那样。

苏格拉底仿佛早就预感到了他们的到来，看了一眼不知所措的两个学生，然后缓缓地请他们进来。

“好吧，我愿意听两位大人的所有吩咐。”

“我要带我儿子回去——你已经不配做他的老师！”

柏拉图打了个寒战，恐惧地望着父亲。

“皮里兰德大人，我知道你怒气何在，我也不会和你争执。”

皮里兰德轻蔑地看着苏格拉底，同样的眼神又转到柏拉图身上——那是柏拉图从未见过的眼神，充满羞辱和压抑。

“你并不知道，你所做的能恶劣到什么地步，所有的雅典人都在嘲笑我们家族，苏格拉底在让柏拉图帮着养猫！在教柏拉图月亮是石头做的还是泥巴做的，还和柏拉图讨论妓女是不是也有神性。宙斯啊，我当初那么满怀期待把儿子交给你，号称是全希腊最聪明的老师，天啊，你都教了他一些什么！你还记得我当初给你的任务吗？”

皮里兰德脱去头盔，重重地摔在地上，露出灰白的头发：“我想让他成为将军，再成为执政官。可你，你教过他队列吗？你教过他剑术吗？你教过他航海吗？”

他走到柏拉图面前，用力按了按柏拉图的肩胛骨：“朱庇特啊，请你救救他，看我的儿子都瘦成什么样了。他们都说你只给他们吃橄榄和面包……”他抓过一把篮子里剩下的橄榄果，闻了闻，然后愤怒地扔在地上。

“皮里兰德，请不要毁坏我们的食物，我很注意他们的饮食，现在你的儿子很健康，他的骨骼长得很好，如果他需要肌肉的话，会很快长起来的……”

皮里兰德并不理会苏格拉底的申辩，开始脱下自己的铠甲，一件又一件。由于愤怒，动作并不利索，脱到胫甲的时候，费了很长的时间才解开后面的系带。

“来吧，儿子，你穿上它们。”他一边说，一边把头盔套在柏拉图的头上。

然后是巨大而沉重的胸甲，当柏拉图勉强套进去之后，身子马上弯了下来，看起来像个可笑的怪兽。

“来吧，让我看看你像不像个士兵……”然后是肩甲和胫甲，当柏拉图全部穿上之后，发现自己已经不能控制重心前倾了。

“走两步啊，儿子，走两步让你老师看看——”

柏拉图奋力挪动了一步，却已经耗尽了所有的力气，然后第二步，他就只能探出右脚勉强支撑着，不敢再移动。

“雅典娜啊，请你看看他这尿样吧。”皮里兰德大笑起来，解开腰间的佩剑，把剑柄送到柏拉图手上，“来啊，拿着它，再举起它！”

柏拉图接到剑的瞬间，本能地就想用它撑着地，他稍微往前一倾，身体便不由自主地倒下了，铠甲碰撞出咣咣的响声，佩剑摔出老远。色诺芬喊了一声，就想去扶，被苏格拉底拦住了。

“皮里兰德，如果你的理想就是希望他能打仗，他会很快成长起来的……”

“啊，梭伦怎么会有这样的后代……”皮里兰德苦笑完之后，又继续着那上气不接下气的愤怒指控，“我还没有让他拿上盾牌，那盾牌比胸甲还要重，还有长矛，加上长矛才是一个雅典重步兵的全部……”

原本一言不发的克里提，打断了皮里兰德的指控：“苏格拉底，你应该理解皮里兰德的感受，我们已经没有时间，让你再去教柏拉图长肌肉了。”

他停了一下，迅速找到了作为执政官的威严：“克罗顿仍然拒绝给我们铁矿，我们将讨伐他们，以雅典娜的名义。我已经和皮里兰德商量好了，让柏拉图就此离开你，他会成为光荣的雅典军人，他会在作战中迅速学会一切！”

柏拉图正用膝盖支撑着爬起来，听了克里提的话，被惊得魂飞天外。

“起来吧。”皮里兰德此时才有一些父亲的慈爱，用力去拖起柏拉图。

“至于你，苏格拉底——我命令你从此以后不要再僭冒神的名义说话，你得为你在议事会上说的所有话负责。为了展示你的聪明，你拿雅典娜开玩笑，以后你再这样，我们将以渎神罪来审判你！”

苏格拉底平静地和克里提对视着，眼神互相争斗了很长时间，连皮里兰德也不敢再说话了——最后，苏格拉底露出一种释然的微笑，再没有任何对抗和愤怒：“谢谢你，克里提大人，如果不得以神的名义说话，那就是我不用再说话了。迄今为止，我说的所有话都是饱含着对神的虔敬——但我尊重雅典所有的决定，所以我发誓我不再说话了。从现在开始——”

看着周围人惊愕的表情，他坦然地微笑，像是这个决定终于把什么重负卸下来一样，然后目光又望向皮里兰德。

“但我还需要一天的时间，一天就够了，因为我想和柏拉图再待上一天，让他把布置好的功课做完吧。后天早上，我就把他交给你，愿雅典娜保佑他成为伟大的战士！”

皮里兰德望着克里提，两个人几乎同时点了点头：“好吧，就给你一天的时间，你还算明智的，希望你以后也这样明智。”

等克里提和皮里兰德离开后，被折腾了一晚的老师和学生，却没有任何交流，苏格拉底说：“明天我要做一件很重要的事情，无论看见什么，你们都不要打搅我。”之后，他们就带着各种沮丧和恼怒睡去了。柏拉图一整晚都做着噩梦，森林里各种怪物整夜在耳边号叫，有一阵他感觉自己被毒蜘蛛缠住了，就狠狠地撕扯自己的脸，那些蛛丝勒进了肉里，怎么都扯不出来。

等清晨的时候，柏拉图和色诺芬发现苏格拉底的地铺是空的，不知道他去了哪里。

第一个发现苏格拉底的人是阿奴图斯家的奴隶，那时候天色将明未明，广场西面高大的建筑遮蔽着西边的月光，他惊讶地看着广场的正中间树立了一截新的树桩，上面还有很多斧头新削出来的碎茬。在泉池取完水之后——阿奴图斯家总是要最新鲜的水，他再次狐疑地朝那个方向看了看，又感觉那不是木桩，而是新竖起来的赫尔墨斯神像，只有赫尔墨斯的身材才会那样不成比例，头部又大又宽，和身体融为一体。

于是他凑近去看个仔细，却发现那不是赫尔墨斯，而是苏格拉底，那把大胡子让所有雅典人都能一眼认出他。他把双手合在腹间，半闭着眼睛，像在举行一种神秘仪式。

他喊了一声，苏格拉底没有丝毫反应，于是他再凑近一点，开始怀疑这是不是新竖起来的苏格拉底雕像。他摸了下衣服，那上面还有露水带来的湿润，然后又看见胡子轻微的拂动，才确认那不是雕像。

“苏格拉底老爷——苏格拉底老爷！”

还是没有任何动静，只是他自己的声音回荡在广场上，让人心里发毛。

于是他扛着水罐飞奔而去。

到了赶早市的时候，这尊活雕像就彻底清晰了。简直就是一截枯死的树桩，有股火燎烟熏的气息，他的脸部僵死的肌肉像是树瘤堆积成的，身上的破衣像虬结的藤蔓，两腿像是被劈开的树干，很不自然地支撑着。

他一言不发，偶尔偷偷把眼睛睁开一点小缝，然后又迅速闭上。有个西西里人对着他耳边大嚷：“嗨，嗨嗨！”见他还是没有反应，于是就想去拧他的耳朵。

“把手拿开，这是苏格拉底大人。”一个雅典人阻止了他。

等广场上人多起来的时候，苏格拉底的很多朋友也看见了，宙斯啊，那就是他，他在扮演雕塑吗？

他们试图和他说话：“是我啊，请你睁开眼睛看看我吧——有什么事情可以告诉我。啊啊，如果你累了，我可以给你一床草席……”

苏格拉底真的成雕像了，快到中午了，还是没有人听见他发出任何声音，连哼一声都没有。

“我就不信他能这样坚持下去，他总得拉屎撒尿吧！”一个较早来到广场见证这事的小贩说。

“那是苏格拉底呢，如果他想表演，他一定会提前拉屎的，你看他到现在水都没有喝一口呢！”

等克力同赶来的时候，苏格拉底身边已经围得水泄不通了。一个小孩乘着大人不注意，突然伸手猛拽了一把苏格拉底的胡子，苏格拉底身体往前倾了一下，猛地睁开眼睛，周围的人一片惊呼，然后他的眼睛又迅速闭上了。

那个小孩被大人打了两巴掌，“混蛋啊，别动苏格拉底先生……”小孩哇哇大哭起来。

眼见克力同来了，人群稍微松动了一点，人人都知道他是苏格拉底的好朋友，没准他能揭开这个谜底呢。

“嗨，老朋友，你玩够了，和我去酒馆吧。”他凑到苏格拉底耳边低声说——还是没有任何反应。他仔细地观察苏格拉底的眼睛，苏格拉底的眼睛反而比之前闭得更紧了。太阳已经升得很高了，苏格拉底的眼皮上微微有了些汗水。

于是克力同换了一种更轻的声音和他说话，旁人什么都听不到，只看见他的嘴在动，很长时间之后，克力同失望地摇摇头。

“他到底怎么了？”旁边的人纷纷发问，如果克力同都解不开这个谜团，那就没有人了。

克力同沉吟了半晌，然后很自信地说：“他在思考——是的，他肯定在思考，但我从来没有见过谁用这种方式思考。喔，不对，神就是这样思考的。光思考，什么都不说——对了，那苏格拉底就是在像神一样思考了，他在学习神，或者他想成为神，或者他本身就是神……”

等到中午，苏格拉底变成雕像的事情传遍了全城，广场的中心挤得水泄不通，集市却变得冷冷清清了。蒂玛也挺着又大又松的乳房往里面挤："我的赫尔墨斯啊，他到底怎么了，让我看看他……"

等她挤到苏格拉底的身边，不顾众人的哄笑，一把抱住苏格拉底，一边神叨叨地念着什么，从乱成草堆的头发到肮脏的脚板，把苏格拉底摸了个遍，给他拂去了藏在皱纹里的蚊虫，然后她转身，骂了周围的人几句，迅速离开了。

柏拉图和色诺芬，本来也想去凑近看看，但和他们说话的人实在太多了，他们没法回答什么，又想起昨天老师说过的话，又满腹狐疑地离开了。

克里提带着他的那群将军，打算从北边的拱廊走到议事厅，却发现广场的中央闹哄哄的："那儿发生了什么？"

卫兵回答道："苏格拉底在那儿，他在表演一尊塑像，据说天没亮就站在那一动不动，什么也不说……"

"该死的，这该死的！"克里提阴沉地嘟囔着，带着后面的人迅速走进了议事厅。

等到下午的时候，围观的人散去了不少，毕竟看一个一动不动的活物是件很无趣的事情。苏格拉底以前总是这个广场的焦点，他手舞足蹈地和人辩论，发表各种演说，后面他来得越来越少，话也越来越少，今天的这一幕，可能就是他演说的谢幕表演了，有很多人这样想。

大家开始各忙各的，集市又恢复了勃勃生机，还有最后几个无聊透顶的闲人在围着苏格拉底，他们开始打赌了。

"太阳一落他就会走的。"一个黄眼睛的克里特人说。

“他会在这里站到死。”

“别瞎说了，他能坚持到夜晚我赔你十个德拉克马！要不你赔我五个！”戴蓝头巾卖药的埃及人说。

等到天已经黑了的时候，哪怕是最有耐心的人也熬不下去了，苏格拉底还是没有任何移动的迹象，连疲惫的迹象都没有，身体没有任何抖动，他只是悄悄地弯了弯膝盖，关节发出吱嘎的响声。

啊，他终于要坚持不住了！可是他们崩溃得更快，吃了晚饭后发现苏格拉底还是那样，这广场就和平时一样，马上变得阒无人迹。

只有那个埃及人还不死心，他干脆搬了一床席子来铺在苏格拉底旁边，揣摩着如果苏格拉底知道有一床干净又舒爽的席子就在他身边，他心理会起变化——是的，起了微妙的变化，他会每时每刻都想着一头栽倒，躺在席子上哎哟哎哟地叫唤。

埃及人反复地观察苏格拉底，从他胡须抖动的频率，腿部弯曲的幅度上判断苏格拉底的耐力，研究了很久，却发现没有任何变化。

于是他就失望地坐在草席上，思量着该怎么办，是不是放弃做那个唯一的见证苏格拉底雕像的人？他思考了很久也没有个结论，反而自己也疲惫到了极限，陷入一种和苏格拉底类似的迷茫又空洞的状态。

“苏格拉底，苏格拉底……”他迷迷糊糊地哼了几声之后，就一头栽倒，在自己带来的草席上睡着了。

等他醒来的时候，发现阳光刺眼，上方有几个人在盯着他：“宙斯啊，这个混蛋埃及人，竟然在这里睡觉！”

快天亮的时候，色诺芬和柏拉图同时被开门声吵醒了，苏格拉底看起来一点也不疲惫，他闭了一整天的眼睛，竟然从厚厚的瘤子堆里瞪得圆圆的，闪烁着一种得意洋洋的疯狂。

他看起来很精神，只是太饿了，他抓着干面包猛啃，然后大口大口地喝水，噎住的面团被冲下胃，发出难听的咕咕声。等好不容易缓过气来，他就脱了衣服，开始用手去搓一整天太阳晒出来的污垢。

色诺芬和柏拉图一边手忙脚乱地帮他取食物，按摩僵硬的肌肉，一边在心里惊叹，他怎么还没有累，他是怎么做到的？

等胃部的痉挛缓解了下来，苏格拉底终于长长地舒了一口气，带着那种由于扛过疲惫巅峰而形成的亢奋，眼珠飞快地转动。

“赫尔墨斯啊——不说话也是一件多么痛快的事情啊，我终于做到了。我发现，不说话比不停说话难太多了。如果一个聪明的人，心里有了聪明的话不说出来，那也比不停说聪明话难太多了，那个有了聪明话都不说的人，才是真正的聪明人呢。哈哈，哈哈……”

他自顾自地开心完了，又陷入那种习以为常的沉思之中，只是那种沉思和以往任何一次都有些不同，因为他不再和学生突然说两句什么，而是用手支撑着头部斜躺着，继续闭上眼睛一言不发，那头颅看起来比任何时候都要沉重，像一整天的站立积累的思索和疲惫，仍然在里面纠缠旋转。

清晨的鸟鸣开始响彻整个林子，他睁开眼睛，天次第透亮。

他望着一直守候在身边的柏拉图，柏拉图恭敬地来到他身边，坐下。也许，也许这是老师最后一次和他说话了，他将成为光荣的雅典军人，他将开赴远方克罗顿的沙场，也许他将永远不再回来。

“孩子，去做一个勇敢的雅典士兵吧，带着你的爱，还有智慧！”

苏格拉底放下托着头部的那只手，慢慢地坐了起来，眼神里有了无限的慈爱。

“我承诺过，我将教给你最好的智慧，但让我惭愧的是，直到今天，我自己也没有想明白什么是智慧……”

他长叹了一口气，示意色诺芬也坐过来。

不知不觉地，皮雷斯爬上了柏拉图的膝盖，好像知道他将有一次远行。

“自从那天在德尔斐领受了神谕，我就一直在想什么是最高的智慧，我先拜访了全希腊最好的铁匠，他铸造出来的剑比别人轻很多、锋利很多，甚至能一剑刺穿铠甲，他有手艺人最高的智慧，可那就是真正的智慧吗？

“我觉得不对，我认为那些有钱买他剑的人，才是更有智慧的，他们都是有钱有势的将军，我和他们辩论，他们认为打仗的智慧就是最高的智慧了——”

他停了一会儿，期待地看了柏拉图一眼，喝了一口水。

“我说，是谁让你们打仗，是执政官吧，你们掌握在他的手里，那他的智慧就应该比你们更高。”

眼看两个学生都听得入了迷，他就用更平静的语气说了下去。

“我和五个城邦的执政官辩论了，他们都认为自己才是全希腊最有智慧的人。我说，啊，看看你们吧，你们不是做每个决定之前都还要去领受神谕吗？那么，神，才是最高的智慧。他们就不敢说下去了，因为，他们不敢像我一样议论神灵。”

“就这样，我击败了只会辞藻的诗人，我说他们无非就是会用造句来蛊惑人。我击败了法官和律师，他们的聪明，其实和诗人是一样的，只是会用法律来造句而已。啊，看看我都干了些什么，我把所有智慧的人驳斥得体无完肤，自己却不知道智慧是什么。阿波罗要我证明自己是最智慧的人，我却不知道智慧是什么……我站在广场一整天想着这个事情，让阿波罗狠狠地炙烤我，不是我不能动，而是我根本不知道时间过去了多久……”

没有答案，这个事实让他感到了一种无边无际的痛苦，语气里也多了一些悲怆。

“于是，我就开始思考那些永远不会开口的神，他们一言不发却要统领万物，但我不相信那最高的智慧是没有名字的，是不能说出来的，它不但应该有名字，而且应该可以说给人听。”

“让我们一起想想吧，它究竟应该是什么，它绝不可能就是泥塑木雕的神！”

说到最后，他的声音已经变成了一种无可奈何的叹息了。他第一次承认了自己是个无能的老师，也许，他将带着这个疑问老去。

柏拉图和色诺芬听着浑身颤抖，这个谜团就是巨大的旋涡，把他们也卷了进去，那里面有万物和他们在一起旋转，彼此撕扯、分离，裂成很多碎片，一直洒到黑夜的尽头。

等第一丝曙光透了进来，那个老人到了疲惫的极限，于是他捧起柏拉图的脸，用他那苍老得耗尽了血色的脸，贴近柏拉图，说出了最后的嘱咐：

“孩子，帮我想下去吧，在战舰里帮我想下去，在方阵里帮我想下去……你一定是那第一个找到答案的人。也许，也许我把我的梦想寄托给你，意味着我太自私了，我不是一个好老师，你也该想着你的梦。那么，你也同时想着你的诗吧，想着你的露西娅，还有它，皮雷斯。

“如果你想着他们，你一定可以平安归来，你一定可以穿越那险恶的森林，你会经历很多很多，向那智慧无限接近……”

最后，他扶着柏拉图的肩膀，颤巍巍地站了起来：“宙斯啊，只要还活着，就可以继续想下去，这是件多么幸福的事情啊。”

雅典城示意图

怒海

舰队出征的时候还没有到夏至——自古以来这里就习惯于夏至以后出港，从这个时候起海况是最安静的。哪怕是去攻打特洛伊，他们也是这么干的。并且要尽早，要赶在秋雨到来之前结束战斗，可以在秋天的风暴到来之前提前回家。但克里提决心多用些时间，即使再风平浪静，舰队也得绕行伯罗奔尼撒半岛，从斯巴达人的眼皮下驶过，得闯过一年四季都有间歇性烈风的麦利亚海角，得提防伊奥尼亚海上肆无忌惮的海盗——别以为他们不敢打劫舰队，他们随时可以纠集二十条船甚至更多。

天空一直蓝到了尽头，与西方的海平面融为一体，那些在比雷埃弗斯港找工作的外邦人终于可以出海了，他们有的成了水手，有的成了桨手，有的成了弓箭手。五十只镶了铜环的牛角号提前吹醒了夏日，无尽的人潮涌向军舰码头，那里的舰艇早已从滑道推出，船头冲着西方呈双纵队排列，六十艘三层桨战舰（注：这是雅典人称霸海上的利器，他们创造性地在甲板、中舱、底舱都设置了桨位，甲板上使用的船桨最长，可达八米。一艘三层桨战舰配有一百七十名桨手，但最多只能搭载二十名步兵，借助风势速度能达到每小时二十公里以上，船头有锐利的铜制冲角。），蜈蚣那样细长又密集的腿和又瘦又尖的躯干，它们看起来不是漂浮的，而是凭借一百多条瘦腿直接站在了海面上，随时可以轻盈地飞翔，用它们锐利的舰艏冲角刺穿敌人。在它们的后面整齐排列着方形舰艏的运兵船、补给船、运输船

古希腊地区示意图（注：虚构）

和大批大小不一的商船。聪明的商人喜欢跟着军舰去做生意，军舰可以保护他们不受海盗袭扰，还可以随时贩卖战利品什么的，一旦战事不利也好随时开溜。

几乎全雅典的人都拥向码头，港口那些造船厂、锻造厂、铸造厂、皮革厂的工匠也纷纷放下手里的活计，连码头后的粮库上也站满了看热闹的装卸工。通往几个离岛的渡轮也停了，没有人愿意错过这样的大场面，女人们冲着军舰大喊着自己孩子或者丈夫的名字，挥舞着亚麻毛巾，成群结队的孩子尖叫着，冲着军舰行礼和扮鬼脸。

上十万人挤满了港口，他们站满了栈桥、防波堤，爬上了木制的提升机，尚未完工的舰艇龙骨，见证这浩大的出征场面。

克里提凝视着舰队——它们太壮观了，把所有的船首尾相连，就可以直接踏上埃吉那岛。大海宁静得像面镜子，几朵很小的云在天空匆忙地奔跑。他爱这样的场面，爱军容整洁的将士，爱夹道欢送的平民，爱这个大城为同一个目标去聚力，在和煦中蕴藏着毁灭，在晴空下酝酿风暴。

他登上临时架起的点将台，下面立即鸦雀无声。

这是多么美妙的时候，大海和半岛同时在环绕着他，上万只海鸥盘旋在舰队上方。

于是，他按着剑柄开始了演讲。

“以雅典娜的名义，今天我们在这里誓师，讨伐同盟的叛逆克罗顿——所有的雅典人啊，我很感激公民大会通过了讨伐的决议，你们永远是正义的捍卫者。今天的正义，就是去惩罚卑鄙出卖雅典利益的人，同我们的敌人相勾结的人。感激你们有一双智慧的眼睛，在克罗顿的铁矿生意中看到事实的真相，如果我们不行动，总有一天，敌人会操起他们制造的长矛和标枪，狠狠地刺向我们！”

台下的欢呼如约而至，所有人都在为唾手可得的铁矿而激动，为家里将有一把称心如意的斧头和体面的铁制饰花栅栏而激动。执政官满意地看着他们，声调越发激昂。

“我们将为正义做出牺牲，有的将士将因此献出生命——我们的生命并不能为我们的光荣作证，我们的敌人更加不能。但是，我们将以自己的战功留下巨大的纪念碑，我们绝不需要一个诗人为我们唱赞歌，更不需要什么智者来为我们做什么辩护，因为我们不会沉醉在浮夸的言辞里，我们只需要雅典娜，我们要把最珍贵的战利品供奉给她，用敌人的血和头颅献祭给她，她将因此而变得更加壮美。我们要做真正的勇者，劈开每一片海洋，征服每一块陆地。对于敌人，我们就是灾难，对于朋友，我们就是恩惠。我们的故事，就是在为后世留下不朽的纪念——这就是雅典！他为他的人民慷慨而战，我们的敌人只要想到这点就会不寒而栗，他们的每一位后人，都必须为此继承这样的痛苦。”

他再次朝着大海眺望，想起了那上面曾经漂浮的碎木板和死尸，脑海中突然涌现了死亡两个字。瞬间，他陷入了苍凉、痛苦中，他不能克制这种情绪在每次恶战之前突然袭来。

他真诚而热烈地凝望着他的臣民和舰队，他该对他们说点什么，为死亡说点什么？他马上就找到了一些新的词句：

“我为你们骄傲，你们当中有富人也有穷人，有真正的猛士，也有初入战场的新兵。你们就像伯里克利所说的那样，没有一个富人，会因为贪图享受而变成懦夫，也没有一个穷人，会因为嫉妒和自卑去逃避责任，也从来没有一个猛士会因为战功赫赫而骄傲自大，也没有一个新兵会因为一无所成而失去斗志……

“你们也必将有人会提前回来，回到雅典的墓地。啊，所有尊贵的雅典公民啊，请不要悲伤，那不只是安葬遗骸的地方，而且是存放光荣的地方。他们将永远存放在雅典人的心里，是逝者中最为耀眼的。逝者和生者仍将共享一个名字——雅典！雅典！”（注：以上演讲词改写自《伯罗奔尼撒战争史》中伯里克利的演讲，由于作者修昔底德本人就是战争的参与者，他记录下来的细节高度可信。从演讲词中我们可以感受到古希腊人的激情和力量，这种面对大海的激情极大地影响了后世的语言和文学。）

“雅典！”

上十万人的呼喊响彻云霄，盘旋的海鸥也被吓散了，它们朝着四周散去。

最后，克里提将雅典之剑交给了尼西亚斯——他任命的远征军司令，舰队在号角和欢呼声中起锚了。

柏拉图站在第四排的三层桨战舰上，这艘战舰以他祖上的名字命名，叫作梭伦号。

他经过了简单的训练后，已经知道了自己该做些什么，至于怎么做，结果会怎样，那还和大海一样深邃未知。他恋恋不舍地在人群里寻找，可人群实在太密集了，隔了一段距离之后，那些穿着黄色和绿色长裙的雅典少女每一个看起来都如此类似，不知道露西娅在哪里。

舰队太过漫长，每一艘战舰都必须驶过码头，接受人们的目送。等到梭伦号之后第四艘战舰驶过码头，那里突然爆发出一声欢呼声，还有少女的尖叫声，还有一阵他熟悉的大吼——那是来自特瑞斯的，他披了一身与众不同的白铜铠甲，看起来就像一条巨型剑鱼："为露西娅而战，我要让那个懦夫见识一下，什么才叫作英雄……"

柏拉图低下头来，把脸藏在头盔的阴影中。让他失望的并非特瑞斯，而是他找不到露西娅，他看不到她的表情，也无法和她对视。他并不怕死，也不怕特瑞斯的威胁，他怕的是没有一个誓言和他为伴。做一个没有带着誓言去沙场的军人，那是多么可悲啊。

旁边几个水手同情地看着他，不去打搅他。等码头变得模糊了，再也看不到任何人的脸了，特瑞斯的亢奋喊叫声也听不到了，他却依稀听见了鸟鸣声。

"的儿确，的儿，确……"

他吃惊地看向天空——啊，那是伊菲。瞬间，它的叫声就融化了他所有的伤感，他突然想起了老师的话，并惭愧于自己竟然一时间忘记了它。

伊菲害怕被人发现，飞得很高，是一个模糊的小点。不要紧，仅凭那平整的尾翼，他也能迅速认出它来。

它看见他抬头了，于是，它收拢了翅膀，在一阵短暂的垂直下落后，把身体绷得笔直，迅疾地朝岸边飞了回去。

阿奴图斯也在岸边目送着儿子的远去，望着儿子刚才夸张的表演，他忍不住苦笑——老天为什么会给了他这么个傻儿子呢？当露西娅和柏拉图好上了的风声传到特瑞斯耳里，他竟然还不肯放弃，说只要露西娅还没有被买走或者出嫁，他就要和柏拉图争到底。

特瑞斯想带着英雄的荣光回到雅典，让所有雅典人为他欢呼，让露西娅在欢迎的队伍里提着花篮，让伤得半残废的柏拉图垂头丧气走在队伍的后面……他则得意洋洋坐在高头大马上。特瑞斯甚至很想做一个牺牲者，做一个菲迪皮茨那样的人（注：马松松战役的送信者，在跑完 42.195 公里后倒地而亡），在立下赫赫战功之后，享受永久的荣耀。他手执三叉戟的形象将被刻上雅典娜神庙的屋顶，他的墓地将享受长明灯的祭祀——知道露西娅爱上柏拉图之后，他语无伦次地说了那么大一堆胡话，让老爹无比焦虑：他还把雅典人说的那一套当真了。世界上真的有一种生意值得拿生命去做成本吗？在阿奴图斯的眼里，那肯定是没有的，一个人财富越多，他的生命就应该更宝贵才对。

哪怕他真的成了一个神，也会像雅典娜那样在身上挂满金银财宝，绝对不应该去舞枪弄棒，顶多把矛头换成金子做的，对着别人打仗的方向指点一下就行了。

阿奴图斯越想越难受，遥望着远去的舰队一直发呆——这本来是一次完美的出征，银矿有股份在他的手里，雅典人又用他产出的银币来打造舰队，锻造铠甲和盾牌、长枪，连这里的锻造坊和皮革坊都是他的，只要能打仗他就有数不完的订单。但是特瑞斯，他真的把自己当成雅典人了，如果想做好一个雅典人，那总得先做好一个生意人吧。他长了那么个大块头，却缺乏一点脑子，为一个奴隶——一个本来只值六百个德拉克马的奴隶，不知死活地去争面子。这事在阿奴图斯的心中，比柏拉图半夜三更去给露西娅献殷勤更为荒唐。

舰队终于在海平面上迤逦成一条隐约的黑线，大海宁静地想要等待什么。他想起那年从波斯运了一船干果前往比雷埃弗斯港，在罗德斯附近海面商船队遭遇了风暴，只有他的船因为要停在港口修补，竟然奇迹般地错过了那场风暴，雅典的干果价格因此翻了五倍。当他驶入这风平浪静的港口时，觉得这就是一个奇迹，胜利的密码就是等待奇迹的垂青！如今剩下的事情只有去祈祷特瑞斯的好运，他懊丧地坐上了一辆镶着天青石和刷了金漆的两轮马车，奴隶驭手呼喝着人群散开，驶入通往连接港口和城市的道路，匆匆地赶往雅典城。

他甚至有点后悔自己为什么偏要买一个雅典公民的身份，然后又耗尽半生爬上将军的位置，如今骑虎难下，得为雅典血战到底。

他开始痛恨露西娅，她简直就是一个夜莺变的妖孽，如果没有她，特瑞斯会听话很多。

外海有温和的东风，舰队扬起了风帆，只需要最下层的桨手使点力气，就可以轻盈地行驶。驶出没有多久，他们的右边就出现了一道长长的海岬，那里面的海水竟然不是淡蓝色的，而是墨绿色的，它们就像是凝固了，表面没有一丝波纹，那简直就不是海水，而是长满了绿藻的黑色死水。

那里就是萨拉米斯，上层甲板上突然没有一个人说话了，都呆呆地望着那里。

是舰长（注：古希腊一般用将军这个词称呼所有的军事单位首领，一个舰长，一个统领几十个人的步兵队长，都被称为将军。为了避免误会，我们还是采用舰长这个称呼。）涅德斯首先打破了沉默，他说自从萨拉米斯海战以后，这里的海水就变成这样了，下面不是礁石，而是战舰的残骸！

只要是雅典军人的后代，都会有一个关于萨拉米斯海战的故事流传，柏拉图喜欢听长辈唱起当时的军歌：前进啊，希腊人，拯救你们的祭坛，拯救你们的妻儿。这首歌里有一种魔力，它能够把那个伟大的时刻瞬间重演。波斯人的一千多艘战舰紧紧追赶希腊联军的三百多艘战舰，当希腊舰队逃入萨拉米斯海湾的时候，那条长长的海岬挡住了波斯舰队的视线。等波斯舰队的前锋也追进海湾，他们惊恐地发现希腊人停止了逃跑，全部调转了船头在海湾等着他们，他们尖锐的舰艏撞破了打头的几艘波斯战舰，大海开始回荡着希腊人的歌声，他们边唱歌边作战，歌声使得他们士气如虹。

前面的波斯战舰想逃跑，而后面的庞大舰队不知道发生了什么事，还在一个劲地涌入——萨拉米斯是一个漏斗形的海湾，波斯战舰全部拥塞在狭窄处进退维谷，陷入一片混乱，希腊战舰则从宽阔处冲过来屠杀他们。等到黄昏的时候，大海飘满了战舰碎片和波斯人的尸体，鲜血染红了海面，有的人漂浮在海面上呻吟，希腊人就用弓箭射杀他们，用长矛刺死他们。

涅德斯说他的爷爷用一根长桨敲碎了六个波斯人的脑袋。黄昏时他已经筋疲力尽，就靠着船舷想休息一下。船舷边漂着一具死尸，被一支箭穿透背部钉在一块船板上。那具死尸本来是脸朝下的，他厌恶地用长桨去拨开他，死尸翻转了过来，竟然突然睁开了眼睛，那眼珠早已成了白色。

“他就那么一直睁着眼睛，我爷爷又惊恐又愤怒，想把他再翻过去，却怎么都做不到，把他推远一点，过一阵子又自动漂了过来……宙斯啊，那家伙可太恐怖了，直到希腊舰队撤退了，他才远离了那具死尸。从此以后，我爷爷再不踏入萨拉米斯一步，连看都不会看那里一眼。所以你们不要老盯着那里看，那水里的恶灵太多。”当船队掉头开始向南，萨拉米斯终于消失在视线里，涅德斯也讲完了这个故事。

东风已经不能再送他们在海面狂奔，所有的桨手都就位了。涅德斯看了看柏拉图，皱起了眉头：“啊，你这尊贵的皮里兰德公子，你在我的船上，我该让你干点什么才好。”

“我可以从桨手做起，最下层的！”

涅德斯迷惑地看着他："如果你认为那对你有好处，我当然乐意，那可是奴隶才干的活。"

柏拉图可不想真的去做奴隶，他最担心的是得罪他们，这些老兵没有一个是好惹的，他的出身容易招致他们的嫉妒，与其如此，不如先躲到最下层。

底舱里永远都有排不尽的积水，还有老鼠尸体的恶臭，即使最灿烂的阳光也照不进这里。那些奴隶却依然精神抖擞，全部赤身裸体地呼喊着号子，他们早已习惯了这份工作，每次出征回来至少还有一些菲薄的报酬。

柏拉图被安排在船尾的左舷，他前面的桨手是一个有着棕色皮肤叫作西卡的奴隶，看起来比他还小，大概十五六岁。西卡教他怎么划桨，怎么让臀部去带动腰部。如果不学会这个，新手会马上累得尿都尿不出来，当然，别心疼你的屁股，他们的屁股早就烂掉好几层了。

柏拉图吃力地跟着他的节奏，不一会儿就后悔起来，他发誓没有比这更悲苦更单调的活，和驴子没有两样，看样子老师说的所有工作都是高尚的、工作的节奏就是最好的诗之类的话，都值得怀疑，也许他体验还不够深。

他连海岸都看不到了，有时候听见上层甲板传来的欢笑声，却不知道发生了什么。他想在脑海里唤起一些诗，露西娅，蔷薇花，一些美好的东西，那应该会好过点，但他怎么都做不到。左臂蜷曲久了变僵硬，竟然比右臂先开始抽筋。不一会儿，他就只能用右臂把船桨在水面上拨动，再无法让船桨插得更深。

臀部也很快溃烂了。他想挪动一下，感觉整个臀部都要被撕扯下来，摸了摸底下，有汗液和其他黏糊糊的液体粘着。

西卡回头露着龅牙对他笑，把身子尽量后仰靠近他说话，以免让别人听到：“嘿，伙计，你不要跟着我们划，你会吃不消的，你把桨面的角度换一下，像刀子一样在水里切，那样可以省不少力气。”

柏拉图照做了一阵，觉得自己非常无耻，他简直连奴隶都不如，他想起了特瑞斯三番五次用来骂他的那个词：懦夫，懦夫！

于是，他又开始努力学着其他奴隶的样子。到后面起了一些风浪，海水从舷孔里打了进来，衣服全部湿透了，他就干脆把它垫在屁股下，彻底和其他人一样赤身裸体了。

海水的咸味和着各种各样的汗酸味，洋葱般的辣味，馊油般的臭味，烂橘子的酸味，各种各样的体征的人，发出的臭味是完全不同的。其中那种馊油味道最让他恼火，他怀疑那是右边那个红头发家伙身上发出来的，海水怎么都冲不走它。不一会儿，他就呕吐起来，瞬间直不起腰来，没有吐到海里，直接吐到了前面，那个红头发的家伙边划桨边大声咒骂他。

等划到第一个补给点的时候，他是被西卡扶上甲板的，等西卡离开了，他的右臂竟然无法放下，只能半举着，保持着划桨的姿势。

他贪婪地看着码头，长长的舰队早已全部靠了岸，一些人正把淡水和食物送上船来。尼西亚斯在和一个当地人交谈着什

么，这里是同盟的一个小城邦，他们每天都会找一个这样的地方补给和休息，绝不在海上过夜。

“嘿！你行不行啊？”涅德斯拍了拍他的肩头，“你可以随时回到甲板上来，你应该去做一名轻步兵。”

自从知道露西娅不再和特瑞斯约会后，尤塔便不许露西娅出门了。等太阳从门口射进来，形成一道巨大的光瀑，她就得坐在正厅的织布机面前，用来自吕底亚的上好纱线，织四块羊呢披巾。纱线有蓝色、红色、白色三种。这活并不好干，尤塔眼睛越来越不行了，她的眼球已经没有任何光泽，像两颗大理石一样又干又硬，还向外凸着，只剩下模糊的光感，能分辨是白天还是黑夜——她异常关心这四块披巾的模样，她叫人画了图样，让露西娅照着织，等完工了她用手摸一摸，就知道像不像个样子。

那纺车的高度是露西娅举起手臂那样高，一整排经线垂到了地面，露西娅用织梭飞快地在上面穿着纬线，然后拉动手柄，发出咔嗒咔嗒的响声。阳光里漂浮着细小的纤维，经常让她感到视线模糊。好在有伊菲的陪伴，它早就习惯了这样的场面，在纺车上跳来跳去，时不时哼出小调，也绝不会把纱线弄乱。

那个戴着蓝头巾的埃及人在里屋和尤塔闲聊着。自从第一次把药粉卖给尤塔之后，尤塔似乎就喜欢上了他。埃及人也吃准了尤塔的心思，每次推销完他的草药和香料，还不忘和她再套些近乎。

在露西娅拿纺锤扯纱线的当口，两个人的说话声清晰地传来：“你说我这辈子倒不倒霉，三个儿子一个丈夫全部死在了战场上，我丈夫死在了科林斯，两个儿子死在了海上，只有一个儿子从底比斯拖了回来。喉咙上烂了一个小洞，一个劲地流着黑水，就在这儿，整日整日地惨叫，他们都说即使是希波克拉底也救不回他，我还是不相信，看着他躺了二十天，最后他的气息都是从喉咙那个小洞里喷出来的……哎哎，他还是死了。”

尤塔哽咽了一会儿，然后又开始擤鼻涕，埃及人在安慰着她：“别伤心，他们在天堂一定很幸福，雅典娜一定不会亏待他们的。”

尤塔伤心了一阵，又接着唠叨下去：“我让露西娅织四块披巾，上面织上他们的名字，而不是绣上去。波斯人早就会织这种花样了，我相信露西娅一定能行，等我死了我就把披巾带给他们，啊，宙斯，在我死之前请让露西娅完工吧。露西娅！露西娅！”

她发现织布机没有声音了，于是就大喊起来，露西娅并没有回答，只是又弄出咔嗒咔嗒的声音，让老太婆安心。

“……你说的天堂草，那可真是太贵了，一小把就抵得上十头牛的价格了。但我还是想要，我要把它塞满我的肚子，等露西娅出嫁了我至少得弄十万德拉克马，我的橄榄园很大，但我也得把它给卖了，如果不能把财富带去天堂，那留着它也没有什么意义。啊，你现在就开始帮我准备好所有的东西吧，香膏、细辛、肉桂、番红花，连石灰都要给我准备好……”

说着说着，两个人的声音越来越低，直到尤塔发现织布机的声音又听不到了，才高喊了一声。

埃及人最后出来的时候拿着一个空了的包裹，他神秘地对露西娅挤了挤眼睛，然后出了门。

阳光变成了金黄色的时候，里面传来了尤塔沉重的呼吸声，呼噜呼噜地，她越来越不行了，每天都有半天的时间喘不过气来，只能赶紧去躺着，等露西娅把饭送到床头。

露西娅收拾好了纺车，把纱线整理好，又一个身影不声不响地出现了。他竖起手指要露西娅不要出声，然后精灵古怪地对她笑着，从怀里掏出一个小东西来，那家伙竖起尖尖的耳朵，鼻子里喷出一口长气，飞快地甩动着脑袋。

露西娅凑近去摸它，压低了声音说："色诺芬，这就是皮雷斯？"

色诺芬坏笑着，也用呵气般的声音说："就是它，柏拉图害怕没有什么东西留在你心里，就让你多抱抱它吧。"

"宙斯啊，它一点都不好看，但是，它真的很乖，居然一点都不闹。"露西娅接过那只猫，抚摸着它的后脑勺，"伊菲——伊菲会害怕它的，皮雷斯会揍它。"

伊菲弄出了些响动，它刚开始扑腾着，一头撞在了纺车架子上，现在又不安地嘎嘎乱叫了起来。

"露西娅，露西娅，那是什么声音，是不是有人进来了。"瞎眼老太挣扎着又叫唤起来，只是她已经没有力气出来查看了。

露西娅竖起手指比画着，叫伊菲安静。皮雷斯也友善地看着伊菲，两只小动物凝视了一会儿，皮雷斯蹭地跳了出去，好奇地打量起伊菲来。伊菲尝试着用喙啄了啄皮雷斯的背，皮雷斯喵呜叫了一声，就勾起后爪去挠那里。

“露西娅，露西娅，是不是来了只猫？”

“进来只野猫，喔，让我送它出去。”

色诺芬对她摇了摇手：“它很聪明，它知道所有的事情，它会自己回去的，让它和伊菲再玩一会儿吧。”

舰队的离去并没有使雅典城冷清下来，它永远是那么生机勃勃，城里人都满怀期待地活着，他们要么等待远方传来胜利的消息，要么祈求着神灵保佑谷物疯长、牛羊肥壮，人人都渴望着远征即将带来的战利品。只有十几万奴隶和一些贫民活得麻木不仁，远方的战事和他们没有什么关系，生命只要不枯死就行。只有那一片橄榄林算是冷清的，它早就落尽了花朵，每一片叶子都张大着，更紧密地守护着那种深邃的安宁。

苏格拉底真的不再说话了，人们偶尔在公共场合看见神情冷漠的他，不过那是行走的泥塑木雕，他会出去采购一些东西，但只用手比画，绝对不说出一个字让人听见。

在橄榄林里他偶尔开口，和色诺芬说些必要的话，除了功课和生活必需品，其他的一概不说。倔老头真的不再说话了，也许是以前他说的话太多了。雅典人开始还对此事议论纷纷，后来他们很快失去了兴趣，广场上永远不会缺话多的人，慷慨激昂的演讲和辩论，还有热闹的法庭审判。安提丰和阿里斯托芬变得更来劲了，没有了这个可怕的对手，现在天下是他们的。

等到夜深之后，那太阳带来的饱满热力彻底消退，橄榄林沉浸在凉爽的夜风里，这风让色诺芬早早就入睡了。他带着皮雷斯在外奔波了一整天，只剩下皮雷斯和苏格拉底还醒着。皮雷斯偶尔打个哈欠，瞪圆了眼睛倾听外面小动物爬行的簌簌声，然后若有所思地用爪子挠挠自己的脖颈。

苏格拉底在油灯下翻阅那些泥板、莎草纸和石刻，夜无声地笼罩了每一个角落。就在这最寂静的时刻，他突然有了一种很想说话的冲动，他已经很久没有说过话了，他心里搁着太多的事情，有时候灵感袭来他会有神秘的微笑出现，但那些灵感都是倏忽而至，马上又消失得无影无踪，他甚至来不及组织词汇来抓住它们。

他有点后悔怎么会有这样的决心，人怎么能和鱼一样一声不吭呢？尤其是对于喜欢思考的人，如果不说出来，那思考到底存在过没有？它们去哪里了？如果连回忆都回忆不起来，它们是不是就永远消失了？

但是皮雷斯，这可爱的生灵，它不是也一样永远一声不吭吗？如果他可以像皮雷斯一样享受一声不吭的滋味该多么好，看它那晶莹清澈的眼神吧，那永远镇定自若的表情吧，它才是真正享受一言不发的滋味，却可能在记录一切、思考一切。

他情不自禁地摸着皮雷斯的双耳：“是不是，你是不是这样的家伙？”

突然响起的声音把他自己也吓了一跳，他苦笑起来，自己竟然莫名其妙地说了话。

然后，他警惕地望了望四周，色诺芬响起了平缓而舒畅的鼾声，皮雷斯满眼期待地看着他——啊，这充满灵性的家伙，它竟然知道他在想什么。于是，他瞬间就兴奋了起来，感觉这是一个没有人听见他说话的绝佳时刻，那么，他说了就和没说一样，那他就根本没有违背自己的誓言了。

你是太阳之猫吗？那你会从太阳那里带来什么？啊，那至高的阿波罗啊，他是季节的主宰，是时间的使者，是万物的颜色，如果没有他，我们将永远看不见自己的影子吧。所以，我说，人首先得看见太阳，才会开始思考自己吧，如果没有太阳，人都不知道世界还会有个自己呢。如果连自己都没有，那该是多么悲哀的事情，我们活在洞穴里，甚至不知道那只是洞穴而已。

那我是不是可以这样确定了，那智慧的源头，就在阿波罗那里。阿波罗啊，你每天如约而至，人们却那么轻易把你忘记了，他们以为智慧在舰队和战车里，智慧在计算财富里，智慧在无情的审判里，智慧就在权力之剑里……为什么你总是那么容易被忘却？那是因为你是最普遍的存在吗，最普遍的存在，那就应该是最容易被忽略的吗？

……你啊，皮雷斯，只有我知道你是怎样从阿波罗那里来，怎样走近我。只有你和柏拉图，你们到来的那一刻，才有那种不用去思考的亲密。多少年我和你们在一起习以为常，我以为那即使是走到终点，也是无须思考的事情，你们和太阳一样，是天经地义的事情。

但是，为什么我现在开始思考你们了，当我垂垂老矣，我竟然开始思考那些最天经地义的事情，从前认为根本无须思考的那些事情了。我想知道我到底在思考什么，我想要为我的思考命名，但它还没有名字。

它的名字还来不及诞生，因为它将处于太阳之上，那太阳最深处隐藏的秘密，他们不允许我超越阿波罗去思考，更别说为它去命名了……皮雷斯，这事多么令人痛苦。我不是不敬神，也不是亵渎神，我只是想获得更多关于神的智慧，这种智慧你们不能教我，大海和陆地都不能教我，万物生长也不能教我，

皮提亚也不能启发我。

我祈求神来告诉我，我无数次在午夜和神对话，我想让他们承认，到底有没有一种更高的智慧，天堂之上还有天堂。但我至今连神的智慧也没有学透呢，除了享受阿波罗的恩泽，见证他们的魔力，我从未真正与他们对话过，因为我的同类不允许我这样做。就像这只猫，皮雷斯，它从阿波罗那里来，我知道它是神的旨意，它用行动告诉我带着神的旨意，但它不能开口，告诉我那旨意究竟是什么……

皮雷斯一直在一动不动地倾听着，直到那个老人的声音已经轻微得听不见。

他将沉沉睡去，那语言已经陷入大脑的深渊，还原为思想了，它还在倾听着，敏锐地捕捉着里面最微弱的回响。

舰队花了三天时间才抵达麦利亚角，尼西亚斯大骂桨手和水手才两年没有打仗，就一个个懒惰无比。但航速也没有因此而快起来，除了底舱的桨手比较卖力，第二层第三层的桨手不到战事吃紧，是绝对不会多使半分力气的，他们全是外邦人、自由民，或者公民，薪水按工作日结算，和航速无关。

柏拉图也在底舱待了三天，等他终于彻底回到甲板上的时候，就直接躺在甲板上昏睡过去。没有人去弄醒他，这个可怜的孩子看起来累坏了。等他被一阵呐喊声惊醒的时候，先是摸了摸自己的胳膊，吃惊地发现那里不但没有断，而且还鼓起了一些肌肉——看样子老师的经验是对的，只要骨骼和体质健康，肌肉是随时可以长起来的。照这样下去，从一个文弱少年到一个壮汉，恐怕只要一个月时间。

甲板上的所有人都冲到左舷边上去，涅德斯冲着前后的舰船不断地喊叫，还打着手势，其他人则神情严肃地眺望着海面——那里出现了黑魆魆的影子，船形和鱼骨一样嶙峋，如同饿鬼，它们正呈扇形队列冲着他们驶来。

——海盗，海盗！有的水手喃喃地念叨。

涅德斯和舰队沟通完之后，就命令所有人回到战位，要柏拉图拿起长矛和盾牌：“从现在起，你就是一名轻步兵了。”舰队在集体转向，船艏都冲着南方。二、三层的桨手终于开始拼命划了，好不容易完成了转向，他们又咒骂起来，说船桨不听使唤，风浪下面是湍急的海流。那些海盗船似乎也受到了海流的影响，冲刺的速度慢了下来，最后它们缓缓停住了，犹豫一阵后就掉头而去。

舰队继续开拔，这一天的麦利亚海角非常给面子，除了海盗的骚扰之外，他们没有任何困难就轻松通过了。

绕过那个海角，舰队的航向转为西北，他们远远地盯着伯罗奔尼撒半岛的海岸线航行，直到抵达蒙多，这是途中最大的一个补给点，蒙多是同盟成员里最繁华的商埠，地中海沿岸的所有生意都有它的份。

水手、桨手和所有的军人都上岸去找乐子了，连舰队带来仅有的五十匹马，也被牵上岸去活动筋骨，运输船上的数千个双耳油罐被运上码头，里面装满了橄榄油，卖给这里的生意人，雅典人的橄榄油永远比水还多。

蒙多的繁华让柏拉图惊呆了，这里的城市竟然和港口是一体的（注：希腊城邦按惯例都是港口和城市分离的，以免直接受到海上敌人的攻击），货仓和集市也是一体的，从商船上卸下来的货就直接开始叫卖。一个黑胡子的迦太基老头身边堆了四百多根完整的象牙，他不可一世地拒绝任何还价。一个塞浦路斯人在叫卖青铜铠甲，上百副胸甲占据了很大一块地，那种铠甲极其华丽，上面镶嵌着天青石、蛋白石甚至是红宝石，还有很多无法辨识的羽毛饰物。雅典人聚集在那里议论纷纷，这些东西看起来华而不实。腓尼基人的货摊则什么都有，让人大开眼界，各种花哨的小瓶子，所有神灵的面具，女人的香粉，干花，骨雕杯子，织毯……一个埃及人在卖死掉的小动物标本，蝙蝠，巴掌大的猴子，蜥蜴，甚至还有一只猫，每一个看起来都栩栩如生，他打包票说这些玩意一千年都不会腐烂，你爱摆哪儿都行。

在一大排货仓后面，则是大宗货物的集市。整桶的葡萄酒，大罐的油，巨大的柳条筐盛满了谷物，每筐就是一塔兰特（注：重量单位，约合三十公斤），还有成堆的铜块、银锭，铸成了饼状的锡、条状的铁……各种奇形怪状的人在这里谈生意，说着柏拉图不懂的语言，穿着饰环的利比亚人、浑身晒得通红的迦太基人，甚至还有围着兽皮的马其顿人。

过了那里之后就是各种作坊了，叮叮当当的打铁声，风箱

的嗡嗡声，锯木头的嘎嘎声，还有突然打碎了陶器的破裂声音，掺杂着各种工匠死去活来的咒骂声，赫菲斯托斯（注：掌管工艺的神灵）啊，这里简直是全世界手艺人的狂欢之地。

柏拉图第一眼就看见了那个铁匠铺，不是因为那里铺面整洁，而是那里耀眼的寒光足以令周围一切店铺黯然失色。还没有装上木柄的各种刀剑挂在那里，全部都用昂贵的精铁制造，锋刃被打到蝉翼那样薄，连阳光晒在上面都会嗡嗡作响。

他从挂架的下方朝里面看，发现尼西亚斯也在里面，尼西亚斯只是对他点了点头，就继续欣赏铁匠的手艺。那个铁匠包着的头巾已经汗透了，胡子像被火烧过那样留着一圈焦边，他大声呼喝着几个学徒模样的人，用钳子将一块通红的剑坯放在水桶里回火，腾腾热气中，他的身影也像铁剑一般坚实。

他吩咐学徒把剑坯取出来继续锤打，就继续和尼西亚斯聊天："我这回火的手艺没有人能学走，我的剑能直接劈开石头。"

"我们需要一千支短剑，你这里竟然要五天才能做一支，看样子也没有哪支军队会因为你而变得强大了。"尼西亚斯一边说一边挥着手，似乎这样就可以驱走里面燠热的空气，那铁匠心里不服，拉着尼西亚斯去看外面挂着的成品："只要将军和您的部属都使用我的剑，你们就赢定了。"

"……这是柏拉图，皮里兰德大人的公子，苏格拉底的学生。"

铁匠吃惊地望了柏拉图一眼，露出一丝笑意："啊，苏格拉底，你老师来过我这，没想到你也来了。"

柏拉图知道苏格拉底游历过这里，并不吃惊："他是来找你谈话，他买不起你的剑。"

"正是如此！赫菲斯托斯啊，那次他可把我气坏了，我说我就是最智慧的人，看看我的剑就知道了，没有人能打出这么好的剑，那就是没有人比我更智慧了。可是，可是他说什么呢，他说我这根本不叫智慧，而叫作手艺，顶多算门知识，知识是啥，我可没有听说过……"

他把柏拉图和尼西亚斯同时都逗笑了。尼西亚斯说："别在意他说的话，他就是个疯子，连我们的执政官他都能呛，别说是你了。"

尼西亚斯和他继续讨论订购武器的事情，柏拉图就离开了。走出这一大片作坊，就是一大片的饭铺、酒馆、旅店和妓院。他很不走运，又一头撞上了特瑞斯，那大块头正喝得醉醺醺的，被几个蒙多女人扶着走。柏拉图马上调头，可还是被特瑞斯看见了，特瑞斯冲着他的背影大喊："小子，你别走，这里娘们多得是……啊，你这个懦夫，连蒙多女人都不敢干，当心克罗顿人一刀把你那玩意割下来，懦夫！懦夫！"

舰队在第八天终于抵达了克罗顿，柏拉图的胳膊全部恢复了，并且长了一些肌肉。他改变了锻炼的方式，半天时间学习基本的长矛和盾牌，半天时间下到底舱去划桨，他感觉自己已经在接近一个合格的士兵。

港口的克罗顿人全部逃走了，只剩下一些做生意的外邦人和商船，他们的军舰也不见了，看样子他们根本不敢和雅典人在海上决斗，把军舰藏了起来。尼西亚斯询问了那些外邦人，命令把所有卖给斯巴达人的矿石和生铁扣押起来，卖给其他地方的可以继续装船。

倒霉的是，克罗顿人逃走之前，在港口的水面下暗暗埋了一些木桩，把打头的两艘军舰的船底给撞破了。其他的舰船下锚之后，除了一些守船的士兵和奴隶，其他人全部上岸，一共4000名重装步兵，1000名弓箭手和轻步兵，50名骑兵，2000名负责辎重的奴隶。

等他们休整完毕，一个骑着黄马的人匆匆而来，他大声高呼着，说自己是克罗顿的使者，想和雅典人最后谈一次。

使者说他们的执政官愿意把铁矿和生铁再降价三分之一卖给雅典人，雅典人如果同意马上撤军。尼西亚斯说："那你们得把斯巴达人的价格再涨上三分之一，不然斯巴达人得到的铁还是比我们多。"

使者回答说："这不可能，先生，从来没有哪个生意人会让别人来决定价格，除非那个人是奴隶。"

尼西亚斯威胁他："那我们把你们全部都变成奴隶就行了。"

使者望了望前面庞大的军队，又望了望天空，此时正是正午，太阳让大地嘶嘶冒着热气，所有人的额头上都闷出了汗珠，他轻蔑地挥了一下鞭子："雅典人啊，我现在知道你们说的正义是什么了，你们连不公都可以说成是正义，那么真正的公平就会来裁决你们，你们来吧，我们会战斗到最后一个人。"

说完他就调转马头，飞快地朝东方奔驰。雅典人朝着他的背影纷纷怒喝，弓箭手拉出满弓，被尼西亚斯制止了。

他们开始行军，从港口到克罗顿城地势是不断升高的。克罗顿人在驰道上撒了一些尖锐的铁钉，还在几个转弯的地方堆上了巨石，挖出深沟，让雅典人不好行军。于是队伍就找开阔地走，他们得穿过几个小树林，劈开一些灌木，不断升起的缓坡上，有一些小块的耕地，但上面的麦苗长得七零八落，看样子他们有了铁矿之后，就不在乎庄稼了。

等他们爬完第一个缓坡之后，出现了七八座房屋，那是一个小村落，有小孩子嬉笑的声音，上面还冒着炊烟。前锋队伍就停了下来，传令官冲着那里大喊，要村民全部都先出来，把牲口也都牵出来。

里面的声音全部停了，并没有人回答。片刻之后，突然从某个窗口射出一支箭，撞在传令官的盾牌上，咣的一声落在地上。

队伍就吆喝着朝那些房屋进发，士兵纷纷散开，打算从不同的角度攻入，蚱蜢和蚊虫纷纷从草丛里飞了出来。所有人都很亢奋，这是他们喜欢的时刻。

穿着白铜铠甲的特瑞斯冲在队伍的最前面，快到那些房屋的时候，他回过头来，冲着队伍大喊：“让我一个人来收拾他们，我一个人把他们全部杀光，以后他们看见我们都得投降。”

队伍里发出一阵哄笑，尼西亚斯挥了挥手，让特瑞斯自己去。

最左边的屋子有一个农夫模样的人露出头来，朝特瑞斯射了一箭，特瑞斯听见风声并没有举盾牌，而是单手用三叉戟挥了一下，那支箭就卡在三叉戟上。

他朝那个农夫走去，后面的麦草堆里突然钻出一个女人，顶着满头乱草，用一把草叉刺中了特瑞斯的后背。草叉毫无杀伤力，特瑞斯很不满地回头，用三叉戟把那个女人刺倒了，女人抓着那件沉重的武器，号叫着想把它从胸口拔出来，特瑞斯用盾牌的下沿猛砸她的头，她马上没了任何声音。

四五个农夫从中间的两所房屋同时冲了出来，每个人都怒气冲冲，大声咒骂着。一个天生嘴巴下弯、长了一张悲苦脸的人，拿着一根长长的铁钩，一个戴着草帽看不清脸部的人，挺着一根木制的长矛，还有一个长了不少赘肉的人，挥舞着一把宰牛的短刀……特瑞斯抓了把干草，擦了擦刚才喷在肩甲上的血，等他们冲近了才拿起三叉戟。

冲在最前面那个人被三叉戟横扫在脖子上，可那个人并不怕死，他一边倒下一边伸出铁钩，钩在了特瑞斯的铠甲上。特瑞斯扔下三叉戟，用另一只手拔出短剑，把他的脖子直接刺穿了，那个人的脖子鼓起了一个巨大的血泡，迅速在阳光下迸裂，看得人心惊胆战。

就在特瑞斯手忙脚乱地想取出铁钩的当口，另外两个也赶到了。木头长矛刚碰到特瑞斯的胸甲，就自己折断了。特瑞斯捡起三叉戟，却不小心拿反了，他只能用三叉戟的末端顶着那个人，那个人后仰翻倒，砸在那个拿短刀的人身上。特瑞斯又扔了三叉戟，往前一扑，用庞大的身躯把两人都压倒，倒下的瞬间有骨头的断裂声响起，他用短剑疯狂往下乱捅……

特瑞斯起身后，头盔上都流淌着鲜血。更多的人从几座屋子里冲了出来，有十几个人之多，打头的是两个十来岁的孩子。他们一边呐喊一边高举着短棍，这次特瑞斯不再等待，迎着他们冲了上去。他用三叉戟把两个孩子直接扫得飞向空中，他们身体似乎在空中折断了，轻飘飘地掉了下来。

后面的人在惊惧之余，纷纷逃散，只有一个满脸皱纹的老妪边哭边要和特瑞斯拼命，特瑞斯一脚把她踢倒后就再也不理她。

最后一个被特瑞斯杀死的人是那个射箭的农夫，那个人有几分力气，特瑞斯折断他的弓箭后，徒手和他打斗。他们一度滚到了大家视线看不见的地方，等特瑞斯把他拖出来之后，那个人的两条胳膊反曲着，已经全部断掉了。

特瑞斯对着看得目瞪口呆的队伍粲然一笑，然后坐在地上，用短剑不慌不忙地割那个人的头颅。

最里面的一个草棚传来一声嘶鸣，一个少年骑了匹黑马，朝着东边的密林狂奔而去。

嗜血也是一件会上瘾的事，这场屠杀让很多人看得津津有味，只有柏拉图看见那个射手断掉的胳膊时差点吐了出来。

“特瑞斯！”

有人高喊了一声他的名字，然后更多的人喊了起来。

村庄终于变得死寂了，空旷的田野回响起雅典人的歌声，风把它吹向上方的密林。

自从舰队出发以后，阿奴图斯再也开心不起来，即使即将到来的滚滚财富也不能让他开心。

他觉得特瑞斯丢了他的面子，本来上战场厮杀是一件光荣的事，特瑞斯出征时却大叫大嚷着露西娅，太丢人了，搞得全雅典的人看他都有些异样。一个女奴！一个城邦都亡了的女奴，她只配跪在地上伺候特瑞斯吧。

尽管特瑞斯说花钱买不来露西娅，阿奴图斯还是要乘着他不在的时候试一试，等特瑞斯胜利归来给他一个惊喜吧。这个贪婪吝啬的尤塔，全家男人都死光了还在不断地积蓄呢，还在把身边每一个奴隶都压榨得奄奄一息。

他提了一个沉重的包裹去找尤塔，里面全是金币和银币。大部分是伯里克利头像币，还有萨科斯飞马币，崭新的阿提卡飞马币，都是劳里昂银矿的银子铸的。甚至连古老的胜利女神金币都有。

他把包裹往地上狠狠地一放，故意弄出很大的哗啦哗啦声，本来半躺着的尤塔一下子坐直了。

老尤塔已经快成一具干尸了，可是她还是有力气一次抓起一大把钱，用她那点可怜的视力去寻找反光，实在找不到，她就用手仔细摸那些钱，用指甲使劲抠里面的纹路，抠出老鹰的模样来、飞马的模样来。胜利女神的那双美丽翅膀她也摸到了，她来来回回地摸，心旷神怡了很长时间。

“十二万德拉克马？”

“只会比这个更多！”

尤塔松开了手，听着它们叮叮当当落回袋子里的声音。

“我可以试一下，”她冲着正厅大喊，“露西娅！露西娅！”

外面的纺车声停了，几声鸟鸣之后，露西娅大喊着：“我说了我不卖的，你要卖掉我，我就马上去死。我说了无数次了，米松的女人说死就死，我死了就一文不值。”

阿奴图斯和尤塔面面相觑，还是有点不死心。

尤塔咬了咬牙：“你先进来吧。”

露西娅从门外只探出半个头来：“阿奴图斯大人，请别打我主意。”

阿奴图斯把包裹尽量拉开，把里面的金币银币尽量全部露出来：“这是尤塔的，等特瑞斯娶你的时候，你会得到一样多，我保证！”

露西娅没好气地退了出去：“尤塔，我宁可给你织一辈子布，甚至陪你去天堂，我也不想让别人买走！”

阿奴图斯苦恼地笑了笑，一阵思索后，他用力地握了下尤塔的手，故意大声喊道：“我把钱先全部都留在这里，我会找个适当的时候带走她，谢谢你，尤塔。”

看见瞎眼老太紧紧抱住了那个包裹，他满意地说：“就是这样，我不会在乎的，如果你想花都可以先花着。”

外面的纺车声又一次停下了。

他转身离开，走到正厅，却看见露西娅正瞪着他冷笑，脸上布满潮红。那种冷笑是彻底无情的，像一个已经死去很久的人。

一根锥子，正斜插在她的颈部下方，鲜血已经蜿蜒着流到了胸口，打湿了一大片裙子。

“尤塔！尤塔！”他一边跑去扶住露西娅，一边大声呼唤。

尼西亚斯指挥着他的军队，正在攀爬最后一个大坡，上了这个坡，就可以看见依着山势建造的克罗顿城。

队伍行进得十分缓慢，他们途中找不到一头骡子，只能用仅有的五十匹马来拖攻城器械，大部分器械还留在船上，得来回拖好几趟才行。

想要赶紧杀敌的步兵们早就不耐烦了，他们不断怒喝那些马夫和拖着沉重大车的奴隶，一边忍受着饥渴。自从特瑞斯一个人干掉那个村庄之后，他们就再也没有在任何村庄找到食物，连所有的溪流、泉眼都被污染了。尼西亚斯只能分出一支辎重队回港口去取粮食和水。

下午的太阳从坡顶无穷无尽地倾泻下来，他们无处可躲，盔甲热得发烫，也没有人敢把它们卸下来。

他们很想早点爬上去，也许上面有风，有很大的风，他们听见那上面有呼啦啦的风在响动，还有隐约的松涛的声音。

他们不断地眯着眼睛打量那里，好不容易爬上了一半，终于看清了坡顶，那上面只剩下两棵树了，树上还有隐隐约约的砍伐之后留下的疤痕。

尼西亚斯也看见了，他立即命令大军停了下来。

好吧，来吧，就是这里——情况看起来不妙，他已经知道了克罗顿人想干什么，他们等太阳刚好的时候，等雅典人睁不开眼睛的时候，就从逆光的方向冲下来。

得赶紧列阵了，远方像是隐约有雷声响起，慢慢地，隆隆的声音越来越响亮，大地开始震颤起来，直到那声音清晰可辨，那是千万只马蹄踏出来的声音。

他并不后悔没有派出侦察兵，也丝毫没有恐惧，哪怕他们顺着山势冲下来，也不可能冲破雅典步兵方阵。叙拉古人冲不破，科林斯人冲不破，那么克罗顿人更加冲不破，除非是斯巴达人，但是，斯巴达人已经整整三年没有向他们射出一支箭了。

他们的行动比飞鱼还要快，十几个重步兵方阵刚刚集结好的时候，已经听到了敌人的大声吆喝。接着天空响起了苍蝇一样嗡嗡的声音，一大团黑影从坡上直接飞了下来，那是箭！

那些刚刚集结好的方阵，用盾牌护住了四边，却护不住头顶！奸诈的克罗顿人知道从坡顶射箭，箭就会垂直下落。

很多人被射中头顶死去了，锋利的铁制箭镞带着重力，轻而易举射穿了头盔，向下直接贯穿了颌骨和面骨。士兵惨叫着纷纷倒下，有的箭从胸甲的缝隙中穿过，射穿人的整个身体。但那些死去的人留下的空当，被活着的人迅速填满了。

尼西亚斯和传令官大声呼喝着保持队形，队伍中间的人想举起盾牌保护自己，却被周围的人挤着举不到头顶。

等一阵箭雨过后，终于看见他们了，坡顶布满了骑兵，他们停在那里，带着报复的快感欣赏第一场屠杀。有几个方阵死去的人太多，他们抬出尸体，露出了巨大的缺口。

柏拉图心惊胆战地站在后方轻步兵阵列里，落在这里的箭

少一些，他们也在回击，但射出的箭根本够不到坡顶。

那上面的人和马看起来全部是黑的，像铁甲一样黑，他们应该都穿着铁甲，现在，除了铁，他们一无所有。

有一个头盔上有高高羽饰的人冲着下方大喊：“雅典人，这是你们等来正义的时候。”那个人应该就是克罗顿的将军。

接着山顶上的骑兵开始冲了下来，他们是一排接一排冲下来的，他们密集的背影遮住了日渐下落的太阳，等一排冲下山岗后，太阳又露了出来，然后又被后面的队伍遮蔽住了。

随着马蹄声越来越紧迫，雅典的重步兵方阵也越缩越紧，他们毕竟是训练有素的，所有人在队长的带领下大吼着战歌，把盾牌一层接一层地顶在了前方——有经验的队长并没有被吓糊涂，他们已经看明白了，克罗顿人只能正面冲刺，他们在坡上不能调转马头攻击侧面，那种下坡的惯性太可怕了。

第一排方阵已经开始接战，打头的骑兵直接摔在了步兵的头顶上，沉重的马匹撞开了前面的人，他的长矛刺死一个雅典人之后，自己身体也飞了出去，摔进了人堆里被剁得粉碎。

更多的骑兵开始源源不断地冲击着厚实的盾牌阵，黑铁和青铜猛烈地撞击着，雅典人誓死不退，后面的人用盾牌死命顶住前面的人，哪怕那是一具尸体也要顶住。

很多骑兵是被直接摔死的，在马蹄受阻的瞬间，他们的身体飞出，直接摔在长矛之上。

等冲击的势头稍缓，雅典人的轻步兵也冲了上去，寻找那些摔下马的克罗顿人作战，还有那些从方阵缝隙偶尔突破的骑兵。（注：在本书故事的年代，希腊还没有学会使用马镫和给马披上重甲，士兵很容易坠马。因为冲击力不够，骑兵不是一个主要兵种，骑兵冲锋也很少使用。）

到处都是死亡和流血，柏拉图看到了史诗里的战争场面，它既壮阔又恐怖。有瞬间，云中出现了神庙山门上的那尊雅典娜塑像，她的矛头闪烁着灿烂的金光，胸部鼓满了港口的海风。

啊，那就是她，她指引着雅典人，再无畏惧，因为牺牲就是最大的荣光。

于是，他也挺起长矛，朝坡上勇敢地冲去。

一个突破了的骑兵刺死了前面的人，然后拖着长矛冲着他来了。

长矛拖在草丛上，发出哗哗的响声，在接近的瞬间，它被举了起来，柏拉图也同时举起了盾牌。

咚的一声巨响之后，柏拉图摔倒了，盾牌回撞在他的胸口，马蹄带起的尘土塞满了他的嘴，他大声咳嗽，扔掉盾牌捂住胸口——被撞一下都是如此之痛。

他回头看去，那个骑兵已经被拖下马了，被几个雅典轻步兵一剑又一剑围着捅刺——他脸上挂着苍白的惨笑，一时还没有死去。

山坡慢慢沉寂了下来，柏拉图在痛了很久之后，终于可以支撑着爬起来。

前面传来一大片哀号声，还有马匹在痛苦地挣扎，盔甲和断裂的兵器撒满了山岗。有的哀号突然一下子就终止了，好像那个人瞬间就消失了。

雅典的重步兵方阵还在，只是每个方阵都缩小了一些，队形依然很完整。

敌人也在，坡顶上仍然排列着紧紧挨在一起的骑兵，但他们却不再冲下来，也许，那是他们的最后一排了。

那个头盔装饰着长长羽饰的将军，正勒住战马凄然地看着下方，雅典人吃力地把自己战友的尸体从马尸底下拖出来，寻找那些垂死的克罗顿骑兵，给他们致命一击。

尼西亚斯知道这个小城邦的实力已经耗尽，于是，他走到前排，冲着克罗顿人大声喊话。

“请打开你们的城门吧，请你们的执政官第一个走出来。”

克罗顿将军回答道：“不，尼西亚斯大人，我们做不到，我们还可以作战。”

尼西亚斯发出响彻山谷的狂笑：“那就请你们冲下来吧，我们在这里等着。”

“不，我们只有一个人会冲下来，我们只派一个人……因为我们也只想杀死你们一个人，那个人刚刚杀死了我们两个孩子，克罗顿的孩子，我们要找他复仇。”

雅典人一起望向特瑞斯——他仍然屹立在方阵的最前排，这个大块头一直在最前排，他忍受了六次骑兵冲击毫发无损，正在清理三叉戟上的血肉呢。

特瑞斯抬起头，盯着山坡顶上那个模模糊糊的身影：“好吧，那个人就是我。”

然后他从队列中走了出来，对着上方发出野兽般的咆哮——“来吧，那个人就是我！”

那个将军也对着他大喊着：“有一个孩子的鬼魂会来找你复仇！”

然后，坡顶真的有一个人冲下来了，他是跑下来的，并没有骑马，他的身影是孩子的身影，也许只有十岁。

等他们全部看清了，那真的就是个孩子，他穿着一副又小又薄的铠甲，戴着头盔，半遮住了那张小小的脸庞。

他跑得飞快，简直就是从草上滑下来的，他空着双手，竟然没有兵器。这诡异的场面开始把雅典人吓了一跳，然后他们就指着那个小孩狂笑起来，每个人都笑得前俯后仰。

特瑞斯开始也在跟着笑，差点把手里的三叉戟笑掉了下来，可是后面他笑不出了。

那个小孩越跑越快，快得惊人，就和那些冲刺的骑兵一样快，一度脱离了地面在飞行。特瑞斯还没有回过神来，就已经看清小孩的脸了，他抿紧着嘴唇，脸色发青，用一双血红的眼睛盯着特瑞斯继续冲刺。

特瑞斯本能地挺起了三叉戟，直指前方，他差点就来不及了。

那个小孩身子稍微后仰，膝盖跪地，躲过了他的三叉戟，因为那个小孩实在是太矮了，但特瑞斯的反应并不慢，用三叉戟砸向那个小孩，小孩立马倒飞了出去，倒在泥土里痛苦挣扎，发出狼一般悲苦的呻吟。

特瑞斯感觉下腹部像被马蜂咬了一口那样刺痛，他低下头，看见胸甲的侧下方扎了一根又细又长的铁刺，铁刺只有蚊子那么粗，上面有一些锈迹，难怪他们刚才什么武器都看不见。

疼痛突然放大了，差点就要倒下，特瑞斯吐了口长气，奋力拔出铁刺，上面有长长的血痕。

前面的那个小孩已经不能动了，特瑞斯俯下身体去察看，已经没有了任何气息。

特瑞斯摘下小孩的头盔，一张脸无比丑恶，鼻子和嘴唇粘在一起，眼睛也半斜着和眉毛交叉，下巴还有些胡茬，带着满足睡着了。

这是一个侏儒，特瑞斯被侏儒刺中了。

露西娅的锥子并没有伤到颈动脉，她恢复得非常快，才几天时间，又可以继续织那四条披巾了，并且很快就完工了。

真正危险的是尤塔，埃及人来得越频繁，她的身体就衰老得越快。房间里面堆满了各种从埃及人那里买来的粉末、树皮、味道刺鼻的溶液、树叶、不知名的矿物、芳香的油脂……尤塔睡觉的时候都在闻着这些古怪玩意，当它们是最后的依赖。

她每一次睡眠都是坠入深渊，越来越深，经常在梦中发出挣扎的长吟。每一次深呼吸都是在尝试地狱的深度——有时候她从这种可怕的睡眠里惊醒，大喊大叫之后，眼睛又会射出异样的光芒，好像已经复明了那样，她似乎有了很多神秘的体验，感受着死亡来临的刺激和痛快。

有一次，尤塔在卧榻上又一次挣扎，那种深呼吸差点就没有把她拉回来，她喉咙嗬嗬嗬地响了一阵之后，身体就瘫软下来，鼻子里发出微弱的嘶嘶声，像一个大气泡破碎之后那样。露西娅赶紧过去扶起她，让她头朝下弯着腰，再猛击她的背部，就在快把她的脊梁骨敲断的时候，尤塔吐出一口长气，拨开露西娅的手，和露西娅四目相对。

沉默了很久之后，尤塔突然抱着露西娅大哭起来，哭够了之后又开始笑，那是很久没有见过的温暖的笑，感觉露西娅就是她的天使那样。

尤塔眼神里的亢奋达到了一个巅峰，和一个饿鬼闯进盛宴没有两样。

“听着，露西娅，我感觉我就要去和他们团聚了，带着那四条披巾。宙斯啊，我是多么幸福，我都已经看到他们划着小船来接我了。我给他们带了那么多礼物，他们也准备好了撒满玫瑰花瓣的浴盆……啊，露西娅，请不要不信我，这一切都是真的。”

她爆发出一种惊人的力气攫住露西娅的肩，幸福的眼泪从死寂的眼眶里溢了出来：“其实我并不吝啬，也不贪婪，其实全雅典城最慷慨最无私的人就是我！我把我的所有都给了别人，我的三个儿子，我的丈夫，他们将成为天堂的富豪。你也是，露西娅，我还有很多财富留给你，你将获得自由，自由！”

自由！露西娅的全部血液一下子被这个词凝固了，她呆若木鸡地点了点头，一下子竟然抓不住它的意义。

“只要你答应我，等我走的时候，埃及人会过来，你千万不要把你看到的告诉任何人，他会把我制作成木乃伊，他们让你做什么你就做什么，千万不要打搅他们。我的墓穴也早已让人做好了，我带给丈夫和儿子的所有东西，都会一起放进去……至于你，等我下葬之后公证人会来找你，我把其他的钱全部捐献给城邦了，条件就是把你赎回为自由人，你只需跟着公证人走，去议事会按下手印就可以了。谢谢你，露西娅……”（注：雅典禁止制作任何木乃伊，违者处死。另外，当时的公证制度也很完备，古希腊喜剧中经常出现公证人的角色。）

尤塔说着说着，身体又变得沉重起来，再一次沉沉睡去。

这一次睡去后，尤塔就再也没有离开过卧榻，气息也变得很平稳，不再在睡梦里挣扎，但也变得很虚弱。第二天埃及人又来了，他用药粉熬了汤，让老太太喝下去，那汤实在太多了，老太太每喝一碗就得休息一阵，喝了一整夜才喝完，然后她就闭上了眼睛继续睡觉，再也没有睁开过眼睛。

戴蓝头巾的埃及人一直守着她。又一天过去后，又来了一个很年轻的小个子埃及人，是那个人的帮手，提了一包工具，锯子凿子铁锤大小不一的刀子剪子什么都有，还有两个封得严严实实的水罐。最后，他又叫人送了两个大袋子过来。

他们撇开露西娅，开始给一动不动的尤塔擦洗身体，清理指甲和毛发，露西娅一度闯进去看，看见尤塔的身体还是有血色的，可他们却说尤塔死了，她已经死去半天了。

看着他们拿出了工具，露西娅就再也不敢看了，守在正厅防止有人闯进来。房间里开始充斥着一种刺鼻的溶液味道，然后慢慢混进树脂的芳香、烈酒的芳香，那种味道有可怕的魔力，让人神思恍惚，连夜莺也一声不吭，露西娅只得先把它放到外面去。

在一阵窸窸窣窣之后，几滴雨声传了过来，然后是汩汩的流水声，流水声在后面又变为稀疏的雨滴声……那两个人一边干活一边交谈，锯子的声音也响起来了，锯到坚固的地方，有让人心里发颤的嘎嘎声，还有骨头被掰开的咔嚓声，像脚踩进沼泽那样难听的咕唧声……一阵浓郁又无法形容的气味飘来，那是所有人体气味和草药加在一起的混合。露西娅吐了好几次，想要逃开，又想起尤塔的话，就拿湿毛巾捂着口鼻一个劲地发抖。

那两人不断喊露西娅进来，给他们拿些布料、木条，甚至是锥子、纱线。也会扔出来一些浸透了血浆和污物的布条。露西娅每次都是侧着头，不敢往里面多看一眼。

快结束的时候，他们让露西娅去倒垃圾，桶子上面铺了厚厚的石灰，里面的垃圾用布裹严实，沉甸甸的。露西娅来回跑了七八趟，才倒完这些垃圾。

到了夜晚，露西娅继续倾倒一些液体，它们被装在罐子里，乘着夜色倒入排水沟。这简直是一场漫长的噩梦，埃及人把尤塔留在那里就走了，以后每天都会来一次，每一次的时间都不会太长，把裹着尸体的亚麻布掀开，继续朝上面涂抹香料和油膏，或者把尤塔翻过来检查。他们嘀嘀咕咕地小声说着埃及话，有时候还会有争执，但每次都是带着微笑很礼貌地离开了。

露西娅就这样和一具木乃伊生活了十来天，即将到来的自由让她变得无比克制。

色诺芬几次要来探望露西娅都被她撵了回去。等到色诺芬终于可以进来的时候，他发现这所房子焕然一新，纺车不见了，橄榄枝、蔷薇花，和很多美丽的彩陶瓶子将正厅点缀得生机盎然，连皮雷斯都兴奋不已，伸出爪子去抠瓶子上的蝴蝶花纹。

露西娅带着新娘般的娇羞，盈盈望着他说："尤塔死了，我自由了！"

他们兴奋地抱在一起，差点就接吻了，只是最后关头色诺芬才回过神来，才把嘴改向了露西娅的脸颊。

露西娅将尤塔偷偷下葬和公证人的事情从头到尾和色诺芬说了，只是没有说木乃伊的事情，色诺芬狂喜地大喊："这是给柏拉图最好的礼物，你将成为他的妻子。"

"柏拉图，他怎么样，你有他的消息吗？"

"雅典赢了，战事很顺利，克罗顿被攻下了，他们全部完蛋了，舰队正在返程之中。"

"啊……那克罗顿人会怎么样，他们死了多少人，多少人成了奴隶，那些女人和孩子……"

露西娅颓然放开了色诺芬，落寞地走到一边，抱起皮雷斯，再也说不出什么。

真正倒了大霉的是特瑞斯，他的伤口本来很细小，只是腹腔隐隐作痛。敷了草药之后他支撑着还参加了攻城。克罗顿的执政官和那些贵族全部都被逼进了神庙，在里面自杀了。

战斗结束以后，特瑞斯的伤口就不对劲了，黏稠的黄水不断从里面渗出来，每过一阵就得换布去包扎，尼西亚斯喊了六个士兵抬着特瑞斯去码头，伤口发出阵阵腥臭，熏得那些士兵睁不开眼睛。

军医说特瑞斯被扎破膀胱了，外面看起来没什么，里面的伤口却在不断放大，得早点送回雅典。

浩浩荡荡的队伍再次路过那个小村庄的时候，有一个衣衫褴褛的农妇，抱着一个婴儿坐在草堆边哭泣。她向路人求救，说这个孩子快死了。没有人去理会她，每个士兵都疲惫不堪，低着头继续赶路。

只有柏拉图一个人打算去看看，能留给她一点什么也好，涅德斯说："不要去，这里所有的小孩都是邪恶的，你忘了特瑞斯是怎么受伤的？"

柏拉图想起苏格拉底的话，还是走近那个农妇。农妇失魂落魄地把襁褓递给他，柏拉图刚抱起来就发现里面的婴儿双目紧闭，浑身发紫，没有任何气息。

他被吓得浑身哆嗦，手一抖襁褓掉在了地上，那农妇鼓着血红的眼睛，冲着他桀桀怪笑。

他颤抖着回到了队伍，周围每个人都冲着他投来鄙夷的目光。

码头无比混乱，随军的商队在抢购各种各样的战利品，金银珠宝，克罗顿的华贵神像，漂亮的女奴，质量上好的铁器。除了铁矿的奴隶不动之外——他们得继续做矿工，其他的活着的克罗顿人统统卖为奴隶。尼西亚斯亲手挑选了一批克罗顿人，直接运回雅典，其他的被商队挑剩下后，等待下一批运输船送往罗德斯岛的奴隶市场。

战利品实在太丰盛了，每个士兵和水手、桨手都拿到了一个纪念品，还有双倍的薪酬。柏拉图分得了一把锡制的勺子，镂刻着又像头发又像海藻的花纹。

尼西亚斯心急如焚，因为伤了阿奴图斯的儿子，他们得赶紧回到雅典，另外还有两船的雅典阵亡者尸体也得赶紧送往胜利公墓下葬，不然他们会腐烂在海上。可舰队的速度比进军时慢了许多，除了战舰之外，其他的船都装满了货物，有十来船上好的铁矿石和生铁，二十多船奴隶，还有后面满载而归浩浩荡荡的商船队。舰队因此而拖得老长，前锋都已经穿越海峡了，后面的运铁船还在琉卡斯岛附近。

尼西亚斯只能尽量延长航行时间，沿途有好几个同盟城邦派了使者来献媚，他们看见雅典人赢了，斯巴达人没有来干预，就想来购买些廉价战利品，或者派出军舰来护送。尼西亚斯一概不理会，这些城邦简直比商队还要势利，说不定哪天就会倒向斯巴达那边。

特瑞斯一路上都哼哼唧唧，脸色已经变得蜡黄了，他还是那么能吃，但只要海上有些风浪颠簸，他全部都会吐出来。柏拉图经过几次战斗之后，已经长成了一个健壮的小伙子，他胃口无比好，每天吃下的各种腌鱼、面包、奶酪，简直比在学园一个月吃到的都要多，吃撑了他就会跑到底舱去划船，和西卡闲聊。

舰队蜿蜒得比雅典的城墙还要长，一路向南，等绕过麦利亚海角之后，就可以一路向北，期待雅典娜的金色长矛了。

前锋快到麦利亚海角的时候，海面起了奇怪的风，那种风开始猛烈地从东方吹来，瞬间又转向南方，这风和天上的云彩没有任何关系，云彩可是一直都是往东方飘的。

到了后面，大风忽停忽起，也没有任何固定方向，它们随时可以从前后左右吹过来，然后又无影无踪。

所有的风帆都收了起来，没有风的时候甲板上闷热得要命，柏拉图在雅典从来没有体验过这种滋味，胸口就像塞了石头那样沉重，他和其他人一样脱光衣服，张开嘴巴呼吸，脸上火辣辣的，汗水冒出来又被迅速晒干，留下一层盐粉。

底舱的奴隶们也闷热得狂躁起来，传来一阵又一阵的咒骂声。

舰长涅德斯向后面的船大声喊着话，柏拉图听见说好像是有海盗来了，最后的几艘商船放出了烟雾。但尼西亚斯不让去救援，只是让舰队减缓速度，把队形收紧一些。

涅德斯没好气地擦着下巴的汗水，命令全舰戒备。就在这当口，前面那艘船大声鼓噪起来：海盗，海盗！

涅德斯看见东方有十几艘方头大船冲向自己，那边的天气好像和这边不一样，响着布匹一样的哗哗声，那些船行驶得跟跟跄跄的，一边抵抗着狂风一边保持着航向。

只是瞬间，狂风就吹到这里来了，所有人脸上像被鞭子抽了一样疼。那些大船上的喊话也远远地传过来，越来越清晰了：他们是斯巴达人，要雅典人留下运铁船。

于是，整支舰队都停了下来，士兵们纷纷拿起兵器，等待斯巴达人靠拢。

斯巴达人停在有三个斯塔迪那么远距离的地方，派来一艘小艇和尼西亚斯谈判，他们说无意和雅典人为敌，只需留下铁矿石和生铁就好，那些铁本来就是克罗顿人卖给他们的，他们已经付了款。

尼西亚斯拒绝了他们的请求，他们就掉头回去了。舰队继续前进，海面上的风浪越来越大，有人指着前方大喊，那里有一道沸腾的白线，柏拉图扶着船舷，一动也不敢动。那道白线不断翻滚，越滚越高，猛兽般把战舰抬了起来，又重重落在水面上。

甲板上所有人都被浇了个透湿，柏拉图擦拭着眼睛周围的海水，这下闷热全部被扫光了。但更多的人在惊呼，白浪的后面出现了一大片黑影，绵延成一大片。

那是斯巴达人的战舰，至少有五十艘，他们竟然杀回来了。

尼西亚斯并不惧怕，斯巴达人还从未在海上赢过他。两支舰队迎着滔天巨浪不断地接近，狂风突然神秘地停顿了一下，然后又变得更猛烈了，它开始是一种令人耳聋的嗡嗡的闷哼声，后面就开始了疯狂的抽搐，声音越来越尖利。

天上的白云不知何时全部变成了黑色，并且不断分裂、生长，彼此扭打、翻滚，沉重地朝着海面低垂，在巨浪掀起战舰的瞬间，好像一伸手就可以摸到它们。

风暴，风暴来了。

所有的战舰都在大喊着互相提醒，不断掀起的巨浪让斯巴达人的战舰突然隐没了。涅德斯命令把底舱的奴隶全部都拴上，让战舰的重心稳定。甲板上所有人也得把自己固定住，担心抓不牢就自己用绳子把手绑上，以免掉进海里。

等柏拉图把自己绑好的当口，下一个巨浪接踵而至，他的身体被短暂地抛起，瞬间飞在了风暴的巅峰，他看见了无尽阴沉的怒涛，朝狂风的深处延伸，直到成为根本无法看透的漆黑。

他被剧烈地摔在甲板上，一些木屑划破了他的脸。所有人都蜷缩着向海神祈祷，紧紧地抓住固定物不放手。

然后暴雨也来了，其实在风暴里已经分不清是海水还是雨水，整个大海都被搬上了天空。他们大口吐出雨水，嘶哑地大喊波塞冬的名字。

在浪谷里他隐约看见了临近的一艘战舰，它一度被巨浪彻底吞没，成了一团水中的黑影，那黑影又奋力挣扎出来，迸发出很多碎片，它湿淋淋地浮了起来，带着很多人绝望的尖叫。

他们渺小得像骰子一般被掷来掷去，那巨浪玩腻了之后，干脆彻底挺直了身躯，手挽着手，站成了巨大的水墙，一道接

着一道，以不可阻挡的气势列阵前行。

那可怕的阵势让所有人都抱紧了头，再也不敢多看一眼。柏拉图感觉战舰在旋转着，一边旋转一边升高，甲板的吱吱嘎嘎声在耳边颤抖着，这声音在不断把他的大脑掏空。

等他感觉到战舰开始下降了，海水吞没了口鼻，想抬起头来，后脑却遭到了一记重击。

他感觉身体在海水里荡漾，一切都变得虚无缥缈起来。

不知道过了多久，柏拉图耳边传来了此起彼伏受伤者的呻吟声，还有远处的大声呼唤，似乎还有一些火光透过眼睑。他尝试着动了动手，摸到了潮湿的木头。于是他奋力睁开了眼睛，头顶是灿烂星光，一轮凸月在橙黄的云彩里若隐若现。

他扶着船舷慢慢站了起来，除了头部剧痛，其他的一切还好。借着月光，他看清了周围：这里是一片黑色的滩涂，并没有闪着沙子的银光，零落散布着各种搁浅的船只，远远近近的喊声不断传来，有人在挣扎着扑通一声跳下船，有军官大声呵斥着检查损失。柏拉图看见涅德斯拿了支火炬来来回回地走动——天知道他是怎么把火种保存下来的。

柏拉图也想爬下船去，却没有什么力气，于是就继续靠着船舷休息，一阵温柔的风带着悦耳的涛声吹来，感觉身上干爽了不少，于是他就睡着了。

等到醒来的时候，天空就像什么都没有发生过那样，一片碧蓝。涅德斯还在那里忙碌着，捡拾着可用的东西，大部分人已经下船了。柏拉图摸索着下到了底舱，那里面一片狼藉，几乎所有的奴隶都被淹死了，他们的尸体都还在工作的桨位上。西卡也死了，他紧紧抱着他的船桨，嘴边有一丝蓝藻，脚下的积水里有一条死鱼。

滩涂非常漫长，大概有八十多艘船搁浅在这里，有四十七艘是战舰，那些后面运铁船、运奴船和商船全部不见了。尼西亚斯经过一整晚的折磨仍然精神抖擞，他皱紧眉头，在齐小腿深的泥浆里来回奔波，清点舰队的损失，大部分军舰和士兵都在，只是很多船只严重破损，全部深陷在泥浆里。

情况不算糟糕，还远远称不上覆亡。尼西亚斯把军官召集起来开会，确认这个地方是泥岛，在伯罗奔尼撒南方很远的一个岛，都快接近克里特了。这里因为都是滩涂，不好修建码头，且岛中间有恶臭的毒气，一直无人居住。眼下的事情，是赶紧去找淡水和食物，他们派出了一支队伍，朝着树木葱茏的地方进发。

他们就近砍了一些灌木，生起了很多篝火，柏拉图看见特瑞斯也活了下来，身上又多了很多碰撞的伤痕，他眼神空洞地躺在地上，不停地要人给他喂东西吃。

等到傍晚的时候，找水的队伍回来了，说是找到淡水了，辎重船里还有很多打湿的粮食，他们现在总算可以活下来了。尼西亚斯分配好食物后，就和传令官爆发了激烈的争吵，传令官说应该有军舰逃脱了风暴，会设法来救他们。尼西亚斯说那完全是不切实际的幻想，即使有人报信又能怎样？任何船只都无法在这里靠岸，他们得现在就开始动手修补船只，再把船拖出滩涂，这个岛上不可知的东西太多，不是久留之地。其他军官纷纷赞同尼西亚斯的意见，只是大多数船被冲到滩涂很远的地方，陷得也很深，只有极少数的在大海附近，有望被潮水托起。

第二天的早潮，被泡在潮水里的所有战舰都纹丝不动，尼西亚斯派了上百人去推离大海最近的那艘辎重船，根本推不动，泥浆里面有种魔鬼般的吸力，把船紧紧吸住了，反而是他们有好几个人差点陷了进去，在旁人的帮助下勉强拔了出来。

尼西亚斯懊丧着脸，又喊士兵去砍伐一些树木绑在船上，最好能在船底垫上滚木，打算乘着潮水再试一次。但泥岛上根本没有任何高大的树木，哪怕能做一支船桨的都找不到，他们只能砍下一些细树枝，根本没有任何用处。这时候柏拉图硬着头皮去和他说，干脆再等两天，过两天就有满月大潮，得抓紧这两天做好所有的准备，一举把船推出去。

他们用两天时间做好了准备，尽量把船从泥浆里垫起来。等到午夜过后，大潮终于来了，它们在一轮满月的照耀下，泛着汹涌的银光，铺天盖地地冲向滩涂。有一百多个人围着这艘大船，人再多就没有地方下手了。一批人用绳子在前面拖拽，侧舷则有两排人奋力去托船底，还有十来个人去推船尾。他们奋力呼喊着号子，合着潮水的节奏撬动笨重的大船。

每一波潮水袭来，他们都感觉船被抬升了一点点，于是就一起奋力推拉它，但只要浪潮一过，它又沉重地陷了回去。潮水一次比一次高一点，他们心里希望就一次比一次多一点。几乎所有雅典人都站在海水里围观，为他们打气，海风把号子声一阵阵送走，又一阵阵惊天动地地响起来。

这是极其危险的工作，潮水最大的时候可以冲上他们的头顶，有几个人因为陷在泥浆里无法动弹，被淹死了，马上就会有人补上他们的位置。

潮水最后终于变成大浪，这是最有希望也是最危险的时候，它的力道不断抵消着推船的力道，船只虽然每次都上浮了不少，但每次都因为无法推出而掉了下来，甚至被几个大浪推得往后退。

雅典人最后陷入了绝望之中，他们轮番上阵，围观的人却看不出船只有任何挪动，只是上上下下地颠簸着。

传令官又一次和尼西亚斯爆发了争吵，尼西亚斯先让这艘船装满了阵亡者的尸体（注：雅典给予牺牲者最高的礼遇，将牺牲者的尸体运回故土，是撤军的首要任务，抛弃战友尸体将被处死。）。传令官认为应该先把船推出后再装，但尼西亚斯信心太足，他担心船推出之后反而不方便装载。

这一次是传令官占了上风，尼西亚斯陷入了彻底的懊丧之中——如果被陷得最浅的船都是这个结局，他们的军队该如何脱离这个死地？

大潮还在继续，但他们的努力已经变成一种很麻木的劳动，一种毫无希望而又不得不做的劳动，一批人撤下又换了一批人，月光女神无情地照耀着大海，这一切的苦难与她无关。

不知何时，特瑞斯也蹚着海水摇摇晃晃地走来了，他推开目瞪口呆的人群，迈着沉重步伐向大船走去。

没有人去阻挡他，尼西亚斯和传令官停止了争吵，吃惊地看着他的背影。

他走到船尾那里，那里的人给他让开一个位置，他将肩膀紧紧顶在了船板上，那些侧舷的人纷纷回头，看他一眼之后又伏下身体，弓着腰蓄力，同时提醒着前面那些拉船的人。

等又一线巨浪涌来，他们看见特瑞斯巨大的身影拱了起来，船尾明显地翘起来了一些，连柏拉图也看得屏住呼吸——整个船体缓慢地上扬了一点，然后又在缓缓下落，巨浪扑过之后，船体又露出了一大半，特瑞斯重心前倾，顽强地顶着它，它终于朝前方蠕动了一下，然后就像笨重的老牛那样犁开了泥土。

等下一轮大浪袭来的时候，它被高高抬起来了，又飞快地落下，溅起了巨大的浪花。

特瑞斯！一丝流云飞快地横过灿烂的满月，大风把欢呼声远远送上了那里。

特瑞斯！柏拉图也情不自禁地欢呼起来。

在大船脱离的瞬间，特瑞斯脸朝下一头扑倒在海水里。

他死了。

特瑞斯死了！雅典舰队搁浅了！海神杀死了海神的后裔，海神又和雅典娜争执了。

噩耗飞快地传遍了大街小巷，这使得很多家庭获得一把崭新的铁斧和两个身强力壮奴隶的愿望落了空，人们无比失望。克里提走到哪里都要承受质疑的目光，大大小小的神庙又挤满了祷告的人，事情还不至于不可挽救，那场风暴让很多船只失踪了，也许他们还会回来。

祷告完之后，他们就聚集在广场交头接耳，大家议论的核心是“雏鹰飞越了血色的月亮”这句神谕，这应该是个不祥之兆。说到不祥这个词的时候他们一律压低了声音，同时警惕地看着议事厅那边。有人说应该再向布瑟请一次神谕，有人解释说那条双头蛇可能最清楚，鹰是蛇的死对头。也有人谈起各种异状，说是垃圾堆放处这几天都聚集了大群的野狗，排水沟的污血有人的味道。总之，这样的惨祸以往只降临在波斯人的头上，降临在斯巴达人身上。他们感到愤愤不平，认为一定是有什么触怒了神灵。

运尸船回来的那天，这艘被特瑞斯挽救的大船同时也装着特瑞斯的尸体。阿奴图斯眼睛都哭肿了，他有四个儿子，三个都在做生意，他们在萨摩斯、在叙拉古、在利比亚维持家族的生意版图。唯一留在身边的这个小儿子是当将军的料，当执政官的料，怎么年纪轻轻就死了呢？

公民大会决定给特瑞斯最高的礼遇，他推动大船的壮举将刻在雅典娜神庙上。举行葬礼的那天，所有人都悲戚地唱着丧歌：

我要用橡木的轻舟渡你啊，渡过那数不清的大河小河。我要用雪白的公牛驮你啊，爬过那数不清的高崖低崖……

阿奴图斯走在棺材的后面，一路向西北方向的胜利公墓进发，一路跟着心不在焉地唱。前面那一队手捧鲜花的少女一边唱一边哭泣，她们是真正被特瑞斯打动了的人，每一个都丰满白皙，头发带着早晨露水的清新。她们哪一个不比露西娅强？

阿奴图斯一边盯着那些穿着白色长裙少女的背景，一边在心里回忆着这场悲剧的来龙去脉。如果不是因为露西娅，特瑞斯完全没有必要去参加这场战争，即使参加了也不应该处处想着出风头，最后身死荒岛。他值得吗？看看露西娅为他做了什么，今天是他的葬礼她竟然无影无踪。她自由了，她竟然成了自由民了，没有人再能逼她参加葬礼的合唱队。那个瞎眼老太怕是临死前得了失心疯，竟然把露西娅赎成自由民。这个又瘦又恶的米松女人配吗？如果不是特瑞斯喜欢她，她简直一文不值。雅典的任何一个奴隶都比她有资格做自由民。

想起那天在尤塔家露西娅对他的态度，阿奴图斯更是气不打一处来。

据说特瑞斯倒下的最后一声就是喊她的名字，出征的时候也是大喊她的名字呢。可是今天他却要孤零零地去天堂，在天堂看着露西娅和柏拉图翻云覆雨……

于是，阿奴图斯带着满脸怒容办完了这个葬礼之后，就发誓要给儿子讨一个公道。其实，单纯的特瑞斯之死，对他的影响并不大，可怕的是他苦心经营的商船队在风暴里遭受了巨大的损失，从而影响他后面一系列的生意计划，他和奴隶市场还有马其顿人的几份合约都无法履行了，也许还得再赔上一大笔钱。特瑞斯最大的影响是整个家族的体面，体面也是生意的一部分，如果任由这个女奴让阿奴图斯家族受辱，那在他的生意伙伴那里就是一个笑话。

他打算直接找到露西娅，教训她一顿，打伤了顶多给城邦交些罚款而已。走到尤塔家门口，他闻到了一些古怪的气味，充满诡异，于是他停了下来，仔细嗅那些气味，一些细节马上浮现在了脑海里。

去看尤塔的那天，他在屋子里也闻到了很多气味。他是见多识广的生意人，有什么不知道的？他闻到了奇斐油、香薄荷、马郁兰等几种香料的味道，尤塔说那是给她治病的药。他还看到了整整一大罐松脂，还有一大袋捆得严严实实的包裹，袋口有一些粉末，像是碱粉。

当时他还想了一下，老太婆治病居然要这么多东西。后来聊着买露西娅的事情，就把这事给忘记了。

现在联想一下尤塔死后的一些异状，他心里面就有了答案，而且非常肯定。尤塔的墓地据说花了不少钱，整整修了半年，死后竟然是悄无声息秘密下葬的，大家都说她快死的时候和埃及人打得火热……

他掉头离去，一路上左思右想，想出来一个好办法，既可以挽回面子又可以狠狠惩罚露西娅。他和克里提说：“舰队发生海难不是偶然，必须拿露西娅活祭给雅典娜女神。”

活祭？克里提也被这个词吓到了，雅典整整八百年没有举行过人类的活祭了，那个场面太血腥，会玷污神庙。

阿奴图斯说出他的理由，露西娅绝对是个巫女，特瑞斯是因为记挂着露西娅的名字，没有向海神祷告，才导致海难的。更罪恶的是，露西娅和埃及人一起把尤塔制成了木乃伊。如果需要证据，把他们捉拿起来就很清楚了。

克里提大惊，做木乃伊是渎神罪，必须得处死，但是否举行活祭还得再斟酌一下，毕竟杀死一个弱女子，让全城来欣赏，不是一个多好看的场面。

阿奴图斯继续说他的理由：“在希腊舰队出征特洛伊之前，阿伽门农得了神谕，将自己的女儿活祭给女神阿尔特弥斯，爱琴海的风暴才得以平静，舰队才得以平安抵达，这事你忘记了吗？”

克里提当然没有忘记，但阿伽门农后面的故事让他如鲠在喉，阿伽门农的妻子伤心之下，竟然杀死了阿伽门农。（注：参看史诗《伊利亚特》和古希腊悲剧《阿伽门农》。）

只是克里提不知道阿奴图斯别有用意，他认为只要把露西娅活祭了，她就会在天堂永远陪伴着特瑞斯。

克里提沉思了很久，缓缓抬起头来："阿伽门农请了神谕之后才有活祭，那我们还是去找布瑟吧，如果坐实了木乃伊的事情，就让雅典娜来决定是否该把露西娅活祭，但愿从此以后风平浪静。"

斯巴达人并未想真的和雅典人大动干戈，他们只是很执着地来要他们的铁，并且要求就克罗顿的事情展开谈判。在那场风暴中他们也有些损失，但比雅典人要好得多，大部分舰船都逃了回去。

克里提拒绝了他们的要求，于是斯巴达人就封锁了麦利亚海角，阻断了雅典人的贸易，并且无法去救助困在泥岛上的那些人。

他们必须想办法尽早脱身。尼西亚斯派出所有的士兵去搜寻食物，尽管他们还有一些粮食，但谁也不知道会在这鬼地方待多久。他们小心翼翼地避开岛屿中间有黄色毒雾的部分，采集各种浆果，狩猎小动物。好在这座岛屿是狭长形的，海岸线非常长，他们从泥浆里翻找贝类，捕捉产卵的海龟，射杀海鸟，退潮时捡拾冲上来的鱼。拆毁了两条已经完全破损的船只，用残骸做成舢板，划到近海去捕鱼。

他们运气相当不错，他们甚至遇到了涨潮时搁浅的三条巨大的鱼，两条有两个人那么长，还有一条比雅典娜神像还要大，很多人一辈子都没有见过这么大的鱼，得搭梯子才能爬上去。他们小心翼翼避开它的尾部，用三十四支长矛刺死了这个奄奄一息的巨物，趁着它还没有腐烂，割下肉腌晒。

尼西亚斯还是在和传令官永无止境地争辩着，到底该先集中精力弄足食物还是设法脱困？在发现有时不时搁浅在泥滩上的大鱼之后，他们达成了一致意见，可以使用大部分兵力来修复船只，再想办法推出去。

他们开始是尝试挖掘船底的淤泥，给下面垫上灌木枝和草叶，他们根本找不到粗壮的木头来解决这么多船只的问题。但每次挖到一定深度，底下就有水冒出来，鼓着泥泡，形成新的泥浆。于是他们就从上面打主意，采来各种藤蔓搓绳子，但这些植物根本无法和麻绳相比，很容易就拉断了，战舰上自备的绳索也根本不够用。

大潮的那天他们测量了潮位，答案是令人绝望的：滩涂中间的那些船，仅仅是被打湿了船底而已，冲到最上方的，潮水够都够不到。但他们不甘心就在这等死，尼西亚斯把心一横，下令收集任何可以垫在船底的物品，石块，沙子，树枝，破船的碎片，无论时间多长，也得把每条船一点一点往大海方向挪动。

十几天过后，这里的所有人皮肤都干燥得和死鱼一样，有时候从胳膊上一撕就能撕下一大片，眼睛总是又咸又涩，没有任何神采。有的人还不断腹泻，躺在地上奄奄一息。

绝望让狂躁情绪不断蔓延，士兵们干活的时候经常争吵斗殴，有的人甚至负气躲到岛屿深处，被长官捉回来接受鞭刑，伤口没有好又要去干活，碰到海水伤口又继续腐烂……只有尼西亚斯一个人满怀信心，他们已经是走运的幸存者，那还怕什么？

特瑞斯壮举带来的感染力，就这样消失得无影无踪，连满脑子都是思考的柏拉图也变得无尽的空虚。没有人和他说话，也没有人逼他干活，大家都像看行尸走肉一样看着他——如果特瑞斯成了英雄，那他成了什么呢？

这种处境让他开始痛苦，尽管他已经长出了结实的肌肉，体格比以前健壮了很多，但他依然是一个毫无用处的人，除了皮里兰德的儿子这个头衔，他一无所有。

柏拉图本来心里很看不起特瑞斯，他和他的海神祖宗一样粗犷野蛮，除了用夸张的外表吸引人，内心完全就是一头野兽，即使是奥林匹斯山的泰坦巨神，也没有他那样夸张的表演。但这种夸张一旦变成实际的结果时，感受就不一样了：他的勇敢，他的死，他对露西娅至死不渝的爱，竟然都有了一些神的光环，获得了一大帮人的敬仰，反而是柏拉图在自惭形秽了。

他每次睁开眼睛，都感觉自己不属于这片滩涂，甚至不属于这支军队。可他分明还在这儿，这是神对每个人的公平还是单独对他的惩罚？他一直想不清楚。他经常躲到阴凉的地方，看着炙热的太阳炙烤着树梢，想起苏格拉底对他说过的话，那听起来是多么的浪漫，怀抱小动物穿越险恶的森林！但他自始至终都怀里空空，连露西娅的一缕头发都没有，一个信物都没有。还有皮雷斯，它在哪儿？

连他想救助一个婴儿的举动，最后都成了一个噩梦。

那个总是骂他懦夫的人，却用死亡实现了诺言，用战功彻底碾压了他。

特瑞斯成了英雄，他成了大众彻底的弃儿。

这就是事实！

他躺在树荫下一直待到黄昏，太阳在海平面上变得越来越大，海水中央出现了一条金灿灿的大道，那条大道越来越宽，闪烁着无数欢快的火苗，就像阿波罗要驾着马车奔向他那样。

渐渐地，那条大道迅速地缩短了，朝着大海尽头收缩，如同一支回鞘的剑。血红的晚霞在乌云里做最后的挣扎，留下了一道粉色的纱幔。

海滩上零零星星地点起了一些篝火，可他还是一点也不想动，他错过了分发食物的时间，远远地，他听见涅德斯带动一些士兵在唱歌，树冠上响起了小鸟归巢的骚动。

如果不是因为那些事情，这一刻又该是多么的柔美。

干脆暂时都忘记他们吧，干脆进入过去的胡思乱想吧，就像他过去在橄榄林的日子一样，只有在那里，他才像个真正的少年那样充盈着快乐的梦想，还有不知天高地厚的自信。

月亮悄悄地升了起来，投射过来舰只的幢幢黑影，还有人在船上小声唱着歌。而那黑黢黢的大海，还在无形地翻涌，神秘地孕育着什么。

他想起了那首未完成的诗，那首他一个字都不会漏掉的诗。

从白昼的开端，大海就在孕育

它的泡沫就是它的毛发，而波涛是它的腹部
在它们的中间，站起了湿透的少女
她如嫩绿的叶子抖动
舒展，让海浪变得平整
双臂如皓月般升起，
阴影从身边退去……

双臂如皓月般升起——他想着露西娅的样子，心里充满欢欣，这简直都不像他写的了。这首诗，这里的大海，还有露西娅的幻象，让他瞬间浑身发颤，他突然明白了自己不是弃儿，也不是一无是处，真的有那么个小东西陪着他。

原来，他在克罗顿城下和敌人搏斗，在风暴中拼死挣扎，在这里孤寂地忍受白眼，都是为了通往这一刻的宁静吧？这个小东西一直都在啊，它是无形的，它一直在他的心里。

想明白了这些，那首诗就随着月光在他心里继续流淌下去：

海水从她的发际垂落
身躯像花柄一样摇曳
第一缕呼吸在撼动黑暗
让臂下鼓满海风
让潮水推她登岸
快步走入阴凉的丛林
走向更深的地方，夜鸟睁圆眼睛
让无花果树开始歌唱
迎接她的降临。

在心里写完了这首诗后，他感觉自己得到了解脱，他获得了一种可以让自己支撑下去的力量，那是苏格拉底说的智慧或者美，或者信念。那些整日叫嚣的人看不见它，但它的力量，会比特瑞斯的三叉戟还要巨大。

他在心里反复默念着这首新完成的诗，生怕忘记了一个字。在半梦半醒中，又有一些新的句子浮现，但都和那首诗无关。

导致舰队搁浅的罪魁祸首终于找到了，埃及人很快抓到，他们痛快地招认了，被迅速处死。

露西娅被关了起来，得接受雅典娜的裁决。当克里提向布瑟请示神谕时，布瑟似乎也畏缩了，她没有下到那个幽暗的地坑里去让神灵附体，而是让双头蛇美杜莎来替她做出决定。所有血肉的祭祀，都是双头蛇来领受的。布瑟只要喊着美杜莎的名字，它就能领会她的意思。

克里提看着双头蛇从雅典娜神像的背后游了出来，那两个头交替射出黑色舌头的样子令他毛骨悚然。它没有任何犹豫，飞快地从雅典娜神像的身上游了下来，从她裙子到小腿一路盘旋，下到地面，然后爬上祭坛，在那上面盘成一圈。

最后，它把颈部猛然竖了起来，两张嘴同时张到了最大幅度，冲着克里提颤巍巍地晃动着，露出腻得发绿的颌肉，带着霉味的腥气直冲克里提的眼睛——宙斯啊，它像是一辈子没有尝过活着的血和肉，两张毒口就一直那样大张着一动不动。

克里提被吓得倒退了几步，这家伙已经拿定主意了。

布瑟看着美杜莎的模样面如死灰，她心里并不想露西娅就此牺牲，她是合唱队成员，即使是雅典娜也欣赏她美妙的歌声。但谁也不能违背神谕，即使是女祭司也不能。

他们决定在立夏的那个早晨让美杜莎杀死露西娅，给雅典娜献祭，露西娅会提前一天关进蛇屋。

露西娅要被活祭了！这个消息在雅典城引起了一种古怪的狂热——恐惧、刺激、同情、痛恨，种种复杂的感受很快点燃了人们的情绪。远征舰队遭遇风暴所带来的沮丧被一扫而空，罪魁祸首已经找到了，是露西娅招致了波塞冬的诅咒，一无所获的怒火终于有了地方可以发泄，就像出海打渔失败的人回来狠狠踢不中用的狗。

所有的注意力都集中到这件事情上，大家一辈子没有见过活祭，那是上古时代才有的事情，雅典城还只是一个被野狗和棕熊包围的小村庄，席子下经常会藏着毒蛇。

露西娅将赤身露体躺在祭坛上，美杜莎的毒牙会刺进她雪白的脖颈！有人信誓旦旦地断言，露西娅肯定将以这种方式处死。也有人说不会那么残忍，美杜莎会一圈圈缠住露西娅，让她窒息而死。还有人去请教阿里斯托芬，阿里斯托芬引用悲剧《阿伽门农》的台词说明，这些方式都不对，正统的活祭方式是用带金柄擦了橄榄油的小刀，割开她的喉咙，瞬间“鲜血就像花瓣，点点滴滴绽放在她洁白的衣裙之上”。这样的方式才会让活祭显得庄重而不残忍，并且是一个非常值得吟咏的悲惨场面。

那些同情露西娅的人一个个心急如焚，希望有什么奇迹，他们甚至呼吁召开公民大会，来重新投票裁决，直到露西娅被关进蛇屋，他们才彻底死了心，开始祈祷雅典娜能在天堂赦去露西娅的罪。

只有阿奴图斯是最无动于衷的，他眼见即将了却儿子的心愿，便迅速从丧子的悲痛中走了出来，家里又挤满了南来北往的生意人，他的雄厚实力将迅速填补舰队失利所带来的亏空。

当蛇屋的门掩上之后，露西娅看见双头蛇睡在角落里一动不动，旁边还有一条干枯得发黑的蛇蜕。

她换上了圣洁的雪白亚麻裙子，身上洒满了浓烈的玫瑰水。香味很快混合屋子里的腥臭，成了一种古怪的味道。

巨大的恐惧让她颤抖得无法动弹，角落里的那个怪物两个头都耷拉着，但是明天，明天它将朝着她高高竖起。

等露西娅缓过神来，找到一些残存的力气，就站了起来，一边惊惧地望着美杜莎，一边悄悄挪向门口。

一对黑色的小眼从满是裂纹的眼睑里睁开了，冷漠地望着她，然后是另外一对，另外一个头也慢慢立了起来。

她捂住嘴，双腿抽搐着，慢慢蹲下了，那两对蛇眼也随之慢慢合上了，双头缩回到盘卷的身体之上，像是要誓死捍卫这里的寂静。

犹豫了很长时间之后，她也无力地闭上了眼睛，想象自己不在此地，不在此刻，她早已飞升，无须领教毒牙。

可身边仍然是那真正的死亡之蛇。

她本以为自己获得了自由，却不知道那种自由只是一种新的囚禁，从尤塔的屋子换成了一座城市，再换到了这个小屋。毒牙随时降临，一会儿是阿奴图斯，一会儿是美杜莎。自由，只是在谎言上盖一个印章罢了。

她漫无边际地胡思乱想着，却怎么都想不明白这残忍的命运究竟因何而来，如果美丽不是罪孽，歌声不是罪孽，自由也不是罪孽，那她还有什么罪孽？

昏昏沉沉中，她的牙齿在咯咯作响，无数的幻象从眼前不断掠过，所有的真实，都是死亡之前的幻象。它们以真实的面目出现，只是为了麻痹她而已。狂欢的酒神节是幻象，泉水池边的骚动是幻象，大海的泡沫是幻象——连那个信誓旦旦的人，也应该只是幻象，他那些美妙的诗句，只是在准备她的葬礼吗？

不然为何他此时一声不吭，他永远是那么懦弱、天真。

她绝望地抽泣起来，再次惊醒了盘在屋角的双头蛇。

在越来越深的寂静里，她依稀听到过伊菲的歌声，马上又倏忽不见，也许，那才是濒死之际唯一的真实。

露西娅，你一定要活下来，等他回来。

露西娅，你将活着，明天，我将为你换一个黎明。

当色诺芬带着皮雷斯去寻找最后一丝可能的时候，皮雷斯只能围着露西娅被带走后留下的气味，一圈又一圈地打着转，追逐自己的尾巴，哑着嗓子哀鸣着。

伊菲也不见了，地上散落着几根羽毛。如果露西娅明天真的死了，伊菲还能不能给柏拉图留下安慰？

色诺芬绝望地抱着皮雷斯在雅典城的黑夜里乱撞，他们走过漫长的圣道，穿越空无一人的集市，在赫尔墨斯石像前祈祷：英明的指路人啊，伟大的智者啊，你将告诉我，我该为她去做什么。

他已经问过苏格拉底，苏格拉底说做你所能做的，但请别寄托希望。如果柏拉图爱她，那种爱已经与生死无关。

他并不满意这个回答，但老师确实无法去做任何努力，哪怕向执政官开口也不能。他有一柄短剑，但那短剑，撬不开神庙那沉重的大门。

在向赫尔墨斯祈祷完之后，他就带着皮雷斯围着山岗转圈。月光衬托着神庙，巨大又庄严，即使是沉睡也充满不可动摇的力量。

在几棵月桂树的阴影里，传来了两只夜莺一唱一和的低鸣，可那不是伊菲，他一听就知道。但它们带来了希望，如果露西娅明天必将死去，天堂里也会有这样的歌声。

这样想着，色诺芬心里面又有了些许安慰。但这希望，真的能带来彻底的宽慰吗？如果命运的答案就是这样亘古不变的歌声，那些死去的人，他们真的能够原谅命运吗？

他握着那把短剑犹豫不决，最终，他绝望地抱着皮雷斯，靠在了一棵繁茂的橄榄树下。皮雷斯的眼睛瞪得雪亮，闪着绿色的寒光，它竖起了尖尖的耳朵，像是也在思考希望。

突然，山岗的上面响起了几声尖利的鸟鸣，它叫得如此响亮，毫不忌讳打搅这里的神灵。

那是伊菲！它早就在那里了。

还没有等色诺芬站起来，皮雷斯就嗖的一声钻出了他的怀抱。

它先是飞快地爬上了树梢，抓住枝条荡在上面，然后呜咽了一声，跃到旁边石壁，紧紧抓住了一丛灌木，然后飞快地朝上面攀援。

它爬得如此之快，它细长的身体就为此而生，石壁上的乱草和藤蔓，像浪花从飞驶的战舰边上散开。

那鸟鸣声在露西娅的耳边又响起了，它太过真切，以至于她不得不睁开眼睛。

宙斯啊，那真的是伊菲！它就在她的肩头，晶亮的眼睛闪闪发光。而屋角的双头蛇也彻底醒了，它并排高高地昂起了两个头，只用最后一点尾部支撑着地面，它的一个头盯着露西娅，另一个头却在缓缓转向另外一边——那里还有皮雷斯，它正在和美杜莎对峙。

它们是何时进来的，就在她模模糊糊听见伊菲的那个时刻吗？

她瞬间彻底清醒了，之前的所有幻象，都凝固为此刻蛇屋里的真实。

那双头蛇同时张开了两张嘴，四颗白色的毒牙朝里弯着，眼珠迅速地在狭长的眼眶里游动。它不屑地看了一眼伊菲，然

后直着身体朝前游动了几下，对着皮雷斯。皮雷斯低下了头，前爪撑住地面，毫不退让。双头蛇停了下来，游动的四个眼珠固定了，像是看透了一个久远的秘密，它收起毒牙，嘴角黑色的皱皮挂着冷酷的笑容。

它们无声地继续对峙，用一种只有它们能懂的语言，进行质疑和诅咒。

“啊，我认识你，你这个卑鄙的窃贼，偷了阿波罗宝石的窃贼，你就躲在阿波罗的身边，所以阿波罗在外面找不到你，啊，看看你的假眼吧，那根本不属于你，虚伪的、狂妄的假眼！”

美杜莎的嘴角一动不动。在皮雷斯的耳朵里，那声音是从所有的方向传来的，来自空洞的深渊，那里面除了生灵的意志一无所有，没有血肉和皮肤，没有肢体和运动。

皮雷斯轻蔑地伸出舌头，湿润了下鼻子，那绿色的瞳仁泛起了波浪，波浪迅速地放大，闪烁着粼粼波光，如同复原了远古的大海。

它还来不及回答，美杜莎又开始说话了，这次的声音响亮了很多。它张开了大嘴，四颗毒牙已经浸润了毒液。

“呵——污秽的贼猫啊，阿波罗早就烤焦了你的毛发，却没有夺走你的性命，所以，你要来抢夺我的祭品了。看啊，你是多么无耻，想要来享用我的祭品了……”

皮雷斯把后腿也紧紧弓了起来，额头出现了深深的皱纹：“美杜莎，你说得没有错，我就是那只猫的继承者，可是你又能好上多少？你不也只能守在冰冷的死屋里，再也长不出任何毛发来。你命中注定将要被砍下头颅，接受不可饶恕的死亡，看着我的眼吧，看吧，它是多么神秘，它就是那要照耀你死亡的镜子……”（注：美杜莎是神话里的蛇妖，被传说中的英雄珀尔修斯用镜子照住砍下了头颅。）

镜子！美杜莎瞬间愤怒了，它左边的蛇头迅速张开，射出一丝毒液，像一根针那样又细又隐秘。皮雷斯躲闪不及，毒液浇在腰部的褐色花纹上，它想抖下毒液，但那里的毛发和皮肤迅速融化了，留下一道鲜红的印记。

美杜莎再次出击，右边的蛇头刚刚张开，皮雷斯已经吸取了教训，身体再也不对着它的头部，于是美杜莎彻底弯转过身体，用锐利的毒牙扑向皮雷斯。

皮雷斯左爪往前一拨，美杜莎的头部遭了一记重击，那颗头短暂地发生晕厥，另外一个头还清醒着。

皮雷斯的动作太快了，完全超出了它的想象，于是它拧转另外一个头，身体朝后游动了几下。

“啊，我的毒液会致你于死地，这就够了，你为什么要来抢这样一个无用的女人，为什么要来这里送死，这是多么不值得啊。”

皮雷斯一边围着它绕圈一边回答：“她将是智慧的守护者，她的主人将是智慧的火光。”

“我不懂你在说些什么，你这地狱的窃贼，我只知道，你想偷走一切东西！”

美杜莎转变了攻击方式，它用一个头朝皮雷斯试探，用另外一个头发起真正的攻击。但皮雷斯的动作快得难以想象，它总是能在最后关头折过身体，从两个头之间找到空隙腾挪，还能顺势向美杜莎伸出爪子。

一个回合下来，那坚硬的蛇皮也被划破了，惨白的伤口外翻着，美杜莎喘起了粗气。

露西娅看得惊心动魄，美杜莎随时射出毒液，在地上留下一道道印记。伊菲则焦躁地扇着翅膀，围着蛇和猫乱飞，那两只血盆大口偶尔也转向它，射出黑色的信子，等着它落下，但伊菲每次接近了就会迅速退回。

美杜莎被它们折磨得疲惫不堪，皮雷斯越来越频繁地主动出击，每次美杜莎的头回过来之前，它的爪子就会去抓美杜莎的身体，在那上面留下一道伤口。但美杜莎的蛇身实在太长了，也许要几百道伤口才能彻底杀死它。

疲惫中美杜莎还保持着清醒，绝对不能这样和皮雷斯纠缠下去，它一定要找到击中的机会。于是，它再一次用双头交叉着攻击皮雷斯，在皮雷斯跃起寻找空隙的当口，美杜莎后部的蛇身突然腾空而起，甩成了一条鞭子，重重地抽在皮雷斯的腹部——皮雷斯惨叫一声，在地上打了几个滚，勉力用前爪支撑住，但剧痛还没有过去，它想弓起背来，后腿却禁不住地踉跄着。

美杜莎蓄满了全部力量朝它游动，大嘴张得快要撕裂颌骨，它一边提前射出毒液，一边用两个头朝皮雷斯的两侧同时咬过去，那又扁又平的颈部竖起的时候，就像两堵潮得长了绿霉的墙——

但一道黑影刺了下来，伊菲终于找到了出击的勇气，它飞快地啄到了美杜莎的一只眼睛，那颗头痛苦地瘫软了下来，另外一颗头还在向皮雷斯冲去，但速度减缓了。

皮雷斯抓住机会，用双爪抵住了美杜莎的下颌骨，又短又尖的牙齿死死咬住它的咽喉——在刚刚咬穿表皮的时候，就把牙齿尽量楔了进去。它鼻子紧贴美杜莎那腥臭的皮肤，口腔里充满苦涩的液体。

有一些椎骨碎片掉进喉咙，它痛苦地咽下，然后用尖牙撬动着蛇骨结缝处，一些柔软的腺体从越来越大的创口挤了出来。

美杜莎开始了垂死的翻滚，力量大得可怕，皮雷斯就像长在它咽喉的吸血鬼一样，怎么都不松口，爪子在地面刨出深深的痕迹。当暗红的蛇血浸透皮雷斯头部毛发的时候，它的颈部终于松弛了下来，两颗蛇头同时垂落，压在皮雷斯的身体上。

它断了气，那恶毒的眼珠，终于沉没在粗糙的眼皮底下。

皮雷斯用爪子抹着脸上的鲜血，朝着露西娅呜呜地叫了一声，此时天色将明。

色诺芬在山岗下等到露西娅下来的时候，他并不知道发生了什么，即使看清了皮雷斯身上的伤痕和鲜血，他也猜不出发生了什么。

他只知道这就叫作希望，露西娅被无名的神灵送了回来。他去做自己所能做的一切，上苍就给他继续回报希望。接下来要做的事就是，他们得尽量逃走，越快越好，不管皮雷斯在神庙里杀死的是什么，他们都只有死刑一个可能。

他们并不知道该怎么逃，逃到哪里去，所有人都知道今天早晨露西娅将被活祭。色诺芬用自己的衣服裹着露西娅，趁着天色未亮先回到了橄榄林。

苏格拉底听完色诺芬的讲述，浮现出一丝微笑，他对惊魂未定的露西娅说："你已经活了下来——他们再不会把你拿去献祭了，只要今天早晨找不到你，即使是克里提和布瑟也会放弃。因为，那意味着雅典娜不肯领受你作为祭品，没有人可以违抗她的意志！"

然后他盯着色诺芬，神情凝重起来："你得离开，他们还是会搞清楚怎么回事，他们会迁怒于你。"

"老师……我不想离开你，他们会把怒火发泄到你身上。"

"啊，这些愚蠢的人啊，他们永远不会承认自己的失误，也不会承认自己的无知，你说得对，他们永远会寻找合适的借口——那么，最好的结果，就是让他们捉走我、审判我。我早就不能开口，他们审判的要么是块石头，要么是座神像。"笑意重新浮现在苏格拉底脸上，像是这个念头给了他彻底的安慰。

色诺芬和露西娅都流下了热泪，苏格拉底从旁边拿出一卷莎草纸，平静地翻阅着，摩挲着上面的字迹："孩子，你们看吧，这都是我说过的话和我的思考，我再也无法说出更多的话。我已经垂垂老矣，他们的审判不会夺走我的生命，因为我的生命已经在这里了，这就是智慧的烛光，即使是大海的咆哮和天神的震怒也不能熄灭它，他们的审判还有什么要紧呢？"

“至于你，色诺芬，你还很年轻，我已经思考不动了，但你还可以帮我思考下去，你将接替我供奉智慧的长明灯。”他把纸卷翻到另外一个地方，示意色诺芬过来，“孩子，你快走吧，别在乎你会到达哪里，只要在大地上就行，这世界只有两个地方最重要，那就是大地和太阳。你的自由将使得你获得它们，至于我，至于生命，那根本不重要，你去吧，只要有了它们，你就可以自由地思考了。至于我将抵达哪里？我将抵达比之前所有的老师更远的地方。你放心吧，你绝对不要为我悲伤。”

色诺芬

然后他指着书上的字迹："这是你很久以前想出来的话，我仔细记下了，你自己来读，读给我们听。"

大地，那至美的母亲盖亚，

她张开双臂拥抱所有投奔她的人，

提供给他们所想要的，

并知道怎样隆重地接待她的客人……

她是别的技能的母亲和保姆……

色诺芬的诵读变得越来越缓慢，苏格拉底打断了他。他该走了，趁着那些人还无法找到线索的时候。

至于露西娅，只要再多一点时间就行了，她可以在任何地方让他们带走，供出她所知道的一切，但没有人能够奈何她，雅典娜已经赦免了她。

神庙的守卫清晨发现了异样，接着那里面传来了布瑟撕心裂肺的哭声，蛇头几乎全断了，只剩下一点皮连在躯干上。哭声打破了清晨的寂静，更让那些早早来到神庙，准备主持活祭的权贵陷入恐慌。

地上有小动物的抓痕血迹，还有一些弯曲的短毛，像是一只猫留下的，还有几根褐色的羽毛。他们很容易就联想到了和露西娅形影不离的那只夜莺，至于那只猫，也马上被猜出来了——有只猫和那只夜莺打得火热，雅典人传说这荒唐事不是一两天了。

他们商量了一阵，马上怒火冲天地要下山去捉拿罪魁祸首。

美杜莎的死是一场灾难，布瑟领受所有的神谕都需要它的帮助，它会让她短暂窒息，迅速进入致幻状态，灵魂飞天，替代雅典娜发声。

它死了，雅典人无法接受雅典娜的庇护了，女神再也不会指引他们，他们会和冒死渡河的瞎眼蠢驴没有两样，既不知道哪里是旋涡暗流，也不知道哪里是彼岸哪里是河滩。

一群失魂落魄的将军簇拥着克里提要走下山去，他们都穿着隆重祭礼才有的盛装。克里提虽然心中充满无尽的恐慌，即使是战争失利也没有让他如此恐慌过，但他知道，绝不能在此时表现出来，如果雅典娜不再发声，公民们只能寄望于他，他的眼神还得继续充满睿智和果断。

外面一片混乱，他们竟然挤不下山来，尤其是山门那里发生了拥堵。无尽的人流正在上山，准备瞻仰活祭。卫兵们大喝着祭典取消了，让他们散开，但一点用都没有——双头蛇死了，露西娅不见了的消息已经传了出来，他们纷纷想上去看一眼双头蛇的尸体，看一眼老布瑟的表情，还想看一眼雅典娜神像有没有异样。

这事似乎比看活祭更刺激，亢奋的人群大叫大嚷着和克里提的队伍对抗着。有人大喊着露西娅就是珀尔修斯的化身，她命中注定要砍下美杜莎的头，拿她做活祭完全是个错误……还有人说双头蛇的头其实可以单独复活，它将狠狠地展开报复，这些屁话听得克里提无比烦躁，他大喝闭嘴，让开！可是没有人听他的，流言在摩肩接踵的雅典人里飞快地传播，很快把亢奋燃烧到一种疯魔的状态。人人都想看一眼美杜莎的尸体，只有部分老人在流泪，认真在心里体会着灾难的滋味，他们一边被人流推着走，一边念着波塞冬、宙斯、朱庇特、赫尔墨斯、阿波罗以及所有其他神灵的名字进行祈祷。

山脚下的情形更是可怕，有一万多人挤在那里等待上山，而阶梯只有一辆双轮马车那样宽。山下的人一时无法动弹，年轻人就寻找长满了灌木的崖壁冒险开始攀登，粗壮一点的树木上也爬满了人，他们向上面望，大喊着朱庇特之名，向他发问，天空盘旋着十几只黑鹰。

混乱持续到天黑才结束，克里提很快弄清楚事情的来龙去脉，他们一找到露西娅，露西娅就全部招供了。但布瑟提醒说，她已经得到了雅典娜的庇护，谁也不能再动她一根毫毛。

那真正的凶手——一只猫和一只夜莺，早就逃得无影无踪，缉拿它们成了一个历史性难题，即使归案又能怎么样？审判和用刑都完全没有先例。

这事最大的影响是伤害了城邦的尊严，美杜莎的死既荒诞又恐怖，公民们会产生很多疑问。克里提和将军们一致认为这不是偶然事件，这是雅典有人长期不尊重神导致的结局，有的人虽然动不动把神挂在嘴边，内心却没有半点虔诚，他们的轻蔑和冒犯，雅典娜不可能不知道，她收回了她的庄严，而留给雅典人一连串无法预料的古怪事件。

他们去找苏格拉底的时候，苏格拉底还是一声不吭，他们问他是否就是那两只小动物的幕后主使，苏格拉底还是不置可否，古怪地对着他们眨眼。至于色诺芬，早就不知去向。

于是他们就先把苏格拉底羁押起来，然后开始商量该怎么做才能让雅典人心里重新安定，他们似乎失去了信念，不再坚信神灵永远站在雅典一边。

这个夏天的开始是如此糟糕，接下来还有一连串的坏消息等着克里提——搁浅的舰队迟迟无法归来，斯巴达人威胁不把铁还给他们就要撕毁和约，同盟的小兄弟们有很多同情克罗顿，竟然私下继续和斯巴达勾结。但想一想也没有什么大不了的，同盟所有的城邦都有一大笔财产寄存在雅典，如果他们想脱离，先得想想值不值得。

真正让克里提如坐针毡的异兆来自北方，本来北方边境就有些不安宁，每次夏季第一批作物成熟的时候，就有一些蛮族组成的强盗入境抢掠，他们往往几十个人一伙，最多的也不过一百人一伙，骑着无鞍的快马，飞快地割取谷物和果实，拖走家畜，向森林里隐遁。

他们很少进入村庄，担心农夫们有组织的抵抗。

但今年的情况变了，那些人壮大了很多，变成了上百人一伙，最大的一伙竟然有四五百人之多，他们不但不骑无鞍的光马了，而且还有了披甲的骑兵，甚至还有四轮大马车来装载赃物。他们向村庄发动进攻，掠走里面的金属器皿和漂亮女人，杀死婴儿，烧毁谷仓。

克里提向北方的色萨利和伊庇鲁斯两个邻邦交涉，他们说自己也无法约束那些流民，流民太多了，并且他们也在受着更北方的野蛮人的袭扰。野蛮人赤身露体地从山上冲下来，拿着简陋的长矛和弓箭，抢掠一番就飞快地朝山上逃去，正规的士兵根本追不上他们，在石头多的地方，那些家伙轻快得就像长了翅膀一样。

邻邦的敷衍让克里提怒不可遏，有几个村庄被彻底毁灭了。他派出一支五百人的队伍去讨伐，两百名骑兵和三百名轻步兵。他们开始击败了一些小股的强盗，然后与一股和他们人数相当的强盗展开决战，轻而易举击溃了强盗，一路追杀强盗，一直追进了森林。

接下来的事情让克里提毛骨悚然，雅典人追进森林以后再也没有回来，有一些农夫看见几匹伤痕累累的战马，一路哀哀嘶鸣着逃了回来。

几天之后，又有一匹战马回来了，有半具尸体被绑在马背上——说是半具，是因为那个雅典骑兵从腰部以上全不见了，并且断口十分诡异，不来自任何武器，像是被一种未知的恐怖力量撕开的，露出长长的筋和肉。

消息传回雅典，将军们面如死灰，这是未知的敌人在向雅典示威！他们神秘又恐怖、残忍又奸诈，雅典根本不知道他们有什么企图。

商议了一整天之后，克里提派皮里兰德带了一支三千人的部队前往北方，命令是绝对不要进入那片森林。

部队在边境巡逻了两天，却没有看见一个敌人的影子，只有村民们哭诉着种种惨状。

到了黄昏的时候，他们来了！

他们几乎是无声无息地从森林里冒出来的，没有阵列，没有分队，所有人排成参差不齐的横线，骑马的人，赤身拿着长矛的人，赶着大车的人，都是同时出现的，队伍绵延得没有尽头。那些金发的人明显是色雷斯人，那些纹着黑色纹身的明显是逃亡的底比斯奴隶，还有很多未知的野蛮人，那些拿着藤制盾牌围着兽皮的红发巨人，像是来自高加索，那些拿着没有任何装饰的木制弓箭的白人，则不知道来自哪里，还有一些身上涂着红颜料的人，拿着粗糙的叉子和木棍。

看不出谁是他们的头领，没有人发号施令，他们全部神情肃然地往前移动，很缓慢，没有人发起冲锋。

皮里兰德认为他们有五千人那样多，命令雅典人马上摆好阵列，用青铜盾牌和锋利的长矛迎战他们。

等那些人走出森林之后，皮里兰德不禁倒吸一口凉气，还有人在源源不断地走出森林，战车队，骑兵队，重步兵队全都出现了，那是正规的色萨利军队！

然后他们开始了真正的冲击，雅典人边战边退，一直厮杀到天黑，那些人点起了火炬，到处搜索被冲散的雅典士兵，原野里响起此起彼伏的呐喊声，很多种语言的呐喊。星星点点的火光马上布满了原野，村庄里再度传来了哭泣声。

皮里兰德骑了匹快马朝雅典逃去，其他士兵则退守到第一个关隘，和那里的人一起死守，等待天明敌人的冲击。

增援的人连夜向关隘进发，守在关隘的人有五千人之多了，他们完全有能力迎战两万人的蛮族军队。深夜里从关隘看去，原野上没有任何亮光，嘈杂的人声、马嘶鸣声不断在远方响起，越来越密集。等到天亮的时候，他们还是倒吸了一口凉气——关外密密麻麻的全是人，整整有五万人那样多，那些五颜六色的军队杂乱无章地布满了原野，每个人都在焦躁不安地等待着战斗。只有最后的那一大片人是整整齐齐的，他们统一拿着圆形的柳条盾牌，盾牌中间镶了铜皮，手里是奇长无比木制的长矛，镶上了黑色的铁质矛头。

雅典人从来没有见过那样的长矛，比两匹马连起来还要长，他们足有一万人那样多，却只排成了一个方阵，层层叠叠，数不清那里面有多少列。

一个身材魁梧的巨人坐在一匹褐色大马上，他赤裸着古铜色的躯体，挥舞长剑，肌肉比盾牌还要宽，高呼着检查队列——那些长矛竖起的时候，比雅典人最精致的橄榄林还要整齐，看得他们毛骨悚然。

有人在高呼着那个人的名字，他叫作腓力。

腓力，马其顿之王！

在他们的身后还有人，那些人没有拿武器，只在腰间围了一块布，沉默地从一座丘陵后面络绎不绝地走出来，看起来是奴隶。

他们开始进攻了，没有攻城机，只是由后面的人推动着前面的人，向关口发起了密集的冲击，他们朝上面射箭、扔石头，搭起简陋的梯子，被推倒了又重来一次。有很多野蛮人甚至徒手攀爬，踩着尸体勇猛地朝关口爬去。

雅典人能轻易地刺穿他们的盾牌，折断他们的长矛，把他们一排又一排地推下去，他们看样子势必将守住关隘。（注：古希腊大多数城墙都非常简陋，甚至都没有统一尺寸的砖块，都是由各种土石垒成，往往没有统一高度，也容易攀爬。）

那些马其顿人依然按兵不动，只是冷漠地看着城墙上的厮杀。等到中午的时候，雅典人已经筋疲力尽了，那些没有经过任何正规军事训练的蛮族人也失去了信心，不像开始那么勇猛了，马其顿人的巨阵缓缓闪开了一条通道，通道很宽很整齐。

那座丘陵要坍塌了一样发出隆隆巨响，关隘上的雅典人也感受到了那里传来的震动，大地腾起了烟尘。震动里还有沉重的铁器碰撞声。

所有厮杀的人都停了下来，惊惧地看着那边。

大地的心脏在愤怒地跳动，像是有什么力量将从里面爆发出来。

一声号叫——即使鲸鱼那样的大嘴也发不出那样的号叫。

又一座灰褐色的丘陵，从那座丘陵的左边浮现了，它还不停地移动着，咆哮着露出了全部——一颗比小牛还大的头颅出现在丘陵的腰线，它高昂着锋利的獠牙，又发出惊天动地的号叫。

熊！是一头熊！

它沿着闪开的通道向关隘冲来，立起身体挥舞着前掌，前掌上有鹰嘴那样的十根铁钩。它的后腿和腰部明显拴着七八根铁链——那铁链显得如此之细，那抓住铁链跟在它后面奔跑的人，显得如此之小。

他们跟着巨熊狂奔，渺小得像随时会被那翻腾的后掌踩死。

高加索巨熊！他们驯服了高加索巨熊！

心胆俱裂的同时，关隘上有人在喃喃自语。

马其顿人和巨熊的出现让克里提感到了彻底的寒冷，他很长时间没有说出任何话来——五万个敌人，加上巨熊，如果把雅典的所有军人都募集起来，他们会有两万人，如果还能多上一万人，他们还是有信心击败敌人。

他心乱如麻地盘算着自己的底牌，思考着策略，那些奴隶呢？那些自由民能否武装起来？他已经吩咐燃起烽火，向同盟成员求助，但是斯巴达人封锁了麦利亚海角，不知道有几个同盟城邦会援手，如果他们走陆路来，也许雅典城早就守不住了。

他们会来多少人，他们还会不会像以往那样同仇敌忾，和雅典人一起奋战？

此刻他五内俱焚、焦躁不安，一切似乎都是不可知的因素。只有一支军队是可靠的。他们现在在哪里？他们到底怎么样？

尼西亚斯！尼西亚斯！

你们在哪里？

而太阳，这亘古不变的力量仍然每日升起，每日沉落，任何人类的胜利和牺牲，都不能对它的光芒有任何减损。

它和往常一样，让海平面裂开，让无数金色的大鱼浮起，让它们的鳞片闪烁光芒，让波浪铺开大道给人类指引。

等那大道暗淡下来，血河一般在大海中间流动，天际线的乌云也燃烧成了血红的烈焰，为这每日的奇景做最后的加冕。

在泥岛的滩涂尽头，柏拉图日复一日欣赏着日落，努力让自己的心不陷入麻木。战舰依然深陷在泥浆之中，虽然泥滩上出现了不少沟壑，士兵们仍然殊死劳作，依然看不到任何希望。

尼西亚斯命令在战舰前方挖掘泥浆，垫上草木，挖出一段就把战舰往前拖行一段，那些离海最远的要先拖。这是一个最蠢笨的办法，虽然有一些战舰顺着挖出来的沟壑移动了一些，但泥滩不完全是平缓的坡度，很多朝着大海方向的地方甚至是隆起的，最下面竟然还有凸起的石块，士兵们疲惫不堪，而且食物也快没有了，他们很少有机会能捡到搁浅的大鱼。

但尼西亚斯铁了心，每次拖不动了他还要想尽各种办法，一部分士兵跑遍了泥岛的所有角落寻找材料。他们把细木头扎捆来垫在船底，一点点用石块把船的后部垫高，再用很多人去推动它，能下滑一点算一点。

尼西亚斯对海神发誓说哪怕用十年他也不会抛弃任何一艘船。传令官也不敢再和他争吵了，他们一起绝望地努力着，似乎已经看到了明天，如果推不出船来，他们全部会被饿死在岛上。

又一次满月大潮来临了，但它们只是伸出温柔的舌头，舔了舔中间那些船的船底，然后就整齐地退却了。所有人在午夜的时候都看见它咆哮而来、落魄而去，然后带着无尽的叹息去睡觉。

但柏拉图感觉到了什么不一样的气息，天气实在是太闷热了，太阳快落下的时候，他看见所有草木都散发着氤氲的蒸汽，泥滩那边的船只模糊得也变形了，在不断地晃动，他揉了揉眼睛，空气都在嘶嘶作响，那些船其实并没有动。

身边也响起了一些簌簌声，他低头一看，一大群红色的小螃蟹正惊慌失措地往灌木里面狂奔。

大群的海鸟在泥滩上盘旋，一会儿围成圆形，一会儿又成三角形飞快地散开，比平时要多上很多，如果没有人类在这里劳动，这无尽的泥滩简直是荒凉一片。

他摸了摸嘴角，站了起来，想对着海鸟大吼几声，却发现嘴角已经完全干裂了，还有些黏液在嘴角的结痂下冒了出来，疼得没法说话。

张了一下嘴，炙热的空气让嘴角又变得火辣辣的。

热力似乎让大海也死寂了，尽管动物们很活跃，大海却一声不吭，那些白线整齐又安静。

这异样的寂静让柏拉图想起了什么，他朝着日落的方向想要寻找月亮，但一大块乌云挡住了那里。那是一幕沉默的哑剧，要将他们陷入永恒的寂静。

柏拉图想起昨夜令人失望的潮水，还是有点不死心，他想着上个满月的事情，心里突然有了一个奇怪的念头，这种念头既美妙又可怕，它来自苏格拉底给他看的一封信里面。

他努力回忆着那封信，走到泥滩上，拿着根树枝飞快地画着各种符号。

画完之后，他的心脏猛烈地跳动着，生怕给这古怪的寂静给欺骗了。他去找尼西亚斯，尼西亚斯正和一群军官讨论着什么。

柏拉图忍住嘴角的疼痛，努力说着他的想法，尼西亚斯听完两条眉毛都惊愕地上扬着："你说什么，会有一个无比巨大的月亮？"

周围的人发出一片哄笑："是啊，巨型月亮，我们在酒神剧场那里都看见了……是的，是的，苏格拉底用手给他的学生们摆出一个巨型月亮。"

尼西亚斯对这事难以置信，坚决地摇了摇头。可柏拉图还不死心，继续唠唠叨叨地和他解释。

"你到底要我干什么？"尼西亚斯问他。

"把所有人都赶紧召集到船边，我们快要出发了。"

周围的人又是一片哄笑，尼西亚斯也跟着笑了，他望了望西边，浓厚的乌云彻底遮蔽了天空，那片乌云和乌黑的大海融为一体，彻底看不到天际线了。

已经入夜了。柏拉图仍然开着他的玩笑，和他们解释巨型的月亮会在什么时候出现，那些枯燥无聊的军官干脆认真地和他讨论起来，时不时讽刺他几句，以便打发无聊的夜晚。

乌云缓慢地朝着岛屿移动，一点点吞没着所有星光，它占据了整整一半的天空，远端一直垂落到大海之下。

他们就坐在篝火边，讨论着苏格拉底的种种笑话。一阵迅猛的风吹来，篝火噼噼啪啪响着，尼西亚斯拍了拍身上的火星，望了望天空，却再也笑不出来了。

那巨大的乌云竟然镶上了银边，从这一边到那一边的距离如此遥远，却全部镶上了。

那些军官和柏拉图也惊愕地望着头顶，乌云已经到了他们正上方，看起来速度快了很多，它就是一件镶了银饰的大袍，在天空快速地舞动。

然后那大袍碎开了，先是出现了一些裂纹，然后就顺着那些纹路，一大块一大块地不断裂开。随着那些大块不断分裂，更小的碎云出现在头顶。

看哪！那裂开的云朵每一块都带着华美的银色光辉，就像劳里昂最上等的矿石那样，它们的底部虽然看起来还是黑的，但那上面肯定是银子的溶液在流淌，一点点地流到了边缘。

尼西亚斯第一个大呼起来，惊醒了那些看得目瞪口呆的军官："把所有人都叫起来，都到船那里去！快！"

军官们四散着跑开了，他们喊醒了那些睡着的，打断了那些围着篝火唱歌的，喊声也在树林里响起了，那里还有很多去伐木的人。

天空还有一块最大的乌云没有分裂，它和其他所有的云彩都不一样，它镶着奇异的红边，就如一个淌血的创口被遮蔽了一样，它就在天尽头尽情翻滚着，红光在迅速地流淌，反噬着黑暗，即使它附近的云，也被它夺走银光。

大风猎猎地吹拂海滩，海鸟发出兴奋的鸣叫，远远近近的呼喝声响成一片——尼西亚斯紧张地大喊着，要士兵们先站到船边，他们在奋力奔跑，从篝火那边跑来，从树林里面跑来，他们飞快地拾起装备，朝着泥浆冲刺。

终于，它来了！几乎是瞬间，它就挣脱了乌云的束缚，并且把乌云彻底融化了。

它血红而巨大，连上面月桂枝的轮廓都看得一清二楚，就像刚刚从铁炉取出的盾牌那样，炙热得发烫，即使看上一眼，也能感受到那种无穷的力量。

那简直就不是月亮，而是披着夜色的太阳。（注：现在这种月亮以超级月亮之名为人类熟知，当满月遇到近地点的时候就会出现超级月亮，即使目视也会感觉比平时大很多，月表反射的太阳光也会发红。它会引发天文大潮。在柏拉图所著的一系列对话里，经常有苏格拉底和人讨论天文的事，阿里斯托芬以此来创作喜剧不是没来由的。）

然后，在第一阵海浪翻动之后，它来了，它不再是那一排高低起伏的巨兽，而是站成了连绵无尽的城墙，它看起来真的有城墙那么高，以前所未有的姿态向他们扑来。怒吼要震破他们的耳膜。

浪墙被月亮女神驱赶，猛烈地拍击着他们的头顶，他们被海水呛得大口喘气，然后船底猛烈地晃动起来。

在第二波巨浪冲来之前，他们顶着烈风传递着尼西亚斯的命令，所有人立即上船，拿起所有的船桨！

在第三波巨浪来临的时候，所有的船只都在呻吟，那笨重的船底都在松动着。

在一浪高过一浪的潮水中，血红的月亮似乎也越逼越近，用它的红光奋力搅动着大海。

巨浪之后的大海抬升了，船只开始漂浮起来，他们喊起了号子，拼命划动船只。

即使已经划出了很远，他们也不敢松一点力气，保持着极快的桨频，生怕又被潮水拉回到这个鬼地方来。

他们不管任何方向，只是一个劲地划啊，划啊，一直划到宁静的大海深处。他们彼此呼喊着，想办法把船只靠拢。

然后这深不可测的大海上，传来了尼西亚斯浩然中气发出的长吟：雏鹰飞越了血色的月亮——柏拉图！

那些战舰上的人听见了他的话，就由近及远地应和着：柏拉图！雏鹰！

神秘的大海被血月照得通亮，连波光也泛着微微的红色。

焚神

苏格拉底在被羁押的几天里一言不发，激烈的战事本来让克里提打算缓一阵再审判他。但雅典城已经隐约听到巨熊的咆哮了，受伤和死亡的将士不断运回城里，恐慌的民众每天聚集在广场议论该何去何从，必须求得雅典娜的宽恕。

有人提议应该去请教那位智者，也许他希望能为雅典将功赎罪……这些话传到克里提耳朵里，让他怒不可遏，他命令立即收回那片橄榄林——那个地方本来就是城邦赐给苏格拉底办学园的，然后焚烧了里面的莎草纸卷、木板，把所有刻了字的石头、泥板、瓦片之类全部砸个粉碎。

大法官梅勒托负责审判，地点就在广场南边的民众法庭。开庭的那天，来了两千多人哄抢陪审团的五百多个席位，为了亲自审判苏格拉底，他们甚至发生了打斗。

当那个老人被押上来时，所有人心里都有了一丝同情——老树瘤看起来萎缩了很多，如同大旱时节的枯树。他的头发和胡子乱蓬蓬地虬张着，鸟都可以在上面筑巢了。他眼睛只睁开了一条细小的缝隙，麻木地打量着陪审团成员。

他孱弱不堪，已经失去了锐气，接下来的事情就是任他们宰割而已。

梅勒托宣布了渎神罪的控词，将苏格拉底各种关于神的污蔑言论和指使皮雷斯杀死美杜莎的事情重新说了一遍。轮到申辩时，苏格拉底始终一言不发，低下头去清理长袍上的污物。

沉默持续了一阵，梅勒托怒斥他藐视法庭，他依然不为所动。僵持很久之后，五百个陪审员也不耐烦了，很多人劝他开口，也有人怒斥他的傲慢："赶紧说话吧，别让我们去审判一尊石像。"

苏格拉底后来直勾勾地盯着法官，梅勒托想起了什么，等安静下来后，他说："我代表法庭，恢复你说话的权利，你可以为自己辩护了。"

苏格拉底缓缓抬起头来，当他眼睛睁大的时候，额头上的沟壑显得更深了："我不会感谢法庭给我这个权利的，应该让克里提来向我道歉，他剥夺了我说话的权利，可是连他自己都忘了。"他冷漠地扫视了一下陪审团——"安提丰、阿里斯托芬、克力同……还有你们，我从来没有想过我会站在审判席上和你们说话。"

停顿了一下之后，他又望向梅勒托："法官大人，你说皮雷斯杀死了美杜莎，那就是我的罪，那么，如果是美杜莎杀死了皮雷斯，它有罪吗？"

“没有。”

“那你的意思是如果一个神灵杀死了一只动物，那就算不上犯罪。你们说那条蝮蛇就是神灵美杜莎，那么只有神灵杀死神灵不算犯罪。好吧，你们所有人其实都知道，真正杀死美杜莎的是珀尔修斯，你们为什么不去审判珀尔修斯？”

陪审团里发出一阵骚动，很多人都在大喊不许亵渎神灵，不许亵渎珀尔修斯！梅勒托大声提醒他：“苏格拉底，你的渎神罪又加上了一条罪状。”

苏格拉底脸上有了一种挑衅后的得意。现在，已经没有人会去同情他。

“看啊，我不知道你们的愤怒从何而来。我终于明白了，原来你们对神灵是如此无知啊，如果连一只猫都可以杀死神灵，那这个神灵还究竟是不是神灵呢——看吧，你们没有人能回答这个问题，因为如果美杜莎算是神灵，那么杀死它的也一定是神灵，所以你们的审判就是荒谬的！”

一时间没有人能反驳他，看着底下人的表情，苏格拉底彻底放开滔滔不绝地为自己辩护起来，挥舞着双手，回到了以前的那种神采飞扬。

“你们回答不了这些，只能证明你们是无知的。是啊，这种无知是多么可悲，包括我，在神灵面前，我也是一无所知的。但我比你们所有人都要强的是，我至少知道自己是无知的，而你们连自己是无知的都不知道！”

他是多么嚣张啊，势必要激怒所有人，下面已经有一些人

在喊让他闭嘴。“赶紧让我们来判决吧。”他们越听越无法忍耐下去，这个老头的言论里充满了种种不祥，混合着因为战事带来的大难临头的恐慌情绪——神灵已经死了，他们需要的是向神灵忏悔、谢罪，求得宽恕。

然而梅勒托按照规矩，并不去打断苏格拉底说话，他保持着法官的威严一言不发，示意苏格拉底说下去。

“如果我说，是神灵安排我学习智慧，是神灵感受到人类实在太无知了，你们依然不会相信我，因为我过去得罪过你们太多，我试图让你们每个人都明白自己的无知，自己却要接受这样无知的审判！”

他伸出手掌，像是要抵挡越来越汹涌的愤怒，咒骂声已经快淹没他了，每个人都涨红着脸，浑身冒着怒火指着他。

“我不是在为自己申辩，而是在为你们申辩！如果你们审判了我的罪，在神面前就是你们的罪！”

他把声音提高了很多，每一句都在使他们受辱，将他们用了好几个世代来维系的虚荣和伪饰一点点碾碎。如果是他们中的任何一个人，是无法和他争辩的。然而，他面对的庸众人数实在太多了，每个人只要加入附和的喧嚣，都能在里面找到审判他的自信，以为这凛然的众怒必然可以成为一种正义。

苏格拉底早看透了这正义的泡沫，他把势单力孤的抗辩当成了一种非说不可的职责，明明知道他们不会有分毫的体谅，也要将这徒劳的说辞滔滔不绝延续下去。

“看啊，你们这些掌握着正义的人，你们这些自以为有了智慧的人。看你们的模样啊，整个爱琴海都将继续赞美你们，你们是最好的人，雅典人啊，你们只想着聚敛更多的钱财，追求名声和荣誉，也不求知智慧和真理，以及怎样使灵魂变成最好的，你不为这些事而羞愧吗？”

他依然不能震慑任何人，只能等那些愤怒的人都筋疲力尽后，再试图让自己的声音不至于被淹没。他转向了梅勒托，在声嘶力竭之后喘息着，和梅勒托对视了很久。等那些怒火攻心的人稍微安静了一点，他对着梅勒托缓缓地说：“法官大人，尽管在你们眼里我还是如此狂妄，如此罪孽深重，我依然尊重雅典的所有法律，但尊重并不等于畏怯——我要感谢你让我说完这些话，我证明了自己的无知，这种无知本身并不是罪，我的罪，是因为你们的无知。”

说完之后，这个孤独的先知便再次低下了头，任由那群人发出新一轮的咒骂。等梅勒托宣布投票开始，那群人排成了长队走向他，轮流扔下石头。在他前面摆着两个硕大的罐子，它们是用来装石头的，陪审团会朝白色的罐子扔进白石头，黑色的罐子扔进黑石头。

他继续低着头，不再和他们对视，那些轻蔑的、嘲讽的、愤怒的、宁静的，所有的目光一个接一个地投向他——他只是用余光偶尔瞥一眼那装石头的罐子。

人们庄重地移动，叮叮当当的声音在罐子里响起，没有人对他说话，那漫长的队伍绵延在午后炙热的广场上，乌鸦在山岗沙哑地鸣叫。

黑色、黑色、黑色……所有的石头都是黑色，慢慢铺满了罐底。然后越垒越高，那个白色的罐子一直是空荡荡的，和这正午的广场一样空荡。

当队伍走完一半的时候，短暂地有了停滞，那个人喊着苏格拉底的名字，声音如此熟悉，他抬头看去，那是阿里斯托芬。

阿里斯托芬哆嗦着摸着口袋里的石头，嘴唇颤抖着，像被这死寂的投票压抑得痛苦：“苏格拉底，我的老朋友，对不起，我从来没有想过他们会用戏剧台词来审判你……对不起。我们说的全部都是台词，你的演讲也是，我的戏剧也是，对不起，你永远是我的朋友……”

说着说着，阿里斯托芬流下了热泪，他费劲摸出了石头，扔在罐子里，石头发出响亮的撞击声，像故意让所有人听见。

然后，剧作家转身跟随了人流，举起了袖子，号啕大哭起来，踉踉跄跄地离开了。

那是白色的，唯一的一颗白石头。它孤独地蹲在罐底，坚硬又顽固。

到了队伍的末尾，克力同终于出现了，他和苏格拉底一样脸上充满浮肿，眼睛通红，他扔下了第二颗白石头：“我的老朋友啊，你其实知道他们会扔下什么，你也不在乎扔下的是什么，你做得太棒了，总会有人记住你的话。你是对的，以后他们将为你而忏悔！”

说完，克力同开始干号起来，他弯着腰猛烈咳嗽，流不出一滴眼泪，以至于要旁边的人扶着他离开。

当最后一个人投完石头之后，一阵巨大空虚感笼罩了法庭，看着那个无力的老人和堆了满罐的黑色石头，便如一口巨大的沸锅煮熟了一只可怜的蝼蚁，那已经失去的利益也不会因此而挽回。

他只是一个总是在败坏大家兴致的人，哪怕是惩罚了他，其他的败坏也依然存在——想明白这一点之后，很多人竟然一时找不到惩罚的快意了。

梅勒托看了看那个只有两颗石头的白色罐子，缓慢又清晰地说："四百九十八票，对两票，我代表民众法庭宣布，判处苏格拉底，死刑……"

有几个人率先发出了喝彩，然后没有多少人响应。

那几个人无趣地闭了嘴，梅勒托接着说："考虑到苏格拉底以前的名望和我们目前的情况，他可以缴纳六十万德拉克马充当雅典的军费，赎回死刑并且向公众忏悔，但以后不得再议论神灵。"

苏格拉底脸上抽搐了一下，又无动于衷地抬起头来，脸上也没有任何笑容，就像这意外根本和他无关——陪审团瞬间又陷入了骚动，他们本来要以排山倒海的正义感来击败他的狂妄，如愿得手了又发现并没有太多的快感，反而有了一些仗势欺人的羞愧。而现在他竟然又有了机会安然脱身，那种正义感又死灰复燃了。

这判决简直就是梅勒托在愚弄他们——嗡嗡的议论声重新响成一片："别给他作恶的机会。"也有人在说，他穷得叮当响，最后还是得接受死刑。

这时候，法庭外旁听的人群中响起了女人的尖叫，急冲冲的："放了他吧，现在就可以放了他！"她奋力往前面挤，身躯臃肿，衣衫不整。

那是蒂玛，众目睽睽之下她摸出了一块金币，对着法庭大喊："我有六十万德拉克马，我会代他交这些罚款！"

嘈杂声马上平静了，这是不可思议的场面，她高高举起那块金币，金子的光辉晃亮每一个人的眼睛。

她狂热地大喊："六十万德拉克马，这是我从你们这些男人身上挣到的所有，我把它全部给苏格拉底，你们全部人加起来，都顶不上他一个！"

周围响起一片讥讽和诅咒声——原来这老女人和那老头一样猖狂，他们的反应让蒂玛越发亢奋了，她舞动着金币，念念有词地继续挑衅，仿佛她才是今天这场审判的主角。

梅勒托示意安静，用目光向苏格拉底询问，苏格拉底也在望着蒂玛——蒂玛像一个独舞的巫女那样自在，一时停不下来。当他们的目光终于碰到一起时，苏格拉底露出感激的笑容。

这是审判中他第一次笑，等大家终于让蒂玛安静下来后，他继续保持笑容："谢谢你，蒂玛，我接受你的好意，但拒绝你的金钱！"

亢奋停止了，蒂玛如遭电击，脸上的潮红迅速消退。

"请不要误解我，你的好意和你的金钱都是无辜的，但我决心接受法庭的判决，不许任何人为我缴纳罚款。因为死刑将

让我学到一种新的智慧，关于死亡的智慧！”

死亡的智慧，那该是一种什么样的智慧啊？看着那些惊恐莫名的表情，看着那泥塑木雕般整齐的人群，他知道他彻底赢得了这场审判，审判将让他如愿以偿地得到死亡。

他得意起来，知道他已经准确命中了他们心里的惶恐，还有惶恐之上不堪一击的尊严，受审者爆发出了胜利的大笑：“看啊，你们是多么害怕死亡，即使是我的死亡，你们也害怕了。但是，你们了解死亡吗？你们在害怕一种自己根本无知的东西，但是我不怕，我连死亡是什么都不知道，我为什么要去怕它呢？”

最后，那个老人望向天空，天空蓝得彻底而空旷，有一只鹰在白色的太阳边孤独地飞翔。

他收起了最后的笑容，凄怆而又坚决地冲着天空，用临刑的快感去呐喊：“我将获得死亡的智慧，我永远也不会回来传授给你们，让你们继续恐惧吧，无知的雅典人。”

一片死寂之后，蒂玛发出了刺耳而绝望的号哭，身体瘫软了下去，旁边的人奋力把她拉扯起来。

哭声还在继续，越来越刺耳，只有她一个人敢于那样肆无忌惮地哭，但那哭声终究不能使苏格拉底退却，他说：“我的朋友们啊，我最看不得的就是哭哭啼啼的场面了，请你们听我说吧，人应该在安静中迎接死亡。冷静吧，试着勇敢一点吧。”

然后，在烈日下，他低下了那硕大而又苍老的头颅。

行刑的那个下午，老狱卒无比悲伤，他和苏格拉底一样大，几十年的时间看着苏格拉底从一个意气风发的青年长成了老树瘤，那个才华横溢的演说家成了老树瘤后又成了老囚犯。

准备好行刑用的毒芹汁之后，克力同被允许进来做最后的告别。克力同悲痛欲绝，反而是苏格拉底在安慰他，要他千万别悲伤，也别糊涂。苏格拉底对着冥王发誓：他决不是意气用事，而是在找一个答案，活着更好还是死去更好，这事，谁知道呢？

老狱卒放下那只装了毒药的碗，就掩面离开了，让克力同和苏格拉底单独说会儿话。苏格拉底看着那只碗，竟然回光返照了，毒芹的气味让他精神抖擞，异样的疯狂一阵阵闪烁在眼神里：“啊，老朋友啊，你又不是不知道我有太多的疑问，这些疑问将随着死亡一起给解决了，这是一件多么痛快的事啊……瞧啊，你何必哭得如此悲伤，你不至于比那些人更无知吧，蠢得连送终都要哭泣。”

他顽童一般对着克力同又哄又抱，想让克力同打起精神来，为临终做一些不一样的事情，就像这些事情是在迎接新生那样，必须庄重而喜悦。

瞬间，他似乎回到了年轻时代，喋喋不休，对未知的世界充满好奇，生命即将进入另外一片大海，那大海总不至于比眼下的这片更为险恶。他说着说着，竟然发现皮雷斯神秘地溜进了监房——自从杀死美杜莎之后，皮雷斯像是知道自己没有好下场，一直在外面东躲西藏，似乎是失踪了。

皮雷斯的出现，使得临终告别得到了圆满。苏格拉底举起猫爪子，冲着克力同神秘地说：“看啊，我得感激这家伙，说不定这就是阿波罗安排的结局，死亡，这肯定是桩大好事，答案一定会随着死亡一起降临。克力同，这场临终盛宴简直太奢华了，我什么都有了，有你，有皮雷斯，还有美酒！这是皆大欢喜的结局，我从此再无遗憾。”

他看着那半碗褐色液体，抚摸着皮雷斯的肚子，一连串喋喋不休后，又若有所思地支着下巴，思索着到底还有没有遗憾。

老狱卒又进来了，提醒苏格拉底该把那碗美酒喝下——他看到了皮雷斯，诡谲地和苏格拉底对视一下，便故意视而不见，好像知道必然会发生这一幕。

苦思一阵后，苏格拉底终于想起了什么，临终典礼好歹有了一些庄重。他对着皮雷斯的耳朵喃喃低语：“你呀，自从有了你，我就一直在强迫自己去想阿波罗给我的那个问题，那最高的智慧是什么，如今我快死了，我还没有答案呢。但是我相信死亡真的会告诉我。你啊，你这纯洁的生灵，你的沉默似乎比我们的滔滔不绝更有智慧，你固执的灵魂比我们的更为深刻，如果你知道答案，请用你的灵魂告诉我吧，因为，我快死了！”

说完，他端起碗，将里面的汁液一饮而尽。然后缓缓躺下，那只猫低唤了一声，趴在他的胳膊上。

他紧紧闭着眼睛，仔细体验毒药发作的滋味，刚开始那似乎无比舒坦，生与死的交界是不知不觉地融化的。按照事先的约定，他在和克力同说着他的感受：“我的胃部是温暖的，那真的有酒味啊，一点儿都不苦……但是温暖在消散，胃好像没有知觉了。”

克力同不敢放任自己的悲伤，他答应为苏格拉底仔细记录所有的感受，写下来给后人看。

那老人的声音越来越低，身体和灵魂都在无声无息地沉入暗河，到后面断断续续地成了梦呓：“啊，它们在奔跑，我的肺像冰块那样冷——它们又像是利剑，朝着心脏刺去，我的心脏越来越无力了，宙斯啊，它们跑得太快了！”

他眼皮松弛下来，声音低微到了尘土里：“我要告别我的身体了，我告别的是不是我……我现在可不知道，等我知道了，你们可不知道！”他试图再支撑一下，用尽最后一点力气，生怕克力同听不到。

然后，他又转成了漫长的低吟，贴在克力同的耳边，勉强延伸为长长的呼气：“在这里，黑暗已经降临，在另一个世界里，日出正在开始……”

他的头歪了下来，那只猫凄苦地爬下他的肩膀，张开鲜红的嘴巴，绝望地哀号了一声，箭一般冲出了监房。

老树瘤死了！老树瘤死了！

在金黄的夕照里，一个孩子飞快地跑进广场，上气不接下气地大喊。

那些小贩和看客目瞪口呆地望着他跑过，有人发出了无可奈何的叹息声，有人默念着他的名字：他再也不能在这里说话了，那个沉默的石像，也再不会站在这里了。

老树瘤死了，但这座城邦没有哀悼，也没有寂静——他们反而陷入一种越来越不知所措的恐慌中，一只流浪猫凄厉的哀号夜夜响起，像是老树瘤的鬼魂。它开始在广场的周围叫，后面又围着神庙叫，到了后来，它深更半夜围着克里提的家叫，围着阿奴图斯家叫……那声音比冥河的鬼哭更加可怕，像是不断在咀嚼一把利刃，让人毛骨悚然。

在敌人逐渐逼近的噩耗中，这样的号叫充满不祥，令人痛恨，他们试图捉拿它，画了它的特征让全城人辨认。找不到它，就向露西娅逼问去向，露西娅说她连伊菲都找不到，何况皮雷斯。

于是他们就自己想办法，在它出没的地方投放有毒的鱼，用带着铁刺的网撒向有声音的暗处，晃动它出没的树枝。但它从来不上当，偶尔发现它也会轻易地逃脱。最荒唐的是，他们在广场上烧起了一堆巨大的篝火，让布瑟在篝火边念咒语，呼唤阿波罗下来捉拿它，据说这样可以让邪猫自动投入火堆烧死。那一晚很多人都在围观，警惕地盯着火堆，期待里面传来凄厉的猫叫。有一阵子火堆里面似乎有猫的影子在飘，大家都兴奋地说它来了，但那影子飘了一阵好像又不是猫，而是一头狼的模样。等一阵风吹过之后，狼也不见了，天亮后他们清理灰烬，里面什么都没有。

他们又去清理全城的野猫，认为可能是其他的野猫掩护了皮雷斯，很多野猫就这样无辜地被杀死，剩下的被驱赶到城郊。但皮雷斯还在神出鬼没，它总是在意想不到的地方出现，比如一辆马车里，一个面粉桶里，吓人一跳后又迅速消失。

有一次，他们发现它竟然大白天在神庙的屋顶上游荡，在一辆战车的浮雕上面示威般张着后腿，蹲在驭手头上，就叫来最好的弓箭手去射杀它，弓箭手险些就成功了，似乎有一簇黄毛被射落下来。

它惨叫着，翻过屋顶，从另外一侧的大柱溜下逃跑了。

他们以为它受了伤，会消停一下，但它马上又出现在山门那尊雅典娜塑像的长矛上，它爬到金色的矛头上，恬不知耻地瞪着底下的人，还在那上面撒尿。

它在塑像上折腾了很长时间，引得大批雅典人来围观。愤怒的大众四面八方散开，企图控制住每一个它落脚的地方。原本以为它无处可逃，但它利索地爬下塑像，顺着墙头跳下崖壁，抓着灌木晃荡，然后迅速地消失了。

它简直是恶灵一般地存在，杀死了美杜莎还在雅典城里耀武扬威。虽然它并不攻击人，但引起的恐慌令克里提咬牙切齿，新的流言又在散布，说苏格拉底真的是被冤死的，说皮雷斯将是雅典的死神，说皮雷斯在谕示雅典的罪孽……前方的噩耗不断传来，流言往往能在皮雷斯身上找到根据，说皮雷斯的哀号在夜里会召唤野蛮人的大军。

急火攻心的克里提再也顾不上皮雷斯了，几个关隘都没有守住，高加索巨熊至少被射中了两百次，但它还是带着野蛮人冲破了关隘，这时腓力麾下的马其顿人还没有出手呢。他们得意洋洋地看着巨熊过关斩将，好像已经对结局了然于心。

等敌人朝着特里亚关隘进发的消息传来，克里提面如死灰，此后再没有任何关隘可守了，他们将直抵雅典城下。他陷入了真正的绝望，看着同样面如死灰的将军们一言不发。他派皮里兰德去说服同盟城邦赶紧援手，皮里兰德还没有任何音信传回来。据说尼西亚斯的舰队脱困了，但在海上遇到了新的麻烦，不知道什么时候才能回来。

他们面面相觑了很长时间，克里提心里有了一个主意：应该设法把劳里昂银矿的奴隶武装起来，不管奴隶们要什么条件，都马上答应他们。敌人离那里已经很近了，与其让卫队长德拉布带着奴隶逃回雅典，不如让他们就地抵抗，何况，雅典容纳不下那么多人。

就在他们商量这事的当口，传令官喘着气跑了进来，他带来的噩耗是灾难性的："劳里昂的奴隶造反了！"

克里提如五雷轰顶："什么，有多少奴隶在造反？"

"……全部，"传令官努力吸了一口气，"开始是四千个色雷斯奴隶在造反，德拉布和他们勇敢地作战，后来，后来全部奴隶都造反了，他们杀死了德拉布，和蛮族人合在了一起，正在朝雅典赶来。"

克里提怒不可遏，他本来就觉得阿奴图斯不对劲，动不动就缺席会议，这一下就想起阿奴图斯来，那四千个色雷斯奴隶，正是阿奴图斯买来的。

"阿奴图斯，阿奴图斯！赶紧去找阿奴图斯。"

但其他的将军说，他们也在找阿奴图斯，他家里空空如也，阿奴图斯不知道去了什么地方。

克里提在心里盘算了一下，四万个奴隶，加上五万多蛮族大军，他们差不多有十万人了，他们将淹没雅典城！雅典城剩下的防御，还有两道城墙和山岗之上的卫城。

于是他飞快地下达了命令，放弃外城墙，全部退守到内城墙，然后动员城里所有的雅典人，要在内城墙和敌人决战。雅典内城墙是希波战争之后，十几万雅典人一起修建的，他们全部用的是整齐的石块和砖块，异常高大牢固，而不是像外城墙那样简陋残破。

动员令很快下达了，所有能动的人都必须参加战斗或者运送武器和辎重，连露西娅这样的女人都被塞了一把匕首，要么杀死敌人，要么自杀。

等蛮族大军抵达内城墙的时候，克里提看见了和前方阵亡将士一样的恐怖场面：巨熊的声音响彻在他们耳边，它半弯着庞大的身躯，巨掌在地上拍出嘭嘭的巨响，伤痕累累的熊头上戴了一个新制的铁笼。雅典士兵的嘴唇在头盔下哆嗦着。

那些五颜六色的蛮族人和赤身露体的奴隶密密麻麻地挤在一起，人数多得令人恐怖，大海一样翻腾喧闹，他们全部是第一次看见雅典娜的金色长矛，眼神里充满着嗜血的欲望。

腓力依然带着马其顿人排列在后面，他威风凛凛地拿着圆盾，打量这巍峨的城墙。这和他们以前遇到的障碍都不一样，比那头巨熊还要高上很多。雅典人站在上面，穿戴着沉重的盔甲，用寒冷的目光看着他。

腓力思考了一阵，回头望了望后面，一个戴着头盔的臃肿的人，骑着一匹黑马缓缓跟了上来。

人群让开了一条道，腓力带着他一直走到了前阵，走到空旷的地方，那个人缓缓摘下了头盔——阿奴图斯，那个人是阿奴图斯。

雅典人惊惧地看着那个胖子，不知他何时投靠在腓力身边。

克里提第一个压住了怒火朝着他咒骂："你这可耻的叛徒，你在出卖雅典，雅典绝不会宽恕你。你这卑劣的畜生，你不配做高贵的雅典人。"

阿奴图斯并不生气，嬉皮笑脸地对着城墙上大喊："尊贵的执政官大人啊，我只是个生意人，哪里有什么高贵不高贵的？我只是想赚我的钱而已。"

克里提朝着他大喝："你是雅典公民，你会得到雅典娜长矛开膛破肚的惩罚。"

"啊，别当我是公民，我只是一个和雅典做生意的人而已，从来没有哪个法则可以约束我的生意，只要能给我带来钱，我可以和任何人做生意……亲爱的执政官大人，现在是马其顿人和我做生意了，我无比地看好他们，他们会让我挣大钱的，请不要阻拦我们，你也可以入伙。这个世界的全部，都只是生意而已。克里提啊，我是多么希望你能够想明白。"

克里提痛恨得咬牙切齿，操起旁边的一把硬弓朝阿奴图斯射了一箭，阿奴图斯勒了勒马的缰绳，那箭落在他前面不远的地方。

然后他认真地冲着城墙大喊："放弃抵抗吧，克里提，我知道雅典人的所有秘密，我知道你们的水道在哪里，我知道神庙的密道在哪里，我知道宝藏在哪里……”

更多的箭冲着阿奴图斯射去，他和腓力调转马头，朝后方逃走。

那些前方的士兵，都高举着盾牌，簇拥着巨熊潮水一般朝城墙扑来。

刚开始的时候，雅典人射死了他们前面几排人。后来他们冲到了城墙下，用盾牌、木板抵挡雅典人扔下来的石块和标枪。他们死了很多人，尸体堆积在城墙下，但后面的人誓死不退，浪潮一般一波波向城墙下涌去，他们不断向前传递着盾牌、厚实的木板，粗木、藤条编成的挡板，在巨熊的掩护下搭成了宽大的盾牌。

那头巨熊一度用头颅撞击城门，但城门被雅典人用巨石彻底堵住了，城门碎了，里面的巨石却纹丝不动，它们比城墙还要高大厚重。巨熊脑袋挨了很多石块之后，负痛退了回去，继续用熊掌刨城墙根下的土块。

等防御的巨型盾牌搭到一定的规模，雅典人吃惊地看见那些劳里昂银矿的奴隶出动了，他们提着十字镐、铣、鹤嘴锄、撬棍——所有开矿的工具都出动了，用熟练的手艺疯狂地挖掘城墙根部的砖块。

雅典人发现那才是真正的危险，于是他们抛掷所有有分量的东西，石块、铜块、砖块，把火炬和油扔下去，把滚水泼下去，企图赶走那里的人。

他们的反击开始是有成效的，但那些奴隶比蛮族人更不怕死，他们踩着同伴的尸体，更加疯狂地顺着前面留下的缺口挖掘。

快黄昏的时候，天色阴沉得可怕，北方一大片黑色的低云和远处等待攻城的大军融为一体。城头的雅典人闷热到了极点，空气里混合着浓浓血腥味，呼吸异常困难。那低云迅速朝城墙压了过来，等他们感觉呼吸终于通畅了一点，北方的缓坡上突然出现一道巨大的闪电，然后是很多丝状的闪电。

霹雳让城墙也震颤了，先是几滴坚硬硕大的雨点敲得盔甲当当响，远处的蛮族大军一下子都成了灰色的。那灰色的大幕左右挥动，变形，又变成了白色的。

短暂的沉寂之后，一阵大风横扫城头，迎着大风射出的那些箭，都被吹得乱飞。暴雨跟着来了，密集的雨点打在脸上，让人睁不开眼睛。然后猛烈地冲刷着头盔。他们开始还听到城下敌人的呼号，紧接着什么都听不见了，唰唰的暴雨声吞没了一切，只能看见些在雾气和水坑中浮动的人影。

克里提开始还觉得这是好运气，他们不担心被蛮族人断了水源。但后来发现这根本是个凶兆，随着天色渐暗，视线越来越模糊，他们既不能朝下面纵火，也听不清蛮族人究竟在哪里挖掘。

等到夜晚来临，雨势渐小，克里提命令士兵拿着有罩的油灯到处查看，城墙根下有很多地方冒着黄水，很快形成了巨大的水坑，那是由城外倒灌进来的，这些地方都要重点加固把守。

士兵的盔甲里不断淌着水，变得异常沉重，他们催促苦力们扛来各种土石，去堵那漏得厉害的地方。等雨终于停下来了，他们又在城头和城墙根巡查，检查有什么异样的动静。

可疑的声音到处都有，从城墙根就能听到对面敲击的咚咚声，在城头也听到不少人在说话，似乎在乘着夜色调动。等到半夜，这种叮叮咚咚挖掘声就成了死神的鼓声，漫长的城墙下似乎到处都有声音，雅典人一整夜都举着火炬在城墙上疲于奔命，他们来回奔跑呼喊，往往才驱散这里的敌人，远处又响起警报。到了凌晨，雅典人反击的频率减缓了，竟然同时有好几处都在挖，一些没有挖掘的地方，大地深处也会传来一种神秘又沉闷的呻吟。

天亮的时候，他们看见的场面令人胆寒，蛮族人成了沾满泥浆的黄色大军，他们就着大雨找到了城墙下的很多排水孔，就顺着那里挖掘。挖出来的土块和砖头堆成了小山，又刚好可以掩护后面的人。地上还出现了深深浅浅的沟渠，灌满了泥浆。

酷热随着阳光再次袭来，盔甲里的积水开始蒸发，雅典士兵鼻孔里都充满着一种热烘烘的怪味。紧接着，盔甲也开始发烫了，像围了一个火炉在身上，但没有人敢脱下盔甲。蛮族人先是挖松了一面稍微薄弱的城墙，让那头巨熊来撞击。连续七八次，在一阵惊天动地的巨响后，城墙轰然塌下，露出一个巨大的孔洞。成堆的碎砖把巨熊也砸倒了，旁边的人也砸死不少。那巨熊挣扎着推开碎块，爬了起来，后面的人就拿着武器爬上砖堆，开始朝内城冲击。

雅典人纷纷朝缺口拥去，一度堵住了他们。但又有更多的城墙坍塌了下来，那些矿奴挖得很深，雨水让城墙的底部彻底松动了，他们用几根巨木就撞开了城墙，城墙坍塌的时候砸死了不少人，但后面的军队马上就踩着尸体和砖堆冲了进来。

厮杀在城墙附近展开，雅典人的盔甲非常牢固，任何武器都不能一次穿透它。往往三四个蛮族人才能杀死一个雅典人。那些蛮族人的鲜血浸透了碎砖。

城破的消息迅速朝后传递，那些来做苦役的平民，首先开始了逃窜，富贵人家慌忙收拾细软，朝着连接比雷埃弗斯港的道路逃跑。瞬间道路上就挤满了逃难的平民，露西娅混在惊慌失措的人群里，被挤得跌倒了好几次，她不得不放弃了伊菲——本来它能避开其他人，聪明地回到她身边。但这次太危险了，它可能会被挤死在露西娅的怀里，于是她掏出那只小鸟，扔向空中，目送它朝着北方振翅飞翔。

等他们跑到快一半的时候，前面发生了骚乱，很多人又一脸恐慌地往回跑，折回的人流撞击着继续往前的人，发生了巨大的混乱。他们都在大喊着港口有蛮族人，他们正在烧船。远远地看去，西边的港口果然升起了很多烟柱。

蒂玛本来让一个奴隶拉着两轮车混在人群里逃命，在返回的人潮推挤下，那两轮车竟然无法掉头。经过一连串的人流冲击后，两轮车翻了，蒂玛摔了下来。她身边的两个彩陶罐子碎了，金币，全部是金币，它们滚落在地上叮当作响，但已经没有人顾得上捡拾它们，无数的脚踏过蒂玛的身边，她趴在地上收拾那些金币，可它们被很多的脚越踢越远。她头上还挨了好几脚。

等马其顿人也开始冲击之后，城墙附近的情势变了。他们并不单独斯杀，而是所有人肩并肩，一起挺着长矛，像刺猬一样匀速前进，喊着整齐的口令。那长矛又长又密集，雅典人即使没有被刺死，也被逼得无路可退，想反击也根本接近不了敌人。等雅典人精疲力竭的时候，他们就顺着长矛冲上前去，拔出佩剑和雅典人格斗。

他们饿鬼般从各个缺口拥进来，混战在大街小巷展开。前线将士还在死战不退的时候，疯狂的大逃亡已在后方每一处上演了，比雷埃弗斯港不能去，他们就纷纷爬上山岗，朝神庙躲去，要在那里得到雅典娜最后的庇护。

蛮族人很快像决口的河水一样，布满了大街小巷。雅典城慢慢成了死亡地狱，在酒神剧场，有一百二十名雅典士兵被两千多名蛮族人围攻，他们高喊着雅典娜之名，全部战死在酒神塑像附近。在广场那里，有两百名雅典士兵被一千多马其顿人挺着长矛驱赶，他们在广场上不断后退，最后全部被刺死在排水渠里，尸体塞满了沟渠，血红的污水很快漫延了广场。有一群溃兵逃进了苏格拉底的橄榄林里面，马其顿人就放火焚烧那片林子，把他们全部熏出来，然后一个个刺死。

他们冲进所有看得上眼的房子抢掠，连神庙都不放过。那些蛮族人并没有马其顿人那样的纪律，往往看见财宝，就忘记厮杀了。甚至内部也起了纷争，色雷斯人开始抢劫色萨利人的战利品，尤其是各种金属器皿，那简直比首饰还要宝贵。

他们搜索一栋栋房屋，强奸漂亮的女人，把成捆的布匹和成桶的橄榄油搬出来，然后放火焚烧无用的纱线和草席。但他们对抓奴隶没有任何兴趣，只要不反抗就基本放过了。反倒是马其顿人想要一些雅典奴隶，他们挑出看得上眼的，用绳子串起来牵着走。

雅典士兵偶尔发起反击，那也是掩护其他人逃上山岗，他们利用熟悉的地形从小巷冲出来，七八个人一群，勇敢地扑向大股的敌人。敌人往往因为猝不及防陷入慌乱。但成百的援军听见喊声就会赶来，他们凭借人多扑倒雅典人，从头盔下面切开他们的脖子。

混乱持续了整整一天，山岗上拥挤着八千多劫后余生的雅典人，但更多的人拥挤在城下上不了山，那里容纳不下那么多人，克里提命令赶下去很多老孺，只允许年轻能作战的人上去。哭声震天动地，于是他们又只能走下卫城的阶梯，分散流窜，祈求蛮族人不要杀死他们。

一整夜的煎熬之后，形容枯槁的克里提借着黎明的微光，看见了城市的惨状，广场上有一群蝼蚁一般的人在地上蠕动着，蛮族人在围着他们进餐，对着那些濒死的人指指点点，不知道发生了什么。厄琉西斯神庙前面有上百具雅典士兵缺头断足的尸体，一群马其顿人在那里翻翻拣拣，想剥一些完好的盔甲回去。

在吕克昂那边，一大队平民正在被押送出城门，不知道他们将会被送到哪里。

眺望西方，金色矛头指着的大海还是一片昏暗，看不到一只船影，比雷埃弗斯港口死气沉沉，码头拥挤着黑色的船只残骸，几缕残烟还在固执地升起。

克里提又饿又渴，盔甲似乎和身体死死粘在一起，又腻又闷。他一边走动，一边查看杂乱拥挤在一起的士兵和平民，这是他们最后的据点了。他望着神庙前那些憔悴不堪而支撑着忙碌的人，心里突然有了一丝悔意：为什么他们不早点放弃雅典，像萨拉米斯海战之前那样，朝着大海撤退。

大海，只有在大海之上他们才是战争之王。

为什么他竟然忘记了？他仔细回顾了来龙去脉，他一直认为面对的是乌合之众，是什么时候开始他们就不是乌合之众了？是那些破坏了城墙的矿奴？他们应该比乌合之众更卑贱孱弱。有了那些人，他们难道就不算乌合之众了吗？

他再次望向大海，低低的云层下泛起了些鱼肚白，清爽的晨风从那里吹了过来，海平面有细浪翻滚，西风已经能够鼓起船帆。这是夏日最后的清凉，马上温热的血将洒满神庙的每一个台阶，而尼西亚斯，你们在哪里？

在神庙的台阶上，失魂落魄的露西娅也在眺望大海：柏拉图，他曾经允诺从那里带回荣耀和爱，但此刻为何如此空茫？也许他永远不会回来了。

克里提凄怆地苦笑了一下，神庙依旧巍峨雄壮，伟大的征服场面依然镌刻在屋顶上，胜利女神高扬着双翼，迎风飞翔，毫不在意这眼皮底下的杀戮和苦难。

而雅典娜呢？那悲苦地守着美杜莎尸体的布瑟，匍匐在她的威严之下，可她依然一言不发，不再为受难者做出任何指引。

山岗下又远远响起了巨熊的咆哮声，它还没有死去，来吧，这丑陋的畜生，请上山来吧。

这座山，远比那内城墙高大坚固，是由几块巨岩构成的，他们没有任何地方可以挖掘，如果这座山能够倒下来，它将砸死他们全部。

他们来了，在城里的劫掠让他们找到了新的动力，从每一个方向围住了山岗。他们拿着绳索、梯子，腰间挂着武器，开始攀登悬崖。更多的人拿着盾牌朝着山门下的阶梯拥去，那里是唯一的入口。

厮杀声再次响起，连那些妇女都奋力站了起来，帮助男人把山上的大理石块推下去，这山顶有的是石材，因为雅典娜神庙永远不会有建完的时候。

克里提拔出佩剑，大喝还在迟钝犹豫中的那些人：负伤的怯懦的，绝望的濒死的，都给我起来吧，这是最后的时刻了，不要害怕死亡，雅典娜会指引我们取得胜利，我们将以死亡换取胜利。

他们马上向四周散开，加入抵抗的同胞之中。一些勉强攀爬到顶端的敌人，被他们砸了下去，直接摔死在山下，绝望的呼喊响彻山谷。

巨熊在一大堆人的护送下，开始用它的头撞击山门，那山门并不牢固，修建它的时候，从来没有想过这里会有敌人。一些蛮族人从巨熊身边绕开，去攀爬旁边的墙壁，雅典人用弓箭瞄准墙头，用长矛和剑在底下等着他们，那些翻过来的几乎在落下的同时就被刺死了。好在只有一道上山的阶梯，敌人只能一排排地进攻。

山门后堆了不少石材和碎石块，但也在慢慢松动着，那沉闷的巨响让石堆颤动，不断地散落，扬起一阵阵灰尘。

克里提紧紧盯着那石堆，等山门裂开一个巨大的缝隙，石堆垮落的时候，他一声令下，上方的一百多名男子推动一根多立克式大理石柱，粗大的圆柱隆隆呼啸着顺着阶梯滑落下去，越滑越快。

等那巨熊脑袋刚露出来的时候，柱头正好撞了上去，他们甚至听见了一个硕大颅骨爆裂的声音。

巨熊被撞得往后翻滚，咆哮声撼动了整个山岗，石柱冲破了山门，和它的躯体一起顺着阶梯朝山下滚落。

在一道疾驰向下的烟尘里，是数不清的惨叫声，那拥挤在阶梯上的蛮族人不断掉落，落叶一般纷纷扬扬，有的人被砸出去飞了很远，有的人直接被碾碎了。

他们成排成堆地倒下，一长串的惨叫一直绵延到山下。

巨熊越滚速度越快，带落了尖叫的人的身体和石块。山下的人纷纷逃避。就在巨熊嘭的一声砸在地面的同时，大理石柱也接踵而至，摔在地上飞出很多碎块，附近的人纷纷抱起了头。

等尘埃落定，巨熊仰天躺着，头部微微动了一下，胸口发出嘎嘎的断裂声，一道长长的血沫从鼻孔喷了出来，就再也不动弹了。

腓力看得心惊胆战，他定了定神，然后冲着山岗举起了佩剑。

最后的惩罚降临了，所有的蛮族人都在狂叫着，寻找每一个入口。阿奴图斯在山下鼓动他们："冲啊，那上面全是黄金，数不清的黄金！"那些拿着工具的奴隶也加入了洪流，他们拥挤在蛮族人之中，用工具对付岩壁，开始了攀爬。

山门方向的战斗极为惨烈，那里非常狭窄，虽然后面有上千人堵着，但正面只有十来个人能交上手，他们无法展开队形，也不敢射箭，只能用短刃尽量接近对方，互相捅刺，用盾牌的边缘砸对方的头部。雅典人凭借地势拼命封堵那里，一批人死了，另外一批又会马上冲下来。

很快，尸体堵塞了山门附近，后面的人就爬上尸体堆，踩着尸体扭打厮杀。

攀援的敌人从各个方向爬了上来，所有的雅典人都到山边搏斗，那些雅典平民往往要好几个人才能抱住一个力大如牛的野蛮人，他们在地上翻滚扭打，哪怕被野蛮人刺穿了身体也要抱紧他，让其他人切开野蛮人的喉咙，用石块去砸野蛮人的脑袋。

那些妇女因为失去丈夫或者孩子，变得如母兽一般勇猛，用短刃冲着敌人胡乱挥舞，被打倒就抱着敌人的腿不放，被刺中了胸膛也要用刀子割伤他们的腿。她们用牙齿咬，用尖利的指甲抓，很多人断气时嘴里还含着敌人的一小块肉或一小片皮肤。

垂死的肉搏，四处飞溅的鲜血，让克里提胸腔里充盈了悲壮。他何尝见过这般的雅典人啊，也许他们开始有畏惧，有退缩，但当敌人的剑光闪耀在神庙周围时，他们瞬间就有了勇气。杀啊，这是献给雅典娜最后的颂歌，用鲜血去涂写雅典娜的名字。

克里提亲手杀死了一个魁梧的色雷斯人之后，看见露西娅拿着一把匕首在他身边不知所措，他一把拉着她：“冲上去吧，是雅典娜让你复生， 为了她勇敢一些吧。”

一个拿着十字镐的强壮奴隶朝他们冲了过来，露西娅仍然呆若木鸡地站在那里，克里提一把推开她，力量之大让她立刻摔倒了。

那个奴隶挥起十字镐，一镐砸在了克里提的胸甲上，砸出一个破洞，镐尖伤到了克里提的胸口。趁着十字镐拔不出来的时候，克里提用短剑刺中了他的腹部，那个人握住剑身缓缓后退，克里提把剑柄狠狠转了一下，那个人就轰然倒下了。

然而他后面还有一个奴隶，那个奴隶看起来非常年轻，长着浓密的卷发和修长的眉毛，如果不是满身的污垢，他就是一个俊美的少年。他拿着一把铁斧，狠狠地砍向克里提。但那铁斧的重量显然和他的身材不相称，竟然脱手了。

他手忙脚乱地在腰间寻找别的武器，可什么都没有。

瞬间露西娅看见他眼里的恐慌，看到那种恐慌如此熟悉。

克里提刚刚从尸体的腹腔上拔出他的剑，那个少年竟然扑向克里提，紧紧地抱住他，一起摔倒了。

他用牙齿像野狗那样猛咬克里提的手，痛得克里提松开了手里的剑。但那瘦弱的少年怎么可能是克里提的对手呢？他马上被克里提压在了身下，那冰冷的头盔死死压在脸上，克里提用手肘上的护甲猛击他的面部，鲜血从那里冒了出来。

但他仍然不肯就范，双手胡乱抓扯着，顺着克里提的后脑扯脱了头盔，想要用头盔去砸后背。克里提抢过头盔，继续骑在他身上，用手奋力去掐他的脖子。

那少年继续挣扎着，像干渴的鱼那样翻动，他摸到了克里提掉落的剑，徒手抓着剑刃，被割得血淋淋的。尽管那剑对他来说太长太重，他还是死命扎进了克里提的大腿。

克里提痛得松掉了很多力气，头也不回地大声喊着：“露西娅，用你的匕首杀死他，快。”

露西娅看得魂飞天外，那少年的双腿在克里提身下胡乱抽搐着，剑又从满掌鲜血中掉了下来，他发出了垂死的呜咽：“木木，木木！”

“露西娅，把匕首给我！”

露西娅哆哆嗦嗦地拿着匕首站了起来，瞬间，她看见克里提的后脑和脖颈之间，有一块蝎子那样的红斑。

她的瞳孔短暂地放大又聚拢，以往的片段瞬间被照得雪亮，又马上消失。猩红的火焰在她前面燃烧，于是，她用浑身的力气双手紧握，将匕首深深地刺入那块红斑之中……

少年推开克里提的尸体，瞪大眼睛吃惊地望着露西娅。

“木木（妈妈）？你是米松人？”露西娅问。

惊魂未定的少年点了点头。

露西娅想要扶起他，少年勉强站了起来，又支撑不住摔倒下去，也顺便带倒了露西娅。

等到战斗彻底平息，阿奴图斯陪着腓力走进了神庙，里面横七竖八地躺着很多尸体，他们一个个面容安详，没有搏斗的痕迹，全是自杀而死。（注：在修昔底德的《伯罗奔尼撒战争史》里，战败者在神庙自杀是一种最体面的牺牲方式。）

很多人绕过那些尸体，跟在他们后面——那金碧辉煌的世界简直比太阳还要刺目，一下子让他们屏住了呼吸，这个大理石的世界纯洁而又精致，那么多的浮雕都镶上了宝石，连头顶的饰纹都刷上了金漆。

当巍峨的雅典娜塑像出现时，所有人都震惊于她的壮美，即使是最无知野蛮的人，也能看出那是神，只有神才有那样宁静而广袤的力量。

他们沉默一阵之后，开始小声议论起来，嗡嗡的回音回荡在神庙的每一个角落。渐渐地，他们的注意力集中在雅典娜安详托着的那尊胜利女神像那里，她有一个真人那么大，金灿灿地张开着翅膀。

还有那象牙做的雅典娜肌肤，镶满了宝石的盾牌，纯银的底座即使一条大船都拉不动。

见腓力也看得目瞪口呆，阿奴图斯骄傲地说："这还不是全部，后面还有一个内殿，存储了同盟成员的财富，里面有四顶金王冠，一辆纯银镀金的马车，一百把镶满红宝石的波斯匕首，六十只用于祭祀的金碗，两个埃及法老的金面具，三百只象牙的酒樽，还有无数金币、银币……”

腓力满意地点了点头，把后面的人叫过来说了几句，就带着阿奴图斯退出了神殿。

疯狂的洗劫开始了，他们先是打开了内殿，搬走了里面的财宝，那外面的蛮族人和奴隶看得欲火难耐，也纷纷要求进神殿看一看。腓力开始是劝阻他们，保证每个部族都会有一份，但他们缺乏耐心，很多人开始朝神庙拥挤，很快局面就没法收拾，变成了一场毫无组织的哄抢，他们抢走了除了大理石之外的所有东西，连那些小尊的大理石雕像也不放过，最后没有东西可以抢了，竟然几十个人合力去砸那些大型的大理石像。

外面的场面也混乱不堪，他们洗劫了小神殿，搬走了三个美丽的汲水少女塑像，山门那个戎装的雅典娜塑像当然也不会放过，身手灵活的皮耶利亚人爬上了长矛，晃荡着去锤击金色的矛头，赢得了满堂喝彩。

巨大的雅典娜神像是最难下手的，他们爬上她的身躯，用刀子去撬上面的宝石和象牙，宝石取下来了，但象牙大部分都撬碎了。还有很多镶嵌的金块银块很难撬动，不知道雅典人是怎么把金属死死嵌进去的。

纯金的胜利女神像当然不会放过，他们搭了梯子去砸那条托举她的胳膊，砸出了很多凹坑，却看不到断裂的迹象。于是他们变得焦躁起来，很多人爬上去企图撬一块金子，但费了很多劲也仅仅是撬下一块金皮来。至于底下巨大的纯银底座，他们不好下手，那里倒是可以砸下一些碎银子，很多人拥挤在一起争抢银子，甚至互相打斗，用刀子威胁对方。挤不到神像周围的人则焦躁地大声咒骂，有人在说雅典娜的躯干内部也有金子，蛮族人就变得愈发疯狂。

腓力不得不回到神殿来制止他们，马其顿士兵带着长矛驱散了抢劫者。雅典娜虽然伤痕累累，还是纹丝不动，她镶着很多宝石的眼眶已经空了，一个色雷斯人为了爬到那里摔死在地上，盾牌也变得光秃秃的。

胜利女神的金光，变得黯淡了很多，托举她的胳膊也细了不少。看着那庞大到无法破坏的底座，腓力心里有了主意。

他们从山下抬上来很多柴火和橄榄油，开始焚烧巨像，神殿内部很快被熏黑了，猛烈的大火让里面充满了烟雾，很快把人熏了出来。腓力又命令手下捂住口鼻，不断冲进去向神像倾倒橄榄油，让大火一直烧到她的金冠。火焰开始变得无法控制，噼噼啪啪翻滚着越来越膨大，挟带着风声在内殿到处翻滚。黑色和灰色的灰烬飞了出来，烟雾开始是灰的，后面变成了黄绿色，带着木香的气味，后来随着烟雾变成黑色，香味慢慢成了酸味，令人闻之欲呕。最后成了一种又黏又腥的刺鼻毒雾，神庙里面就如一个大灶台般烧得通红。

他们漠然看着这地狱般的燃烧，里面隐约传来了人的惨叫声，呼呼的烈火让这声音若有若无，似乎是一种幻听。到了后面，燃烧发出了雨点般密集的噼啪声，还有一连串沉闷的爆炸声，那凄厉的神秘喊声就再也听不到了。

大火烧了一整夜，等到天亮他们进去查看，里面的景象把他们惊呆了：金子的胜利女神已经面目全非，成了一只狰狞可怖的怪物，只有残留的那一点翼尖还能证明她的正身。雅典娜的手臂被烧断，裙子和肌肤全部剥落，里面躯干也烧成了又干又硬的木炭，焦黑，还带着些暗红的余火——原来那内部是木质的，并没有传说中的金子，现在她成了一根巨大的木炭，摇摇欲坠地布满了裂纹。

现在他们终于轻松了，所有的镶嵌用手都可以剥下来，灰烬和碎块堆成了小山，很多人在灰烬里翻找。等那灰烬差不多清理干净，他们发现底座的银子溶液流淌成了很大一片，混合着黑色的灰烬又凝结为银块。

等他们把神像后面一大块铜液和银液凝结在一起的金属块撬起来，却发现那地面竟然还有一个凹陷，凹陷里蜷缩着一具尸体，已经烧得看不出模样，但那根手杖和旁边的蛇骨可以证明那就是布瑟。

腓力让人抬来巨木去撞击那巨大的木炭，一定要让它倒下来。

尼西亚斯的舰队逃出泥岛之后的第二天就迷航了，当晚乌云密布，根本找不到任何星光来导航，他们把舰只彼此靠拢，用大声呼喊和火光保持联系，以防走散。虽然失去了航向，只是没有方向的胡乱漂流，但他们都是幸运的，除了一些阵风，

海面还算平静。

他们竟然因此稀里糊涂地绕过了麦利亚海角，等到天明的时候找到了标志物，就继续向北进发，不久他们看到一连串的白色岛屿，那是基科拉底斯群岛。

一支舰队正排成纵队从两座小岛中穿过，有人冲着他们大喊，但听不见声音。正当狐疑之际，那支舰队的后队也出现了，是十几艘雅典式战舰，那蜈蚣似的长足很容易辨认。于是，他们互相朝着对方欢呼起来。

原来那就是皮里兰德出去求援的舰队，后面还跟着一长串同盟城邦的战舰。柏拉图很快见到了父亲，皮里兰德发现他身上长了一些恶疮，黑了很多，也结实了很多。于是他们会合在一起急速返航，等舰队开进阿提卡海湾的时候，他们看见雅典城冒出一大股青烟，都阴沉着脸一言不发。

腓力带着蛮族人洗劫完城邦后，就迅速朝北方撤离了，像是知道援军很快会到来。留给他们的是一幅惨不忍睹的景象，比雷埃弗斯港的船只、谷仓、作坊全部被焚毁了，崭新的兵器、橄榄油和谷物一点儿不剩。通往雅典的道路上零乱散落着很多包裹，还有一些钱币和首饰，两个奄奄一息的平民还在那里呻吟。

在山岗上，柏拉图遇到了劫后余生的克力同，他们正在清理灰烬，搬运死尸。神庙外部看起来完好无损，里面却一片狼藉，天花板和立柱积满了浓厚的黑垢，雅典娜的巨像不见了，只有满地的灰烬和碎片。

克力同给他讲述了那个末日场景，他守在酒馆，眼看着山岗上起了大火，烧了一整夜，白天蛮族人用马匹、大车和人力运着战利品浩浩荡荡地向北撤退，顺便把他的小酒馆也洗劫一空。他竟然在队伍里看见了露西娅，她和一个少年合骑着一匹无鞍马，兴高采烈地说着他听不懂的语言。

露西娅也看见他了，只是一瞥而过，就继续和那少年前行，消失在滚滚人流中。

柏拉图心里一阵伤感，风吹起一些碎布片和黑色的灰尘，还有一些高高低低的哭泣声，云层下的大海一片灰白。他颓然坐在神庙的台阶上，闭着眼睛默念那首已完成的诗，翻来覆去很多次，一个字都没有忘记。等他睁开眼睛，他似乎得到了很多安慰：他已经在心里完成了这至美的爱情，再有其他，都算得上是爱神的恩宠吧。

他开始去找苏格拉底的坟茔，克力同将苏格拉底的临终场面都告诉了他，但没有人知道苏格拉底被埋在了哪里，克里提把苏格拉底毒死后就秘密安葬了，老狱卒和另外几个可能知情的人都死在乱军之手。

收拾残局的将军们本来想给柏拉图一个职位，表彰他在泥岛带出舰队的壮举，却发现柏拉图不见了。

柏拉图并没有走远，在城郊到处乱找苏格拉底的坟墓。开始他坚信老师的灵魂一定会指点他，几天过后，在一座荒芜的葡萄园里他遇到了皮雷斯，它在一个结满了青果的架子下呜呜唤他，他一下子就听出了那叫声——皮雷斯和他一样憔悴不堪，身上多了两道伤痕，腰部的那条结着黑痂，背上的那条露出了白色的皮层，不断渗出黄色的黏液。

他就让皮雷斯领着乱转，它似乎也很迷惑，根本不知道苏格拉底埋在哪里。在平民公墓和胜利公墓转了一圈之后，发现那些新墓都不是苏格拉底的名字，就顺着外城墙走到南边，再沿着那些布满乱石和灌木的陡坡，朝海风吹来的方向走。

他们翻过两块熟悉的礁石，正是伊菲第一次停在柏拉图肩头的地方，柏拉图本来以为要给他指引露西娅的去向，但皮雷斯没有停步，翻越一堆礁石后，来到了一片狭长的海滩。

海滩上布满了碎石，它闭紧了细长的眼眶，像麦粒一样尖锐的耳朵也在不停摆动。腹部的深棕色毛发结成了缕，狂风也无法将之吹散。

它动作充满疑惑，前爪小心翼翼地在碎石之中试探，每走一步都在犹豫着。

那片海滩的碎石，朝着北方的一座巨崖延伸，越往北方，碎石就越来越大，慢慢地隆起为一块块巨大的黑色礁岩，像是一只巨大的拳头打击后留下的遗迹。

海水奔涌，翻滚着喷吐泡沫，不停吞噬那些礁岩，直到每一块石头都在海水中挣扎，再也无路可去。

那只猫停了下来，侧过身子背朝着风，露出了淡绿色的瞳仁。

现在，它能够更清晰地听见咆哮的风声了，一边听一边用前爪一直在拨动着什么。柏拉图身上的亚麻长袍已经和猫的毛发一样褴褛，大风将长袍的下摆撕碎，只剩下一小块完整地紧贴着他结实的腹部。

“皮雷斯！你到底想要我去哪里……让我想想吧，是不是我的老师也来过这里？”

等喊声被风声吞噬，他佝偻着背，找了一块大点的石头坐下，成群的海鸥尖啸着在不远处盘旋。

柏拉图感到有点沮丧：“皮雷斯，这里是不是就是他的尽头，他是不是死在这里了？”

那只猫其实永远无法回答，它用前爪刨开眼前泥土中的一个小坑，一只沙蟹惊慌地从里面逃离了。

柏拉图的发问，不断被大风吞噬着。乘着大风而来的，是海平面上一大片翻卷的乌云，乌云就像一条垂死的大鱼那样拍击着天空，银色的鳞片在乌云上方闪烁。

在痛苦了很久之后，雨点开始洒落下来，他突然找到了一种狂喜，抱起那只希腊猫，用力捂着它的脸，想从它瞳仁的火焰中看出一点儿什么。

“皮雷斯，你不回答，是不是因为我刚才的问题问错了？我的老师从来没有死，他说了要告诉我答案以后才会去死……是不是他曾经死去，却在这里复活了？”

复活，这突然而至的灵感让他兴奋得浑身颤抖，那只猫挣脱他的手，从怀里跃到了他的肩膀上，似乎他们同时都被雨点惊醒了。

他将猫从肩上拿下来抱着，开始迎着狂风暴雨朝那座巨崖走去。

在越来越深的昏暗里，连大海都倾斜了，远处一艘孤零零的帆船，仍然顽强地朝着西方前进。

大风夹带着雨水模糊了柏拉图的眼睛，皮雷斯不停甩着头部的雨水。等他们挣扎着到达巨崖底下时，雨势小了很多，那是巨崖把它挡去了一半。柏拉图再次无力地躺了下来，疲劳和绝望让他再也不想前进。巨崖下有一小块泥滩，皮雷斯又伸着爪子在那里刨着什么，刨出一个小洞后，又去刨另外一个，动作异常专注。

柏拉图彻底失去了耐心，冲着它开始咒骂："你是在捉弄我吗？啊，如果你痛恨我，你干脆直接惩罚我好了，你如果走进大海里，我也肯定和你一起走进大海里。如果老师也在那里，那就勇敢地走吧，别以为我还是懦夫……"

皮雷斯毫无反应，还是在泥滩上干它那枯燥的活，很快，泥滩上有了连串的足印和小洞。

柏拉图苦笑了一下，再次闭上了眼睛，绝望和空虚马上让他神思恍惚。

冷酷的大风一阵又一阵袭来，似乎将他褴褛的衣衫剥得一干二净，连身上仅有的暖意也被剥去了。他惊醒，开始和大风搏斗，那狂风已经让他看不到任何景物，大海和陆地都消失了，只剩下了他和风。

他大声呼救，却发不出一点声音，他像沙堆那样被一点点吹散，先是四肢，再是躯干，他找不到自己的形体在哪里。

最后，连他的目光都被吹散了，散成了很多很多道，昨日的，今日的，黑暗的，破晓的，无尽的岁月朝着他奔跑、尖叫。

风里有很多士兵的厮杀声，青铜盔甲在风里若隐若现，成群的鹰在他们头顶上盘旋。大风让他们缠绕在一起，彼此撕扯扭打，他们卷在一起旋转着上升，那些人还在凄厉而顽强地嘶喊着，大风也因这惨烈的场面更加狂暴，无情地摧毁着战场。那些厮杀的士兵突然一下只剩下一点点轮廓，渺小又繁多，如同无尽的细浪。一艘艘战舰驶来了，就在士兵的头顶凌空驶过……

神庙的轮廓海市蜃楼一样浮现在远处，风让那些轮廓在不停地抖动，一会儿有一个老妇，在灰烬里捡拾还没有燃尽的柴火，一会儿是合唱队的少女，在飞速移动的幕布上从容歌唱，她们的面容被拉长了，彼此粘连，然后断裂为无数的细线，她们还在那里歌唱……

他大声呼救，要那最小的少女将最后一角衣裙留下来，但大风迅速带走了她。

没有她了，风也停了，他重回大地，却看见大地如此单调和荒凉，广袤的黑色原野就在他的前方，没有植物，没有鸟，甚至连一块石头都没有。

他犹豫着要不要朝那里走去。黑色大地开始有了起伏，像是有什么东西在里面蠕动着。大地吐出了一些泡沫，发出长长的叹息。泥浆在翻滚，大地上因此多了一些沟壑和深坑。在越来越深沉的叹息声中，沟壑和深坑的轮廓变得清晰，而且在不断聚拢，成为一些隆起，让广袤的大地充满了神秘。

他看得魂不守舍，眼前又裂开了一个更大的深坑，它的边缘缓缓地摊开，又慢慢地收拢……将那些深坑、隆起和沟壑的形状组合起来，他看清楚了，那原来是地母盖亚。

他不敢凝视她的眼睛，那里面并没有任何目光可言，只有深不可测的黑暗。但地母在对他说话，喉咙里塞满着泥浆，带着即将分娩般的痛苦，含糊又低沉。

“啊，年轻人，请回到我这里吧，你所经历的毫无意义，这世界除了大地可以立足，其他的一片虚空。”

他仍然闭着眼睛，带着恐惧去回答她：“我不敢走近你，你那里太深太潮湿，我还年轻，我不想长眠。”

“什么是长眠啊，其实你从来没有离开过我，其实任何生命都从来没有离开过我，那些活着的死去的，都一样！如果没有我，那悲伤的母羊哪里会有奶水呢？那奔跑的鹿群怎么会找得到森林呢？连那卑微无知的青草，都知道要贴近我的胸膛。”

年轻人睁开了眼睛，深邃的眼眶现在有了一层覆盖，是充满了水的沼泽，地母因此显得温柔起来。

“对不起，请让我再走一会儿吧，有了大地怎么会没有路呢，我想要一条路，一条智慧的路，请你给我闪开一条路吧。”

地母有些不高兴了，嘴巴吐出了一些泡沫，带着泥浆炸裂开来。

“我就是路，我就是智慧本身啊，你们这些可怜的生命，你们无尽的生灭，都在我的怀里，除了我怎么可能还有别的路可走呢？”

那年轻人不为所动，地母无可奈何地发出了悠长的叹息，用巨大的躯体托起他，又放下他，让他在黑色的大地上飞快地滑行。大地不断退却，地平线也不断退却，一直退却到天尽头。

天尽头是一座高耸的白色山岗，全部都是光洁的大理石，没有阶梯，没有陡坡，不可攀登，它笔直地在黑色大地边缘矗立。

山岗顶上是伟大的雅典娜，她金色的胸甲下隆起着饱满的乳房，王冠下的长发在云彩中飞扬，那金色的长矛连接了大地和天空。

远方又响彻着战鼓和兵器碰撞的声音，还有隐约的战歌声。雅典娜举起长矛，矛头射出了粗大的光柱，光柱慢慢朝着远方扩散，在大地上不断铺展，照彻了不知何时结束的战场。

“啊，你终于来了，请你不要犹豫，请往我矛头指引的方向去。”

他回答说：“那个方向是智慧吗？”

“那当然是，如果维护正义，击败敌人的智慧都算不上是智慧，那世界上就不可能有别的智慧了。”她在眺望远方，眼神里充满正直和勇敢，她顶天立地的模样即使再怯懦的人看上一眼也会热血澎湃。

年轻人已经被她鼓动了，他高扬双臂，却发现两手空空如也，恍然想起了自己并不是那样英武的人。于是他问雅典娜：“您的智慧将指引永恒的胜利吗？”

她回答道：“如果对我保持坚定，我一定将送你这种智慧。”

那年轻人又问：“如果我没有对手了该怎么办？”

她轻蔑地说：“人怎么可能没有对手呢？你们都有无尽的欲望，那也肯定会有无尽的对手。”

年轻人还想问些什么，雅典娜对他失望地放下了长矛：“你不属于我，你赶紧走开吧。”

山岗隐去了，前方浮现出浓密的植被，绿色大海一望无尽，所有的植物都在唱着歌，鸟群，蜜蜂，蝴蝶，无数的翅膀在树冠和花朵上翻动、追逐、舞蹈。虽然没有一个人影，却充满了繁殖的生机和喜悦。

有猛兽的声音在森林隐秘处响起，把他吓了一跳。然后似乎还有了很多脚步声，狂乱而又密集。森林因此出现了很多波动，树木被扭曲、折断，像无形的旋涡在它们的中间泛起，无数的野兽发出整齐的长啸声，鸟群围着那里盘旋，蝴蝶收拢翅膀开始降落……终于，他来了，一大片森林站了起来，缀满了硕大的鲜花和粗壮的藤蔓，一个巨人出现了，一个酣醉的巨人踉踉跄跄地在森林走着，脸色潮红，浑身散发着浓烈的花粉气味。

他的睫毛是成串的葡萄，头发是茂密的葡萄枝，蝴蝶在他放肆的笑容里翻飞，那就是酒神狄奥尼索斯：“来啊，炙热的生命啊，如果没有欢乐在燃烧，你的生命又有何意义呢？”

看了看不知所措的年轻人，他拨开了脚下的一大片森林，一整列花豹在扭动绚丽的四肢，一整列黑熊在摇头晃脑，一整列驼鹿头上挂着花环，在一头白象带领下正陶醉地歌唱。白象身上配了银色的鞍子，上面站满了羽毛华丽的鹦鹉，它们身上湿漉漉地挂满了晶莹的露水，蝴蝶围着它们翩翩起舞。

“啊，年轻人，快加入我们……你为什么还是一动不动啊，你看这伟大的极乐啊，森林给了我们美酒和食物，鲜花让大地充满芬芳。你看这些温柔的野兽啊，都知道尽情地大醉、跳舞、交配。如果活着不是为了这个，那我想不出还能为了什么。”

“那智慧在哪里，我是来寻找智慧的。”

酒神并不理会他的问题，而是自在地唱起歌来，他唱得如此无拘无束，充满感染力，以至于所有动物都开始跟着他打起了节拍，蜜蜂发出嗡嗡的和声，大象踩起了鼓点，黑熊拍击着巨掌，大快朵颐后的狂喜充盈了每一个肢体。

酒神唱累了，可它们还在围着他歌唱，巨大的欢乐响彻了天堂，连宙斯也跟着仰天大笑。

酒神说：“孩子，别想着什么智慧了，如果不是为了让自己快乐，那智慧还有什么意义呢？所以，我要说，唯一的智慧就是快乐的智慧了。”

年轻人已经厌倦了这无休止狂欢的歌声，他说：“这只是醉生梦死罢了，怎么能说是智慧呢？”

酒神被激怒了：“你看我们的歌声多么美妙，我们的打扮是多么的华美啊，这是多么不容易做到，这难道还不是智慧吗？”

他们一下子无话可说了。远处的森林又传来了婉转的竖琴声和长笛声，像有新的神灵在加入他们。

酒神听到了新的乐声，就迫不及待想要参加新一轮的狂欢。

他说："我得走了，瞧你那模样，你是多么可悲啊，我知道你去过哪些地方，大地生养了你，使你强壮，雅典娜指引了你，让你击败了困难，这一切难道都不是为了抵达我这里吗？如果没有快乐的智慧，其他的智慧是多么的无意义啊，你这可怜虫啊，痛苦一生还是一无所获。"

年轻人并不服气，他说："你们的快乐，也无非是洞穴里蠕虫的快乐罢了，你们将沉沦于大地并且腐烂。你们才是最可悲的人，一生生活在自己制造的幻象里，从未见过真正的光明，死神将带给你们真相，让你们寒冷并且战栗。"

酒神听了他的话，突然爆发出猛烈的怒火，扯下头上的葡萄枝，踩倒了很多大树，把唱得神魂颠倒的兽群一把驱散了，将烈酒点燃，让整个森林都燃烧起来，自身也化为一股烟柱大吼着离开。年轻人的眼前，只有一片烈焰的海洋，它是如此浩瀚，没有一艘船能让他渡过去。

他不打算躲避，也没有地方可以躲避，他被抛掷于此，唯一的希望就是火焰的裁决、火焰的答案。

直到整个身体焚烧起来，他还是抱有希望，最初的疼痛过去之后，他就没有知觉了，身体悬浮在烈焰之上，形体成了虚空，成了烈焰的黯淡部分，不停随着升腾的火焰变幻着。他吃惊地看着自己的长胡子在火焰里飘荡，一只无形的爪子在扑打着火焰，它们似乎是新长出来的，或者是火焰安装在他身上的。

在这样壮观的火焰里，他失去自我，那个我已经和火焰融为一体，他就是皮雷斯，他就是苏格拉底，他也是柏拉图。

他，就是他所追寻的。

当他明白了这点后，就再无恐惧，而是凭借那虚空的形体，勇敢地向烈焰的大海泅渡。

烈焰的中心是暗红的，一大簇摇摆的黄麦穗在他眼前升起，升到高处就变成了金色的。然后是头颅，是嘴唇，是长袍，是伟大的光在塑形，他的眼前站着阿波罗，这热力的主人、火焰的国王、无上的光明。

阿波罗挺起火炬指着他——他是如此高大，连火海都成了他的背景，背后有夏天蜻蜓带来的颤音和巨大火球爆裂的鼓点。像是已经等待他很久一样，阿波罗慈祥地微笑着："你啊，你终于来了，只有我才知道你走过的路，才知道你想要去的地方。"

他张开了双臂，被火的浪潮猛烈推送着，奔向阿波罗，他的身影也在迅速放大，他吃惊地看见自己的双臂也成了光柱，就再也说不出什么来了。

阿波罗欣喜地看着这个人类的化身，用期待已久的语言告诉他："你势必将走向我，如果没有我的照耀，你该用什么去辨认万物呢？你该如何认识自身只是我的投影呢？"

他惊愕地去找自己的躯体，发现他真的已经失去影子，连那制造影子的躯壳都不见了。

"他们不能笼罩住你，因为他们只能囿于自身的黑暗。你啊，只有你是幸福的，因为你已经抵达了此地，就不必再忍受烈焰的煎熬。你抵达的这里，请感受它，请你自己为它命名吧。"

于是，按照阿波罗的嘱咐，他停了下来，俯下身子，将手伸进了粼粼波光之中。

他醒来了，发现自己真的长出了一双猫爪子。雨已经停了，烈焰退却，只有眼前的大海还在翻腾。

他揉揉眼睛，感觉有一双毛茸茸的爪子在他脸上轻挠，并且喵喵地叫唤着。

原来是皮雷斯啊，它吵醒了他伟大的梦。

他魂不守舍地抱起它，对着大海发呆，皮雷斯还在不停叫唤，冲着漫上来的一道细浪。

他看向那里，海水润湿了它之前劳作的泥滩，皮雷斯在泥滩上已经挖出了一连串的小坑，密密麻麻的爪印把它们连在一起。

那猫痕弯弯曲曲的，像是一些字母。

他仔细辨认过去，换了好几个方向，终于看清了，那果真是字母组成的一个词，一个陌生的词：

真理。

真理？他慢慢念着这个词，心里充满了一种从未体验过的喜悦。

（注：真理和哲学的起源是极为严肃的学术问题，至今仍在讨论之中。我们唯一能肯定的是，最早使用这两个词的是古希腊人，古希腊文中真理一词的最初意思是不被遮蔽的，也就是事物的本来面目。）

那蛮族的大军抢掠之后就朝着北方撤退，也有一部分人朝着东方，从阿提卡半岛的东岸渡海。

他们就像水消失于沙那样迅速，朝着西北方退却的都是一些小的部落，随着森林的幽深慢慢分散为很多股人马，米松的队伍是里面最小的，只有不到一百个人，他们驮了很少的战利品，想尽快逃离出阿提卡半岛，翻过两座山脉，回到故土。

露西娅紧紧贴在那个米松少年的背上，几次疲惫得睡了过去，那个少年却一直挽着缰绳喋喋不休："我们会生十一个孩子，如果所有的米松家庭都生这么多孩子，我们一百年里面就可以有多少人？啊，这太难了，我不会算，我觉得肯定有一万人那样多……"

他一个人说了很长时间，发现后面毫无反应，就把露西娅拍醒，和他一起做未来的美梦。

伊菲似乎比露西娅还要疲惫，一路上毫无动静。露西娅说这只鸟唱得比她还好听，少年根本不信。他们朝森林走得越深，树木就越是高大。迁徙的部落尽管保持沉默，还是惊起了很多小动物，它们朝着森林更幽暗的地方逃遁，反而头顶是热闹的，树冠遮蔽住了阳光，一些体型很大的鸟嘎嘎地互相应和着。

夜晚他们清理了很多灌木生火宿营，把马拴在树干上，围着火堆唱他们的歌谣，唱乏了就东倒西歪地睡去。少年要搂着露西娅睡，露西娅怎么都不能习惯，一阵又一阵醒来，脑海里胡乱盘旋着很多念头。那个少年倒是睡得很沉，不停地嘟囔着一些胡话。看不到月亮，只有夜枭的声音幽幽地响起。

少年翻了个身，想抱露西娅没有抱到，往下摸摸到了她的大腿，就把身体再贴近一点，突然睁开了眼睛，眼里跳动着一小支火苗。

梦幻般对视了很久，他缓缓地说："其实我认识你，有一天我在矿洞里凿石头，进来了两个人，我看不清他们，有一个人和我说了米松语，我看不见她的模样，但我记得她的声音，闻到了她的气味，那是我第一次知道女孩的气味，哪怕我的鼻子里堵满了灰尘，那种气味还是让我一直想到了今天……"说完他就再次闭上眼睛，陷入彻底安宁而幸福的睡眠。

可露西娅还是睡不着，就在这远离了厮杀的土地上，在树涛温柔的起伏中，她想起了另外一个少年，另外的一种拘谨和狂迷。他写了那些难懂又好听的诗，在深夜里为她递上花环，然后消失于大海之中。她曾经痛恨过他杳无音信，痛恨过他的那个城邦外表太过绚丽和骄傲，内心太过虚伪又残酷。此时却又在期待着他的归来，无比怀念他们经历过的一切。从矿洞的灰尘到蔷薇的味道，尽管这一切是那么的少，她还是无比怀念他。

不知道这是不是一种更深的爱，是不是会比眼前的呼吸更加牢固？或者那只是每夜都会如约响起的一首歌，只是为了启发她，熬过在异邦城池里的漫漫岁月，在纺车声和镣铐声中，任人摆布地通往自由。

她蜷缩着身体，开始尝试去梦境里接近他，如果能和他一起投身于大海，那将是一件多么痛快的事。在大海里他们将没有国度，既不是雅典人，也不是米松人，他们只是他们，只是漂流的爱人，一路歌唱的爱人。

那只比她更疲惫的鸟彻底醒了，它本来就是只属于夜晚的生灵，它用翅膀去扇她的脸颊，用翼下的软毛去擦那些莫名其妙流出的泪水，等她以为是白天了，猛地翻身坐了起来，它就扑棱棱地飞到了高处，俯瞰着她。

四周的树影环抱着一片鼾声，火堆里还有最后的柴火，夜莺在上面自如地盘旋，躲避着摇摆不定的轻烟，它悄悄地鸣叫了一声，像是把人吵醒似的："的儿——确。"

像听到了一种神秘的旨意，露西娅抬起头来。

"的确，的儿确——"

那鸟儿飞到营地的边缘，引着露西娅跟着它，到了阴暗处就开始放心地歌唱起来："的儿确，的儿确！"

她很久没有听到过它唱起这个调子了，她小心翼翼地走到一棵大树旁边，最后看了一眼那些熟睡的米松人，解开缰绳，艰难地爬上了马背。

在那只鸟儿的带领下，马蹄踏在松软的腐叶上，悄悄朝着南方奔跑。

朝着东北方向进发的队伍一直是浩浩荡荡的，腓力带着他的马其顿人驮着沉重的战利品，一路翻山越岭，走得人困马乏。开始是传说雅典人在后面追杀，他们打算抛弃一些东西，但后来又证明那是谣言，等他们翻过一座雨雾缭绕的大山之后，牲口和苦力都已经疲惫到了极点，奴隶们开始逃亡，士兵们则每个人都归心似箭，想把战利品向家人炫耀。但眼前又出现了新的麻烦，一条他们过来时的浅河，此时灌满了夏天的雨水，泛滥成了波涛汹涌的宽阔大河，滔滔的黄水上漂浮着很多树枝。

腓力叫了一个骑兵去试渡，河水差不多淹到了马背，且水势非常凶猛。他皱起了眉头，命令士兵将一些笨重的战利品丢弃到河水里，大型的金属器皿、大理石像、成堆的兵器、大罐的橄榄油。阿奴图斯看得心痛不已，就建议他不如等两天，让士兵砍伐树木，去架设一座便桥。

腓力不为所动，只想尽早撤回马其顿，于是阿奴图斯就和他争执起来：“这些东西有我的一部分，你不能说丢就丢。”

马其顿之王坚毅的脸上充满了鄙夷：“敌人很有可能马上追上来，我们的士兵已经失去了战斗的决心。如果你不同意，我可以把你也丢下去。”

“……你不能这样做，我们是伙伴。”

腓力挥了挥马鞭，喊来卫兵：“可我们的生意做完了，我该换一个伙伴了。”

卫兵就开始动手，阿奴图斯怒不可遏，一边踢打一边咒骂他，一共来了六个卫兵才制伏了阿奴图斯，他们用一根满是浮雕的大理石柱绑上了他，一起推到了河里。扑通一声，那肥大的躯体和石柱溅起了很高的浪花。

很多年以后，雅典衰落了，被摧毁的神庙再也无法复原，庞大的同盟也不复存在。北方的马其顿日渐强盛，威胁到了整个阿提卡半岛。

战乱依然不休，雅典人开始怀念那个被赐死的长者，为他哀悼，怀念他所说的一切，到处搜罗他的只言片语并记载下来，还在广场为他竖起了纪念碑，说他是整个雅典历史上最勇敢、最智慧，也是最正直的人。他们无比羞愧，对自己所做的一切悔恨不已。

那个预言了血月的少年也快步入老年，他在游历了麦加拉、意大利南部和西西里之后回到了雅典，雅典人给了他最高的礼遇，比当年给苏格拉底的还要高。

柏拉图得到了一片橄榄林来开办自己的学园，比以前的要大上很多，除了林子之外还有一个运动场，他和他的老师一样，认为美好的灵魂得配上健康的躯体。他围绕真理这个词不断著述，并把这门关于真理的学问命名为哲学。

露西娅一直陪伴在柏拉图身边，她容颜已改，歌声依旧，夜莺伊菲活了十来年就死去了，只有那只老猫一直活着。它变得毛发稀疏、身体慵懒，谁也不知道它将活上多少年。

柏拉图说它是一只神猫，不但不会死，还会潜入人的灵魂，分享人类的知识，它因为偷窃了阿波罗的宝石被阿波罗追杀，又因为得到了配得上那宝石瞳仁和华丽毛皮的智慧，获得了阿波罗的谅解。但谁也不相信他，他自己也没法去证实这些事。

这一年的冬季，雅典遭遇了严寒，这可是多年未见的奇景，泉水结了冰，葡萄藤被冻死了，雅典人还要冒着严寒去加固城墙。人们纷纷传说已经装上了铁矛的马其顿人，将带着穿了兽皮的色雷斯人南下，他们已经有十头战熊了。但柏拉图对此漠不关心，他升起了铜炉子，在膝盖上放了一块羊毛毡子，让皮雷斯趴在上面取暖。自己就拿着芦苇笔，在莎草纸上继续写他的真理。

夜里，露西娅说真的下雪了，雪花已经堆积到橄榄树的枝丫上，树叶上有了点点冰晶，柏拉图对着她笑了笑，说到天明才会去看，如果这只老猫不怕冷，可以抱它出去长长见识。于是，露西娅就拿起那张羊毛毡子，用它裹着皮雷斯出去了。

之后柏拉图有了一个大胆的念头，写得浑然忘我，火炉的热力透彻了他的大脑，外面响起了一些脚步声也未能让他停下笔来。他思索了一阵，在莎草纸上郑重地写道：一个理想的城邦应该让懂哲学的人来做他们的君王。

这时候门吱嘎一声被推开了，冷风夹着零星的雪花扑面而来，几颗火星飞到了他已经蓄得很长的胡须上——那开门的却不是露西娅，而是一个陌生的年轻人，那个年轻人有宽阔的额头、方方正正的眼睛，他抱着一整卷莎草纸，上面的一层已经被打湿了。

那个年轻人拘谨地站在门口，和他对视了一阵，才结结巴巴地说："对不起，柏拉图老师，我是来找您学习的，我不知道今天会下雪，走了很远的路才来到这里，很抱歉半夜打搅到您。"

那个年轻人看起来身体非常好，虽然衣着单薄但满面通红，雪花融化在他身体上，升腾着一些淡淡的白气。

于是柏拉图问他："你叫什么名字？"

那个年轻人回答道："老师，我叫亚里士多德。"

从左至右为苏格拉底、柏拉图、亚里士多德

作者后记

跃入太阳的人

三年之前，我在《读书》杂志上看见张源先生的文章《〈斐多〉里的笑与自杀》，里面有段文字让我始终回味，它活在陶器的碎片上，摸索在明暗交织的墓道里，感觉那段文字迟早能给我指引点什么。

《斐多》是柏拉图回忆老师的书，最后一个场面，苏格拉底临终时反复提醒在场者要理性节制，但大家还是抑制不住自己的感情，有人悲痛欲绝，有人失声恸哭。张源先生是这样描写这个场面的：“柏拉图一生都在力求克制的那种人性的力量，在这个时候一举释放奔决，其戏剧性的冲击力真是无与伦比，甚至连荷马都瞠乎其后。”

这是一个极富哲学意蕴的戏剧场面，大幕拉开，悲剧复活。为了寻找这无与伦比的戏剧性冲击力，我便开始阅读和苏格拉底有关的书籍，除了张源先生说的“苏格拉底之死”三部曲《申辩》《克力同》《斐多》之外，还有柏拉图的其他著作以及古希腊历史文化著作。读得越多，心里想写苏格拉底之死的愿望就越是强烈，明知这是个妄念也要试一试。因为自知到头来还是无法战胜妄念，还不如干脆听由它的支配，以便让这悲壮更耀眼一些，免受挣扎之苦，顺便表达下对雅典那群伟大废墟的神往。何况，说不定真的能做到“释放奔决”，那该是一种何等痛快的创作体验。

它给我的指引是用戏剧化表达写哲学的故事是可行的，至少能在泛滥的哲学读本、哲学讲义、哲学散文之外带来新的趣味。我非常喜欢作家约翰·伯格这段话：“故事提供感知体验的独特性以及与他人经验重叠的方式，它使人们不必忍受哲学的艰难、宗教传统的禁锢或社会体制的压力，就可以获得关于世界和生活最宝贵的知识，并且还是一种通过我们的自身感官获得的知识——它饱含人情味、丰富的生活细节，以及各种不同的慰藉，如果故事不被看作故事的时候，故事就失去了意义。”

约翰·伯格是画家兼小说家，他和列维·斯特劳斯一样，属于那种具有多方面专业能力的跨界作家，他们共同的能力便是懂得如何用另一种方式讲故事，也懂得如何用另一种角度去看专业，在橄榄的表皮上看到人类的劳作或者美德，而不是季节性消费的农产品。

他们所做的，便是把思维的乐趣不断转换为铁罐的锈斑、松鼠的胆怯、冷酷的雨滴之类，无论多么艰深的学问似乎都可以这样表达，写故事是所有写作中乐趣最大的一种。在写这个故事的过程中，我数次征求身边年轻朋友对苏格拉底之死的看法。他们都是比较专业的读书人，全部都知道苏格拉底是因为渎神被雅典判了死罪。但没有一个人知道这里面还有另外一个好故事：苏格拉底本来有机会逃脱这个判决，他可以用缴纳罚款和认错来获得免死金牌，但他毅然放弃了，拒绝任何朋友为他缴纳罚款。

在审判之前，苏格拉底是雅典的社交达人，崇拜者众多，死党众多，他肯定是不缺免死的钱的。但他偏偏要去体验一下毒芹汁的滋味，还要朋友尽量替他把濒死体验记录下来——这样认真而浪漫的死法，证明了他有一种登峰造极的死亡能力。我想深究这种能力究竟从而何来，所谓的深究，其实也就是故事中的想象而已，哪怕是后世的千言万语，也不能说出他那脑海里的万分之一 —— 一个人能彻底抛弃生命的直观体验，比如恐惧，比如痛苦，比如愤怒，那可能不是变成一块石头那样麻木就可以做到，那应该是一种无比深邃的宁静，就像我们从太空中看大海那样，看不到任何波涛和皱褶。苏格拉底临终前说他是太阳神的侍者，他以死亡作为献给太阳的颂歌，想一想人类的感知能力其实是不足以囊括万物的，用科学的语言，太阳有 139.2 万公里的直径和 6000 摄氏度的表面温度，又有什么样的文学语言可以描述出太阳的浩瀚呢？

在阅读和苏格拉底有关著作的时候，我也在为太阳而着迷。在我生活的这个城市，除了夏季，太阳，尤其是那种不被灰云和尘霾所折射的太阳是极其罕见的。于是我整个夏季都追逐着太阳晨跑，从APP里确定日出的时间，有时候是五点五十，有时候是六点零几分，尽量在那个时间跑到山坡的高处，看着它将远处的云涛次第点亮。整个夏天就像一个闪光的茧，从透亮慢慢变得坚实。

我的热情没有白费，它数次给我奉上梦幻般的奇景。有一次除了它升起的地方，整个天空都布满了一朵朵的低云，于是就在它升起的瞬间，整个天空都种满了硕大的甘蓝，连穹顶都漂浮着一棵沾满水珠的巨大甘蓝，那是我整个人生中体验到最饱满的一种紫色。还有一次，因为天空布满了丝状的流云，朝霞也从东方蔓延到了整个天空，天空成了大海，里面漂满了从淡红到深紫的各种藻类，它们在晨风里无声地摇曳。

由此我感受到了太阳是如何征服人类心灵的。在古代，人们建造高大建筑几乎都和太阳有关，从帕特农神庙到马丘比丘都是如此。从工匠、祭祀，到诗人，他们对太阳的崇拜都是以艺术的方式。唯有苏格拉底是以生命的方式在完成祭礼，像他这样极端的人也只有一个，他是铁了心要跃入太阳的，而不是被人扔进太阳。

也许他本来没有打算成为这样的人，一开始他是一个颇为饶舌且身体健硕的狂生，以秀智商和教书为业。在他生活的雅典，广场上的吐槽大会是一种高尚娱乐，比我们现在的《吐槽大会》还要普及得多。柏拉图的一系列著作基本都是吐槽记载。他不厌其烦地尽量用原生态的口语来重现苏格拉底的风采，至于后世认为他是在用苏格拉底的名义传播自己的思想，这并不重要，重要的是这些生动的文本都完整地流传了下来。

苏格拉底无疑是那个时代的脱口秀巨星，经常和他辩论的克力同、安提丰、普罗提诺、泰阿泰德、欧几里德往往只能充当配角。他又是最不像巨星的巨星，不修边幅，不贪享受，别人要和他学辩论的绝技，他一个子儿也不收。

脱口秀的高级阶段，可以称之为辩士，再高级一点，就可以称之为智者。苏格拉底显然一生大部分时间都是在做智者，如果他永远停留在这个阶段，那他的地位远远比不上提出了黄金比例的毕达哥拉斯和提出了平面五大几何公设的欧几里得，甚至连提出人不能两次踏入同一条河流的赫拉克利特也比不上，因为苏格拉底并没有贡献出一门硬核学问，他以驳倒他人的学问为乐事。他最重要的标志乃是无知，他说大家都是无知的，他也是无知的，明白自己无知才是真正的智慧。

在他做智者的时候，无知之智是他辩论的利器，再自负的对手也会被他找准无知之处，经纶满腹的人被贬低为无知，肯定是奇耻大辱。这极有可能使大家对他的印象极差——一个夸夸其谈总是嘲笑别人无知，自己也骂自己无知，又提不出多少新鲜学问的人，怎么能让人心悦诚服呢？所以阿里斯托芬喜欢拿他来做讽刺素材，但后来的故事表明，阿里斯托芬对苏格拉底的认识不够深刻，他戏里的苏格拉底只能停留在文学层面。

因为说无知，苏格拉底是用全部生命去说。

唯有无知，才有求知。苏格拉底的无知之辩，是比强装学问的有知更为高贵的抱负，唯有自知其无知，真理才有可能不断前行。他提示的是人类永远不可自大。

因为有了无知，所以也有反思——后来人类思想进程不至堕入千古不变的教条主义，苏格拉底是做出了伟大贡献的。他跃入太阳探究死亡的举动，正是一个关于无知的宣言，他将作为一种智者态度的无知，最终升华为一种求知的哲学信仰。他的举动便不再是去震撼或感染他的对手和朋友，而是最高级的行为艺术，宣告了纯粹理性的到来。说是纯粹，唯有抛弃所有个人感受和现世之目的，才能昭示出纯粹，所以死亡就成了他的最佳选择。

荷尔德林说，想要和天空交谈的人，就不要害怕闪电，以及那不可避免的劫数。当闪电和勇士交锋的时候，故事就可以喷薄而出了。

张源先生的文章里写到在其他著作里，苏格拉底从未笑过，只有在“苏格拉底之死”三部曲里，他才笑了四次：哲人向我们含笑作别，迈入“未知的国界”，一去不返。

这大概是最真诚的死和笑了，当人们从那自大的狂生形象里回过神来，他已经奔着太阳扬长而去。

作为思想家，这个人既不会修身养性，也不求功名利禄，如果他没有选择死亡，而是选择了缴纳罚款后去颐养天年，那么他个人的生命历程大致是幸福的，但人类思想的历程也许会打些折扣，苏格拉底故事的戏剧性张力也会弱上很多。事实上后世仍然有苏格拉底不断涌现，他们既是思想者也是革命者，以实证精神不断质疑人类自作主张的聪明，从而不断推动着文明的进步，不断挽救着人类的命运，而他们的人格，最早便是由苏格拉底建立。

有人在大地投下了阴影，那就一定有人燃烧自己去获得光明。

在写作的过程中，我尽管做了不少功课，也感觉到哲学传达是个极度困难的事情。因为我有哲学热情，无哲学专业知识，仅凭自身的感动去写这个故事，也希望有读者能有所感动，心里未免忐忑。作为《哲猫志》系列的第二部，《柏拉图的春天》的目的已经不再是用奇幻故事去体验哲学，而是具体到一个哲学点上，那么文本的深度会稍微加上那么一点。对我来说，遥远而陌生的古希腊世界是最难以代入的，又不可轻易去绕过这一层，那个世界的激情壮美和野蛮残忍都是后世难以比拟的。伏尔泰说古希腊在愚昧和伟大两个方面都做到了极致，用一部作品同时去描绘这两个极致的难度是非常大的，他们的风俗、劳作、语言、吃穿住行、战争贸易、祭祀等无一不是难题，一个雕像的大小也能让人苦恼很久，既有的写作经验全然不管用，连可以使用的词汇都少了很多，用故事去探索愚昧和伟大两极的精神根源需要更扎实的根基。更要命的是，比起第一部来，这一部有很多历史地理文学背景需要描述，一不小心就要让读者陷入庞杂繁复的考据陷阱，我只能通过设置更多的情节悬念和加快故事节奏予以解决，但这一部里的动物和人物都比上一部多了很多，再怎么写也觉得不够明快。

我明白自己是不自量力闯入一个新的写作领域，尝试一种新的写作方式，孤独和惶惑不断在凌晨袭来。所幸恩师龚曙光先生的鼓励一直陪伴身边，在《哲猫志》付梓之后他的信这样评价：“是童话的境界，却不是童话的旨趣；有哲学蕴含，却不只哲学的阐释。是一种过去少见的阅读体验，至少还没有人将其创造为一种成熟文体。你的东西比童话更成人化，比寓言更生活化，比哲理小说更随性化。这其实就是你的价值，至于以后怎么归类并不重要。”

在《柏拉图的春天》里，我将这种“随性”又加多了一层，我总是在为表达寻找最有力的手段，而并不在乎这种手段来自哪里，只要和整体风格不违和都行，故事里大量诗歌的改写和创作即是一例。这是陌生化写作的必要一步，在那个世界没有一个领地是熟悉的，也没有一种手段是靠谱的。虽然核心是苏格拉底的故事，但围绕他周围的文明太过耀眼，我有责任让这耀眼变得鲜明起来，而又不至于掩盖他的光芒，让读者在哲学之余有更多的收获，因此我必须这样做。

抱着这个念头一路写下去，遗憾反而越多，因为这样写本身就充满矛盾，我得让这一部处在哲猫轨道上不至于跑偏，又舍不得放弃一些古希腊文明元素，因为如果放弃了那就很难在其他的作品上得到弥补了。最让我感到遗憾的是古希腊的艺术世界，它达到的审美巅峰一直令后世望尘莫及，再没有任何作品能与《米洛斯的维纳斯》《拉奥孔》等一系列伟大雕塑比肩。他们是怎么做到的？他们是怎么看待艺术的？那些艺术家是什么模样？写写雕刻家吧，这应该是一个非常带劲的情节。我本来想好好写写菲迪亚斯的故事，菲迪亚斯是差不多和苏格拉底同时代的伟大雕刻家，帕特农神庙的大部分浮雕和塑像都是他的杰作。据说他在完成神庙里那尊雅典娜巨像之后，偷偷在底座后部刻上了自己的名字，坏了规矩——雅典的规矩是不能在神像上留下自己名字，雕刻家将至美奉献给神，心底绝对不能有任何杂念。菲迪亚斯为自己的作品署名的举动，最后导致他被流放，创作也戛然而止。

用这个故事来展现那个艺术世界还远远不够，但至少可以说明雅典人是如何对待艺术创作的，他们不但要把用生命和鲜血换来的收获用在神像上，而且要在创作上彻底抹掉人的痕迹，在作品上抹掉在内心上也得抹掉。这样的环境和态度让后世艺术家很难理解。但这个故事无法融入本书的情节之中，只好忍痛放弃了。

注释也成了创作的一大难题，因为这部作品本质上乃是小说，哪怕是历史上有名有姓的人物和物件在这里也进行了再创作，我并不打算像学术专著那样做非常严谨的注解，以免影响阅读体验。所以我采取了一种比较任性的注解方式，希望得到大家的谅解。好在现在的查阅十分便利，大家可以随时拿起手机找到自己想要的，如果发现我的注解有误请指正。同时在人名上也做了精简，尽量避免字母哥式的名字出现，现在大家都很难记住希腊足球队那些漫长的人名。

苏建科先生为我的创作主动提供资料，令我感动。同时也感谢编辑团队的伙伴们，因为他们今年异常繁忙，依然保证了我这本图书的品质。还有丁双平先生，去年他多次对《哲猫志》的出版提出指导意见，并叮嘱我下一本可以请他来参谋装帧设计，因此这部《柏拉图的春天》里多了一份他的关切。

多令　2021 年 3 月 23 日

插画师手记

为一个古希腊故事做插画，是我遇到的最难的工作。因为它本身就有一个自然主义艺术高峰摆在那里，从学习绘画开始，它就在心里扎下了根——所有的艺术家都穷尽一生去临摹它，却永远无法企及它。

我决定采用陶画，这是摆脱自然主义桎梏的最佳选择。除了大理石雕刻，古希腊留给我们最丰富的图像就是各种陶器和壁画了，它们的材质都是泥土，有黑陶、红陶、彩陶等品类。大理石会失去色彩，陶器的绚丽却一直保留到了今天。这正是我的插图所想要的：尽可能地采用博物馆素材，用它们来画这个故事，它有现代画风，但又不足以认定为现代艺术，它是古希腊美学在我内心的全新致敬。

就在我着手开始工作的时候，我意外读到了一首济慈的诗，标题就恰好是《希腊古瓮颂》：“……一个如花的故事，比诗还瑰丽。在你的形体上，岂非缭绕着古老的传说，以绿叶为其边缘……啊，幸福的树木！你的枝叶不会剥落，从不曾离开春天。幸福的吹笛人也不会停歇，他的歌曲永远是那么新鲜……”

我很吃惊，这首诗和这个故事如此贴切，我之前竟然从未读到过它。

水晶姣

图书在版编目（CIP）数据

柏拉图的春天 / 多令著. —长沙：湖南人民出版社，2022.8
ISBN 978-7-5561-2868-6

Ⅰ. ①柏…　Ⅱ. ①多…　Ⅲ. ①长篇小说—中国—当代 Ⅳ. ①I247.5

中国版本图书馆CIP数据核字（2022）第102383号

柏拉图的春天
BOLATU DE CHUNTIAN

著　　者：多　令
出版统筹：陈　实
监　　制：傅钦伟
责任编辑：田　野　姚忠林
责任校对：丁　雯
封面设计：刘　哲
版式设计：谢俊平

出版发行：湖南人民出版社［http://www.hnppp.com］
地　　址：长沙市营盘东路3号　　邮　　编：410005　　电　　话：0731-82683313

印　　刷：长沙新湘诚印刷有限公司
版　　次：2022年8月第1版　　印　　次：2022年8月第1次印刷
开　　本：880 mm×1230 mm　1/32　　印　　张：9.25
字　　数：170千字
书　　号：ISBN 978-7-5561-2868-6
定　　价：49.80元

营销电话：0731-82683348（如发现印装质量问题请与出版社调换）